U0096162

法藏知津

五編：佛教思想・文化・語言研究專輯

杜 潔 祥 主編

第21冊

中古佛經情緒心理動詞之研究（上）

李 昱 穎 著

花木蘭文化出版社

國家圖書館出版品預行編目資料

中古佛經情緒心理動詞之研究（上）／李昱穎 著 -- 初版 --
新北市：花木蘭文化出版社，2017〔民 106〕
目 4+194 面；19×26 公分
（法藏知津五編：佛教思想・文化・語言研究專輯　第 21 冊）
ISBN 978-986-404-389-7（精裝）
1. 佛經 2. 漢語語法
802.08　　104014807

法藏知津五編：佛教思想・文化・語言研究專輯
五　編　第二一冊　ISBN：978-986-404-389-7

中古佛經情緒心理動詞之研究（上）

作　　者　李昱穎
主　　編　杜潔祥
副總編輯　楊嘉樂
編　　輯　許郁翎
出　　版　花木蘭文化出版社
社　　長　高小娟
聯絡地址　235 新北市中和區中安街七二號十三樓
電話：02-2923-1455／傳真：02-2923-1452
網　　址　http://www.huamulan.tw 信箱 hml 810518@gmail.com
印　　刷　普羅文化出版廣告事業
初　　版　2017 年 3 月
定　　價　五編 25 冊（精裝）新台幣 48,000 元

中古佛經情緒心理動詞之研究（上）

李昱穎 著

作者簡介

李昱穎，東吳大學中文系學士、國立臺灣師範大學國研所碩士、國立中正大學中文所博士。先後師從許錟輝先生、林炯陽先生學習文字學與聲韻學，奠定語言文字學的基礎。碩士班時，師從陳新雄先生，以漢語語言學爲研究主題，博士班時，師從竺家寧先生，以佛經語言學、漢語詞彙學主題取得博士學位，近年來的研究領域旁及文化語言學、語言風格學。

曾發表有：《中古佛經情緒心理動詞之研究》、〈由清儒到現代的研究進程看上古漢語韻部的分配與變遷〉、〈「喜愛」與「貪著」——論「喜、愛、嗜、好」在中古佛經中的運用〉等多篇論文。

提　要

專書專題詞彙研究，是全面描寫與研究一個時代詞彙系統的基礎。本文以中古（東漢魏晉南北朝）佛經詞彙系統的一個部分爲研究對象——中古佛經爲主要語料、情緒心理動詞爲研究主題，以反映詞彙系統的語義場理論爲指導，結合共時文獻材料，對語義場裡各義位關係進行描寫與研究，歸納其詞彙詞義系統的特點，並在此基礎探討詞彙詞義方面相關的一些問題。

本論文以「中古佛經情緒心理動詞之研究」爲題，便是希望以中古佛經爲材料，對「情緒心理動詞」進行研究分析。本論文有五點發現：

一、可見佛經材料與漢語基本詞彙的雙向運動

二、語義場的語法意義各不相同

三、語義場研究可以藉以瞭解斷代詞彙交替

四、反映中古漢語雙音化及使役結構產生的語言現象

五、有助於釐清佛經詞彙與中古中土文獻詞彙的色彩意義

本論文架構及各章節安排如下：

第一章「緒論」介紹本論文的研究動機與目的、前人研究成果、研究範圍及語料說明、研究方法及步驟等。

第二章說明「情緒心理動詞」定義、語義場理論及研究架構，並以此進而類分中古佛經情緒心理動詞爲正負面語義場。

第三章分析中古佛經情緒心理動詞正面語義場，首先類分爲「喜悅」、「尊敬」、「喜愛」三個次語義場，次依構詞形式分爲不同「詞群」逐一討論。

第四章分析中古佛經情緒心理動詞負面語義場，先將其類分爲「憤怒」、「怨恨」、「驚駭懼怕」、「憂苦」四個次語義場，次依構詞形式分爲不同「詞群」逐一討論。

第五章是在前文的基礎下，進而討論中古佛經相關詞彙問題，包括:「喜悅」語義場、「喜愛」語義場的常用詞議題，還有雙音化及並列結構同素異序問題，並嘗試從語義場觀點切入，觀察中古佛經情緒心理動詞的歷時演變。

第六章總結前文，提出中古佛經情緒心理動詞的特點及未來研究方向。

目次

上 冊

下　冊

第一章　緒　論

專書專題詞彙研究，是全面描寫與研究斷代詞彙系統的基礎。本文以中古（東漢魏晉南北朝）佛經詞彙系統的一個部分來作爲研究對象——中古佛經爲主要語料。以情緒心理動詞爲研究主題、語義場理論爲指導，結合共時文獻材料，進行語義場裡各義位關係的描寫與討論，除歸納其特點，並進而探討相關問題。

1.1 研究動機與目的

本文寫作偏向共時性研究，以下將從時代及研究議題說明，藉以釐清選題的意義。

東漢之際，文言與白話逐漸產生脫節，至魏晉南北朝愈益演化。此一階段的漢語，前承文言、下啓近代漢語源頭，成爲古代漢語發生質變、白話即將來臨的關鍵時期。從漢語研究的角度來看，東漢魏晉南北朝確是值得探究其語言問題的劃時代。因此，本文以魏晉南北朝漢語爲題，以下行文稱「中古漢語」。〔註1〕

〔註1〕學者對於漢語史分期問題有不同見解。王力（1958）將漢語史劃分爲上古、中古、近代、二十世紀四個階段：上古、中古以四世紀左右爲過渡期，中古和近代以十三世紀爲過渡期，近代和二十世紀的分野爲鴉片戰爭。太田辰夫（1988）《漢語史通考》區分爲上古（商周至漢）、中古（魏晉南北朝）、近古（唐五代至明）、近代（清）、現代（民國以降）五期。各家除了分期有別，藉以分期的條件亦不相同，對此、魏

其次，在研究議題方面，爲何以佛經語言爲題？

由於傳教需要，佛經必須運用通俗語言來記述經文、傳說教理。最早期的經師，在文言系統的漢文典籍裡，無從找到譯經的參考範本，只能另闢蹊徑，在翻譯技巧及語言形式方面，都獨具特色。即便翻譯事業到唐代之際仍然繁興，但是那樣的翻譯不過是翻譯機構更加完善、翻譯技巧更趨固定成熟。因此，唐代以前的譯經語言顯得較爲粗糙樸實、且口語化，也更具語言價值。

漢譯佛經是除了中土典籍之外，藉以了解中古漢語發展的龐大語料庫。周祖謨（1980）提到：「接近口語文字的出現，在書面語的發展上代表一種新的趨向，是值得我們注意的。比較重要的作品和著作，有南北朝的樂府歌辭，晉《法顯傳》，宋・劉義慶的《世說新語》，北魏・賈思勰的《齊民要術》和一些佛經的譯文。」梁啓超指出現存佛經多達五千多卷，朱慶之（1992：36-37）統計中古漢譯佛典傳世數量及文獻資料的內涵：

> 從上述統計數據可以看到，漢文佛典譯撰的主要時期是東漢至宋代，總數達 2148 部，8736 卷。按照漢語史的分期，東漢魏晉南北朝爲中古漢語時期，隋唐五代爲中古漢語到近代漢語的過渡時期，宋代到清代爲近代漢語時期，那麼，漢文佛典的語言正好主要反映的是整個中古時期以及中古時期向近代過渡時期的漢語狀況。

佛經語言研究不但可用來通讀佛經，亦可藉以瞭解語言演變。（竺家寧 1998：2）然而，該如何進行研究？魏培泉（2004：5-6）便歸納佛經語料的價值及研究進路：

> 第一，語料相當多，不是其他類型的文獻所可比擬的。第二，佛經通常是一個人或者是一個譯經團體在較有限的時間譯出的，不是蒐集各種不同文獻編成的，所以其語言內在的一致性就較高。有的譯作篇幅還比較大，能夠顯示較多的語法現象。這種作品只要成立時間確定，就是一個比較理想的研究材料。第三，佛典中有不少故事，這是中國文學傳統較短缺的。佛經既有豐富的敘事文字，又能說理，其文類涵蓋面是相當寬廣的。其四，佛經的內容常有不憚煩絮的，

培泉（2000）有詳盡的論述，其並以語法演變角度論證，認爲東漢魏晉南北朝應合一，獨立作中古時期，與上古漢語及近代漢語鼎足而立。本文採魏培泉的分期觀點。

> 一再重複的現象，因此同一作品中常有許多重複的部分。佛經也有不少譯作內容是同源的，因此例句可資比較的就不少。文學上的冗贅在語法的研究上反倒是件好事，因爲一再的重複可以方便我們進行是非異同的比較。第五，佛經的譯寫固然在時地上也有偏倚之處，可是大體來說每一個時段的作品都相當多，也橫跨南北，在地域的分佈上也還算是差強人意。在研究語言流變及方言分布上，佛經的這個優點就不比其他類型的語料遜色。

這些觀點具體指出佛經語言研究已爲漢語言研究的重要方向，並爲研究工作者指引了一條明確道路。

又爲何以「情緒心理動詞」爲題？首先說明動詞的重要性。呂叔湘曾指出動詞與句型的研究是「語法研究中的第一號問題」。隨著漢語語法學界認識「語義是形成句法聚合的基礎，語義成類的制約詞語和詞語之間的搭配，制約語法單位的組合行爲和表達功能」，近十年來，現代漢語心理動詞成爲研究主題之一。然而，研究成果即使豐富，對於古代漢語的研究卻未必適合。在古代漢語心理動詞研究方面，有幾篇期刊論文（李啓文 1985、陳克炯 2000、劉青 2002），礙於篇幅侷限，探究深度有限，卻開啓研究之門。近年來，大陸學位論文始有專題討論，未見以佛經爲專論者，邵丹（2006）以 24 種語料進行歷時觀察，對於佛經僅挑選 8 部作爲考察對象，對於佛經這龐大語料庫而言，著實可惜。

最後，說明以語義場理論研究漢語詞彙的必要性。歷史詞彙學研究直到現在，人們也感到對詞彙的系統難以把握，所以，在詞彙研究方面，顯得系統性不夠。在詞彙研究方面，做的大量的工作是對詞語的詮釋，而對詞彙系統、詞彙發展規律等方面的研究比較缺乏。也因此，在我們還無法描寫一個時期的詞彙系統的時候，只能從局部做起，即除了對單個的詞與進行考釋之外，還要把某一階段的某些相關的詞語（包括不常用的和常用的）放在一起，做綜合的或比較的研究。（蔣紹愚 1994：251，287）這段話指出以斷代材料爲劃分座標，以語義場爲單位進行漢語詞彙研究的重要性。語言是嚴密的符號體系，從結構來看，是由語音、語法、語義三部分組成，每個層次都是一個系統。語義不同於語音與語法，它是精神方面的東西，不能直接觀察、接觸到，是相對穩定卻又常常變化的開放系統，它與客觀世界聯繫密切，單位最多，且單位之間的關係也最複雜。因此，語義是語言中最複雜也最難研究的部份。（賈彥德 1992：

17-22）因此，以語義場爲單位的研究在常用詞演變研究中應佔據中心位置，無論就漢語科學的詞彙史的建立，還是有利於詞彙教學以及漢語詞彙理論體系的建立都有時分重要的意義。（李宗江 1999：74）

綜合論之，以「中古佛經」爲語料，從語義場角度切入，討論「情緒心理動詞」是值得進一步探究的主題，故本文寫作目的大致有五：

1. 描寫中古佛經裡各語義場情緒心理動詞的使用情況。
2. 考察中古佛經各語義場情緒心理動詞的演變過程。
3. 探討情緒心理動詞在演變過程裡的一些語言現象，以充實詞彙理論體系。
4. 對佛經閱讀有所助益。
5. 對於辭典編纂領域有所裨益。

1.2 前人研究成果

本文寫作在研究材料、研究主題方面，涉及不同問題，因此，依據學術研究動向及論文寫作面向加以細分，並分別說明。

1.2.1 佛經語言研究

兩岸在中古漢語語法研究有明顯不同的發展。大陸方面很早就從事語法研究工作，臺灣在五○年代左右才眞正展開歷史語法研究。當時的語法研究以上古漢語爲主，即西漢以前的典籍和出土資料，關於東漢至中唐的語法研究僅屬少數，八○年代後，學者開始著重中古漢語語法研究，1992 年左右，有王錦慧從事敦煌文獻語法研究，近十幾年來，由中央研究院魏培泉等人的研究，以中古文獻爲考察中心，進行全面且深入地討論歷史語法議題。〔註 2〕

梁啓超〈翻譯文學與佛典〉、〔註 3〕季羡林（1948）揭示出早期漢譯佛典「佛」字受到吐火羅語影響、王力（1958）有〈佛教借詞與譯詞〉章節。這些研究成果有導夫先路的意義，多年來，此一領域愈益受到兩岸學者重視，平田昌司

〔註 2〕此部分的論述主要參考李昱穎（2004）〈五十年來敦煌文獻語法研究述評〉及與竺家寧先生（2005）共同發表〈台灣中古漢語研究成果綜述〉二文。

〔註 3〕此文原爲民初所作，今收於《佛教與中國文學》（張曼濤主編，現代佛教學術叢刊 19），臺北，大乘文化出版社，1978，頁 345～382。

（1994）、辛嶋靜志（1997）、許理和（1998）推論其中蘊含有中期印度語、梵語、中亞語言等成分，爲漢譯佛經語言的構成元素，作出更清晰的釐清，有助詞彙的研究工作。1970 年代末以來，佛教文獻受到前所未有的重視，在梵漢對音、漢語歷史詞彙、語法研究、常用詞方面，都不同程度地運用佛經資料，得到很好的成績；反觀台灣早期學術界在這方面的研究就稍顯不足。

然而，經過十餘年時間，由於佛教團體與學術單位的共同推動之下，佛經語言討論逐漸形成一股的熱潮。從研究成果來看，筆者將其分成三方面說明：

（一）在研究人才及論文成果方面

首推荷蘭學者許理和（E. Zurcher）的說法，其嘗試以東漢二十九部佛典作爲基本材料，從六個方面切入研究其中的口語成分，得出四個結論：一、最早的譯經語言是一個有系統的整體，二、它和標準的文言有一定的差別，三、這些差別主要受口語影響，四、這種影響表現得強烈而清楚，所以通過對佛經譯文的語言分析，能瞭解關於西元二世紀時洛陽口語相當可靠的概貌。

大陸學者在這方面也有豐碩的研究成果，如：朱慶之〈漢譯佛典語文中的原典影響初探〉、〈佛教混合漢語初論〉、《佛典與中古漢語詞彙研究》等文裡，提出「佛教混合漢語」說法、「詞義沾染」理論，都爲佛經語言研究提供新的觀點。此外，梁曉虹、董琨、盧烈虹等人，都致力於研究之列。從 2000 年以降，大陸的漢語言研究學位論文不少以佛經爲材料者，大抵來說，以北京大學、浙江大學以及湖南師範大學爲研究重鎮，如：杜翔（2002）《支謙譯經動作語義場及其演變研究》、龍國富（2003）《姚秦漢譯佛經助詞研究》、季琴（2004）《三國支謙譯經詞彙研究》、張建勇（2007）《中古漢譯佛經反義詞研究》、徐朝紅（2008）《中古漢譯佛經連詞研究——以本緣部連詞爲例》、汪禕（2008）《中古佛經量詞研究》。

在台灣以竺家寧的研究爲主，其先後發表了〈早期佛經中的派生詞研究〉、〈西晉佛經中之並列結構研究〉、〈早期佛經詞彙之動補結構研究〉、〈早期佛經動賓結構詞初探〉數十篇學術論文，以《大正新修大藏經》材料，從中瞭解漢語構詞變遷的模式，近幾年來已先後完成多項國科會計畫、指導多篇學位論文。

此外，劉承慧、王錦慧等人，在歷史語法演變研究方面運用了不少佛經資料，萬金川、林光明、陳淑芬亦同爲台灣從事佛經語言研究工作的重要學者。

（二）在出版品方面

佛光山於 2002 出版一系列佛學論文，其中，在第六卷裡收錄兩岸多篇佛經語言學位論文。如：張全眞《法顯傳與巡禮記語法比較研究》（今收錄於《法藏文庫》第 61 冊）、姚永銘《慧琳音義語言研究》（今收錄於《法藏文庫》第 64 冊）、胡敕瑞《論衡與東漢佛典詞語比較研究》（今收錄於第 69 冊）。

朱慶之（2009）《佛教漢語研究》一書收錄佛經語言研究的重要參考文獻，梁曉虹、徐時儀、陳五雲（2005）《佛經音義與漢語詞彙研究》亦指出研究佛經語言的進路與概念，竺家寧（2006）《佛經語言初探》將多年研究成果以深入淺出方式介紹。

（三）在學術會議方面

目前，由兩岸學界舉辦的「漢文佛典語言學國際學術研討會」、「佛經音義研究國際學術研討會」，都已經行之多年，並定期邀請各方專才聚會交流。

這些豐碩的研究成果都凸顯出佛經語言研究已蔚爲大觀，成爲漢語言研究的一條重要途徑。

從學者研究成果來看，在語音、詞彙、語法、詞義等議題，無一不談。與本文研究密切相關的中古佛經詞彙研究，主要集中在三類議題上的討論：

1. 詞語考釋工作

如李維琦（1993）《佛經釋詞》、（1999）《佛經續釋詞》，辛嶋靜志《正法華經詞典》（1998）、《妙法蓮華經詞典》（2001）考釋中古佛經裡的特殊詞彙，對佛經閱讀有很大的幫助。

2. 綜合性論述

如許理和（1977）〈最早的佛經譯文中的東漢口語成分〉、（1987）〈關於初期漢譯佛經的新思考〉、俞理明《佛經文獻語言》對中古時期的佛經詞彙有所提及，亦如顏洽茂（2001）《佛經語言闡釋——中古佛經詞彙研究》等書，藉以佛經爲語料，討論佛經詞語三百多條，其中關於「譯經詞彙構成」和「譯經複合詞結構模式及語義構成」對於描繪中古佛經語言面貌有深刻的討論。

3. 以中古佛經為語料進行漢語詞彙史研究

如朱慶之（1992）考察《中本起經》新詞新義、口語詞，並探索佛經語言對中古漢語詞彙的影響，藉以觀察中古漢語詞彙演變的研究；梁曉虹（1994）

《佛經詞語的構造與漢語詞彙的發展》一方面在共時的平面分析佛教詞語的構成，一方面從詞彙史的角度討論佛教詞語對漢語詞彙發展的關係；胡敕瑞（2002）《論衡與東漢佛典詞語比較研究》、陳秀蘭（2008）《魏晉南北朝文與漢文佛典語言比較研究》以佛經與中土語言進行比較研究，觀察兩種材料詞彙的異同。

此外，亦有不少學者以漢譯佛經作爲漢語詞彙研究的詮釋輔助資料，如蔣禮鴻（1988）《敦煌變文字義通釋》、以及其所主編的（1994）《敦煌文獻語言詞典》、項楚（1989）《敦煌變文選注》、汪維輝 2000《東漢——隋常用詞演變研究》運用大量與考察時代同期的佛經語料，對其詞彙進行詮釋。

1.2.2 心理動詞研究

在現代漢語研究裡，動詞研究是個熱門議題。如：大陸方面舉行「句型與動詞」研討會，也有學者全方面收集動詞研究成果，編著成書爲《動詞研究》、《動詞分類和研究文獻目錄》，編纂《動詞用法辭典》、《動詞大詞典》等說明動詞內涵及用法，或以不同理論及面向觀察動詞，如陳昌來、馬慶株等。關於古漢語動詞研究，近年來有學者以專書爲題，如：徐適瑞《韓非子單音動詞語法研究》、張猛《左傳謂語動詞研究》，但仍屬少數。

就「心理動詞」研究成果來看，無論在古代漢語或現代漢語研究，其主要切入面向有三：

（一）探討心理動詞語義、語法特徵、範圍及次分類

在現代漢語方面，如范曉等（1987：53-63）別立「心理動詞」一章，綜合歷來學者研究成果，將心理動詞作爲漢語的一個小類加以考察，對它的語法特點、內部差異、與其他動詞的關係作一較爲全面的說明。有不少期刊論文都是以心理動詞爲題，例如楊華（1994）、張京魚（2001）、王紅斌（2002）等文，著重討論句式及其搭配賓語類型議題，更進一步地觀察其語法特點。然而，文雅麗（2007）的學位論文以《現代漢語心理動詞研究》爲題，將《現代漢語詞典》所收的動詞爲範圍，以心理學爲研究基點，從「認識過程」、「情感過程」及「意志過程」三個心理過程角度出發，結合動詞的語義特徵、語法功能等特點來設定判斷心理動詞的功能框架，將心理動詞分爲「心理活動動詞」、「心理

狀態動詞」、「心理使役動詞」三類，並從各自的語義、語法兩方面對這三類動詞進行專門的系統研究，這可說是目前在現代漢語心理動詞研究最全面且深入的討論。

（二）運用不同理論探討心理動詞語意及語法問題

這類研究主要表現在學位論文，以現代漢語爲研究範圍，有吳秀枝（1993）、楊素芬（2000）從約束理論角度切入，討論現代心理動詞小類的特殊語法問題：吳秀枝（1993）採「字彙分解法」（lexical decomposition analysis）分析漢語心理動詞的小類：「使役——及物」（causative-transitives）和「狀態——及物」（stative-transitives）。認爲這兩類心理動詞有不同的「字彙結構」（lexical structure），乃至於有不同的「深層結構」（D-structure），而其「深層結構」的不同主要存在於：使役心理動詞比狀態心理動詞多了一層「因果結構」（causal structure）。在「深層結構」上，兩種心理動詞的兩個相同論元，「經驗者」（Experiencer）和「客體」（Theme），有相同的階層關係。楊素芬（2000）討論漢語心理動詞特殊的語法現象。將心理動詞分成描述心理狀態和描述心理狀態改變的兩類動詞。認爲在語法結構層面上，當這兩類動詞都有主語與賓語時，施事者與受事者的詞序剛好相反，並討論之間約束理論（Binding Principle）問題。討論前人論證分析的優缺點，提出以 null operator movement hypothesis 分析，解釋心理動詞詞序與語法間的關係。賴蔚鍾（2004）以「愛」、「喜歡」、「怕」、「害怕」、「氣」、「生氣」、「嚇」爲例，探討漢語心理動詞語意及句法的互動關係。藉由不同感受類動詞所能進入的句法格式，觀察彼此之間的語意差異，找出漢語感受動詞與其他類動詞的不同。

（三）以專書為題，進行心理動詞的語義及語法分析

關於專書專題的討論，著眼於古代漢語心理動詞議題。從研究成果來看，討論古漢語心理動詞的語法功能，如：李啓文（1985：447-451）在文章裡，分析古漢語心理動詞作爲述語之際，後接一個句子性質賓語的特殊句式。文中依其搭配的五個特點分別討論。劉青（2002：108-111）從心理動詞與賓語及狀語搭配的關係討論其語法功能，並與甲骨卜辭材料作參照，進行歷史考察。

從形式結合語義分析的角度切入，如：陳克炯（2000：205-211）以先秦多種書面文獻資料爲對象，以詞爲單位，對於負面心理動詞作謂語的功能形

態進行綜合考察。文中將負面心理動詞分成「憐」、「怨」、「厭」、「憂」、「懼」五類，探討其帶賓語所存在的內在制約關係。此一論文是屬語法現象的斷代描寫類型。陳克炯將「憐」系、「怨」系、「厭」系、「憂」系和「懼」系視爲同義義場。文中提出各系心理動詞的述謂功能存在不勻質的現象，除了與各系詞義所反映的心理負擔輕重的不同有某種關係之外，最重要的是各系對於不同賓語的選擇性上存在差別。這亦是有趣的語言現象。于正安（2003：24-26）從語義與形式結合的角度，以《荀子》爲語料，依據心理活動好惡情感的不同，分爲正面、負面及中性心理動詞，分類討論各心理動詞的語義及語法功能，觀察其所搭配的賓語性質。

從 2005 年以來，大陸學位論文始有專題討論古漢語「心理動詞」問題。在上古漢語方面，苗守豔（2005）以《列子》爲材料，通過與其他類動詞比較描述心理動詞語義特徵、劃分語義場，查察其意義變化與歷史來源，進行語法功能探討；朱芳毅（2005）討論《說文解字》178 個，以語義理論、語義語法學理論和元語言理論爲理論基礎，進行語義分析，建立義場及其義徵標記集及表達式。在中古漢語方面，季琴（2004）以支謙譯經爲研究對象，通過調查先秦漢魏南北朝文獻，運用描寫及比較法，探討譯經中同義連用現象及五組常用同義詞的演變發展，此外，以東漢支讖《道行般若經》與三國支謙《大明度經》同經異譯討論語言風格問題；梅晶（2005）以魏晉南北朝小說爲材料，對心理動詞的語法功能進行全面性討論，值得一提的是，作者在論文裡運用現代漢語研究的配價理論分析；李長雲（2005）以敦煌變文爲例，討論懼怕類心理動詞詞義演變問題，援用心理學理論是其切入角度的特點。在歷時研究方面，邵丹（2006）選擇上古到現代 24 種語料，運用語義場理論，並結合情緒心理學相關研究與理論，考察漢語六類情緒心理動詞，觀察其歷史演變的特點及規律。

討論心理動詞的論文，在提到心理動詞擔任各種語法功能，多受到篇幅影響而不見舉例，以述謂功能爲討論主軸，將心理動詞判定爲主要動詞，歸納其「後接成分」。如：陳克炯（2000）歸納先秦負面心理動詞出現數及所帶賓語的結構形式，將其後接成分（賓語）分爲「體詞」、「謂詞」、「主謂詞組」、「介賓」、「複句」五類。其中「謂詞性賓語」即爲「心理動詞＋動詞（詞組）」結構，如「不恥下問」，此一句例是「恥」爲主要動詞。若是純粹以心理動詞爲出發點，討論其後接成分不免造成研究上的盲點，故本文乃從各成分在句子的語法功能切入，而不單僅以後加成分來觀察心理動詞的細類。張家合（2007：183-185）也提到古漢語心理動詞研究的五個研究面向：1. 心理動詞及物性研究，2. 語義場理論，3. 心理動詞的量級問題，4. 心理動詞的過程結構表達，5. 心理動詞的認知研究。這五個研究重點，清楚地指出研究方向，亦可爲本文研究參考。

1.2.3 語義場研究

關於語義場之稱名，亦有「詞義場」之稱，二者略有區別，本文以「語義場」稱之。〔註 4〕筆者以爲關於語義場研究，主要分爲詞彙場和句法場兩種切入角度，詞彙場將語言詞彙視爲一個系統，在此系統裡，詞的意義受到其他詞的制約，並由它們定義；句法場主要以詞與詞的組合關係，場的核心是具述謂語法功能的動詞或形容詞，觀察它們的搭配詞組。部分學者認爲語義具有聯繫關係的詞應該會在上下文共同出現，如果詞在上下文經常出現，代表之間的意義有聯繫。可知詞彙場研究是從詞的意義角度切入，以詞的聚合關係劃分義場，句法場是從詞的組合關係劃分義場。

語義場理論源自於索緒爾的語言學理論，80 年代開始，出現不少介紹及研究語義場理論的著作。主要有：賈彥德（1986）《語義學導論》、伍謙光（1988）

〔註 4〕張建理（2000：112-117）提到：Trier 把一種語言的辭彙看作是一個組合的系統。在這個系統中任何詞項的意義均受其他詞項的制約，並由它們定義。一種語言中的任何詞項均屬於某一辭彙（子）系統，沒有詞項能獨立於辭彙的其他部分而單獨存在。詞項集結成較大的集合團，稱爲詞義場，小詞義場又是大詞義場的子系統，從而構成整個辭彙系統。……Grandy 是試圖精確定義詞義場的學者之一。在他看來，詞義的集合代表了概念，因此他認爲將詞義的集合改稱爲語義場（Semantic Field）比較恰當。首先，他認爲語義場是由對比組（Contrast Set）組成的。對對比組的定義他首先聲明依據的是健全的語言使用者的直覺：他們對語義對比和內含的共同理解和認同。」並於文後提出「應該說明的是，上述三種理論是由不同學科領域的人提出的。詞義場和語義場理論由哲學和邏輯學家提出，並試圖使之形式化；具體縱橫軸上的語義關係由描寫語言學家提出，代表爲 Cruse；語義框架理論則主要是認知語言學家在研究。各種理論只是研究的角度和領域不同，並不存在一種優於另一種或前一種將取代後一種的情況」。

《語義學導論》、徐烈炯（1990）《語義學》、劉叔新（1990）《漢語描寫詞彙學》、賈彥德（1992）《漢語語義學》、胡正微（漢語語法場導論）、石安石（1993）《語義論》、符淮青（1996）《詞義的分析和描寫》等。

在現代漢語研究裡，大多以語義場理論爲基礎進行分析，或進行英漢語比較，或以漢語與其他語言比較。其中，分析漢語語義場的代表有：符淮青（1996）分析「紅」的顏色詞群、表示人頭各部位的詞群、表示眼睛活動的詞群，以普通話、閩南方言文昌話爲考察對象；賈彥德（1996）分析漢語人體上身動作語義場，下分爲徒手動作子語義場與非徒手動作子語義場。此二者都著重在詞義分析，在詞的組合關係部分討論得少。

此外，大陸學者在古漢語詞彙研究時，對於語義場理論也多所援用。如：蔣紹愚（1989）提出以語義場理論觀察詞彙系統演變的方法，在書中「詞在語義場中的關係」分析一些聚合、組合語義場；還有專文〈白居易詩中與「口」有關的動詞〉，探討與「口」有關的四組動詞，從《世說新語》到白居易詩到《祖堂集》的發展演變，並以統計使用頻率和考察詞的組合關係來判別舊詞與新詞。在大陸方面已有一批以語義場爲題的碩博士論文，對單個語義場進行歷時和共時性的分析研究。如：呂東蘭（1995）《漢語「觀看」語義場的歷史演變》、崔宰榮（1997）《漢語「吃喝」類詞群的歷史演變》、王楓（2004）《「言說」類動詞語義場的歷史演變》、張萬春（2004）《東漢魏晉南北朝民歌心理動詞的來源和發展》、邵丹（2006）《漢語情緒心理動詞語義場的歷史演變研究》、方云云（2010）〈近代漢語「脖子語義場」主導詞的歷史演變〉等，以先秦到近現代的語料，探討某一類語義場的來源及發展問題，這些論文是以歷時角度進行研究。

在筆者考察的語義場論文裡，杜翔（2002）《支謙譯經動作語義場及其演變研究》、李娟（2006）《漢書司法語義場研究》、焦毓梅（2007）《十誦律》常用動作語義場詞彙研究》、朱芳毅（2008）《「說文解字」語義網絡研究》等論文，是以共時材料進行語義場內部共時性的描寫，進而描寫語義場各個成員的歷史來源和演變過程，總結其規律性現象。

目前的研究對象主要是吃喝、觀看、與口有關的基本語義場，而這些研究成果反映出：語義場角度的研究的確能架構詞彙系統的面貌，這樣的研究是必要的，而且，這樣的研究方向，也是亟待努力的。

綜上而言，本論文的研究議題必須以前賢研究成果爲基礎，掌握對佛經語言的語感、現代漢語動詞及語義場理論，熟悉中古漢語語法現象，才能全面觀察語料中所呈現的語言事實，提取其規律性的語言現象，以便驗證現有的認識是否符合實際。

1.3 研究範圍與文本說明

漢譯佛經傳譯時代的劃分，與從政治角度劃分的中國史不同，也有異於以佛教教派發展爲中心的中國佛教史，而是應從譯經本身進行考察。梁啓超（1978）將佛經翻譯分成三期：

東漢至魏晉爲第一期，代表人物爲安世高、支婁迦讖、支謙、竺法護四人。

東晉南北朝爲第二期，以鳩摩羅什、法顯、菩提流支、眞諦等人爲代表。

唐貞觀至貞元爲第三期，以玄奘、義淨、實叉難陀、闍那崛多等爲代表。

〔註 5〕

小野玄妙（1983：5）從勘考譯經的有無，以及翻譯用例的變遷，並與歷代製作且可爲標準的經錄對照，大致訂定其新時代劃分的起盡，較梁氏之說更爲詳盡。其書中分爲六期，分別是：傳譯以前、古譯時代、舊譯時代前期、舊譯時代後期、新譯時代前期、新譯時代後期。共計有 60 位經師，306 部經，1647 卷。〔註 6〕就材料分期來說，小野玄妙對於各時代的稱呼，是從譯經的有無進行推定。

〔註 5〕梁氏將第一期類分爲三：（1）後漢：以安世高（147～170）爲主，譯《安般守意經》共 39 部。皆小乘經典。譯筆「辯而不華，質而不野」。另爲支婁（148～186）譯大乘經典，文字「了不加飾」，皆有其特色。（2）三國：以支謙（223～253）爲代表，譯《無量壽經》等數十部。（3）西晉：以竺法護（266～315）爲代表，護世居敦煌，爲西行求法之第一人，中國人能直接自譯梵文由護始。梁僧祐《出三藏集記》載護所譯 154 部。胡適《白話文學史．佛教的翻譯文學》稱護所譯「不加藻飾，自有文學意味」，道安亦稱之「宏達欣暢」。此爲竺法護譯品之語言特色。

〔註 6〕不少佛經翻譯由多位經師共同進行。筆者依據經錄及小野玄妙說法進行統計，凡稱「XX 等」，僅列入 XX。所列經師、佛經部數、卷數，可參見附錄四。至於經師的統計部分，部分經師確實可信的譯經只有一部，且與他人共譯，故須另列，有《舍利佛阿毘曇論》由曇摩耶舍與曇摩崛多合譯、《雜寶藏經》由吉迦夜與曇曜合譯、《無量門破魔陀羅尼》由功德直與玄暢合譯。

第一期「傳譯以前」（後漢光和譯經——靈帝熹平末年 A.D.177）：指佛教東傳，但並未確實進行佛經翻譯.。開始譯經後，則由翻譯上譯語的用例及其他方面考定。

第二期「古譯時代」是後漢靈帝光和初年（A.D.178）至東晉寧康末年（A.D.375）之間的一百九十八年。

第三期「舊譯時代前期」，從東晉孝武太元初年（A.D.376）至南齊和帝中興（A.D.501）年間，是以南齊僧祐撰錄《出三藏記集》爲分界點，且當時大規模翻譯大乘經論加上譯經事業進步、譯語精鍊。

第四期「舊譯時代後期」從梁武帝天監元年（A.D.502）至隋恭帝義寧元年（A.D.617）。舊譯時代與古譯時代草創期的翻譯風格不同，譯語精鍊、文章暢達。

第五期「新譯時代前期」指唐初（A.D.618）至五代末年（A.D.959）年間。這段期間的佛教經點翻譯工作更爲盛大，如玄奘翻譯能嚴格匡正梵語字義，譯文首先忠於原本，與舊譯時代以達意爲主的翻譯風格不同。

第六期「新譯時代後期」是趙宋初年（A.D.960）至元成宗大德十年（A.D.1306）。

本文包括第二期「古譯」至第四期「舊譯」時期所翻譯的佛經，也就是梁啓超所說的第一、二期。

本文在佛經語料的選擇上，是以中華電子佛典協會輸入 Cbeta 電子佛典系列《大正新修大藏經》爲語料底本。〔註 7〕

佛經漢譯和漢文大藏經的編定，是從實用目的出發，爲了滿足傳教的需要並符合傳教者的意願，又要迎合信仰者的興趣，加上中印間文化和地理阻隔，所以漢文佛經沒有全部譯出印度佛經，而有些經文卻一譯再譯，有多種譯本。各版本漢文大藏經所收錄的經文，大部分是相同的，但由於各版本漢文大藏經當時的背景不同，也各有一些特有的經論和著述，特別是有些後出佛經，前代編定的大藏經中自然無法收錄，僅能見於後代編定者。中國的經典翻譯從何開

〔註 7〕其底本是以《大正新脩大藏經》（大藏出版株式會社©）第一卷至第八十五卷、《卍新纂續藏經》（株式會社國書刊行會©）第一卷至第九十卷爲底本。於日本大正、昭和年間（1924～1934），日本大正一切經刊行會刊刻。其特色爲線裝。體例新穎，校勘精良，使用方便，又有大穀大學等編大正新修大正藏索引，是目前學術界及民間流通最廣的漢文大藏經。

始？早期有些無名的譯經者從事小部分譯經，或像是安世高和支婁迦讖這些有組織的譯經者，由口授的傳述而譯爲漢語。然而，較爲確實的說法是佛經翻譯在東漢桓帝以後，爲數眾多的經典開始被譯出。種種原因使得漢譯佛經存在眞僞的問題，特別是東漢到西晉間的譯品，即便年代仍屬中古時期，原本是失譯經在隋唐之際卻掛上了譯者名。其譯者或眞實無誤，或爲後人假託其名，不僅是翻譯紀年、譯者事歷的問題，在於書中所考定的每一經題下，所列出的譯者署名、正確與否。佛經語料長年以來未能與文獻學完全結合，以佛經爲研究語料之前，必須亟待解決譯者及年代的問題。使得作品年代問題也一直懸而未解。嚴密的刪選是必要的。

爲了提高研究的準確度，本文對於佛經眞僞的考訂兼採各家說法，所採信者是爲諸家皆認爲眞實無誤者，若所引各家說法裡，有其一質疑佛經之眞實性，則本文不採爲分析文本，先暫時排除在外。〔註 8〕在東漢譯經部分，轉引林昭君（1998：44-45）說法並稍作改動，可參考附錄一〈東漢漢譯佛經篩選目錄〉。在魏晉南北朝佛經裡，可參考附錄二〈魏晉南北朝漢譯佛經篩選目錄〉。整篇論文的語料範圍、經師簡略生平，請參考附錄三〈本文所考察之東漢魏晉南北朝漢譯佛經目錄〉。統計得知，本文共計討論 57 位經師、321 冊，1584 卷佛經。

蔣維喬（1990：45）：「印度文體，往往用三字句、四字句、五字句、六字句、七字句的韻語，以便記誦」，是以詩句的形式頌其教說，應亦有『利於記誦』一因素存在，翻譯之際所有字詞易受到字數限制而增減。」雖然本文以中古佛

〔註 8〕從梁・僧祐《出三藏記集》到唐代期間敕撰的經錄資料，是研究經典傳譯史的重要依據，特別是《開元錄》，它可說是後代編纂《大藏經》的規範目錄，所有現行大藏經的組織編目，以及各經目譯人名，都是依此勘定。除已有十餘種經錄可供查證之外，當今中外學者也有許多討論，看法不盡相同。以佛經爲斷代研究語料，須謹愼考慮作品眞僞、是否有假託的問題，以釐清譯品的實際年代，剔除條件不符者，盡可能地卻提高分析結果的準確性。

一般所採用的考訂方法有二：一是參考歷代經錄，顏洽茂（1992：11）指出其採經原則有二：1. 譯者的本事生卒基本明確，在歷代僧傳或有關佛教典籍上有記載，確定生活在當朝。2. 譯經在《出三藏記集》等經錄出現，凡經錄中有疑僞之經籍或失譯後附於某朝之經籍，或失譯人名之經籍則不取。二是藉由文體及語言現象幫助判斷，近年有不少學者從事這類研究（許理和 1977，梁曉虹 1996，曹廣順、遇笑容 1998），分別有所創獲。

經作爲觀察語料，然而，佛經本身是翻譯作品，不免受到節律限制。如果只是以佛經爲考察語料，是否能夠完全呈現中古漢語的面貌？因此，本文也參考邵丹（2006）中古中土文獻研究成果作爲參考比較的對象，藉以與中古佛經語料所呈現的語言現象比較，以期明確中古佛經情緒心理動詞的面貌。

最後，說明語料句例劃分及格式。本文採樣語料的過程，先以閱讀《六度集經》文本並參酌前賢對心理動詞的研究成果，進而檢索資料庫。檢索得到文句後，再進行窮盡式的整段或通篇閱讀，以判斷其意義類型。在閱讀文句過程裡，並以《漢語大詞典》、《佛學大辭典》、《佛光大辭典》等工具書輔助理解。〔註9〕

爲何選定《六度集經》？《六度集經》，又作《六度無極經》、《六度無極集經》、《雜無極經》。三國時代吳・康僧會在太元元年至天紀四年間（A.D. 251～280）所譯出。係集錄佛陀在過去世行菩薩道時之九十一則本生譚故事，配合大乘佛教所說之布施、持戒、忍辱、精進、禪定、智慧等六度而成者，故稱爲《六度集經》，其特色在闡揚大乘佛教之菩薩行。歷來研究佛經語言的學者，多以此經作爲考察對象；又如遇笑容、曹廣順（1998）從語言上以《六度集經》與《舊雜譬喻經》的譯者問題，將其作爲語言現象對比的標準。因此，筆者認爲在龐大佛經材料裡，《六度集經》能反映中古佛經實際面貌，具其代表意義。

文中斷句主要依據《大正新修大藏經》CBETA 光碟 2007 年版，不加改動，以保存其原貌。而劃分判定語段則以句讀爲基本標準。

（例 1）爾時尊者大目揵連。在一樹下。結跏趺坐。思惟觀察。（200・223a）

本文引用《大正新修大藏經》例句的一般格式爲：例句序號＋例句本文＋（例句出處）位於括號裡的例句出處，如（200・223a）其格式爲：（譯經經號＋「・」＋223 頁 a 欄）此外，在引用其他典籍中的語段作爲例句時，表示方式均於例句之後注明出處。

〔註9〕本文僅討論經文部分，若僅單獨出現於偈頌部分者則不列入討論。例如：「欣欣喜」即欣喜。僅釋寶雲《佛本行經》：「情中欣欣喜。猶冥蒙月光」（193・070c）一例，即屬此類。

1.4 研究方法及章節安排

研究古漢語，須對語感及歷史語法有高度的掌握，以便觀察語語法現象，並在論文裡進行共時與歷時性的比較。除了廣泛收集資料，也要重視理論與方法。

佛典為龐大語料庫，筆者在考察情緒心理動詞之際，盡可能地找出所見的心理動詞進行分析。首先以 152 號《六度集經》為觀察對象，一方面藉以掌握東漢魏晉南北朝佛經的語感，二來對於討論的心理動詞範圍加以限定。除了《六度集經》所見心理動詞之外，並參考前人歸結出的心理動詞，讓研究工作更臻完善。

整個研究進行的具體方法是：首先，以《六度集經》為主要考察對象，先根據對語段的意義理解進行，區分出體詞性語段和謂詞性語段。其次，分析主要謂詞裡的動詞。參考前人研究成果，並且根據各主要謂詞的特點對它們進行分類。將 152 號《六度集經》的動詞細分為：行為動詞、關係動詞、狀態動詞、趨止動詞、能願動詞、存在動詞、心理動詞、判斷動詞。第二階段歸納出中古佛經情緒心理動詞的系統，依其語義場分別考察。因此，在分析過程當中，將根據新的發現與認識，對第二階段的調查材料裡的心理動詞部分隨時進行修訂增刪，去除既有語感的影響，去偽存真。在語言研究者考察消失語言的語言現象時，真實存在的活語言是不可或缺的參照對象，在語音、詞彙、語法各方面皆是如此。因此，本文寫作嘗試以現代漢語動詞研究成果作為理論參考，以進行更深入的描寫。

本文寫作採取的方法大致有三：

一、**義素分析法**（seme analysis）：又叫作語義成分分析法（componential analysis），透過對於不同義位的對比，找出其包含的義素的方法。能更清楚揭示義位的結構和語義場內各義位的關係。

二、**客觀描寫法**：王寧（1996：6）《訓詁學原理》提到「詞彙與詞義的總體是具有系統性的，而詞彙系統與詞義系統——起法是它的局部系統——是可以通過描寫顯示出來的。」

三、**比較互證法**：中古佛經雖然是龐大的語料庫，卻因為是翻譯作品，不免受到傑率影響，為了避免得到的結論可能不夠全面，以更清楚地顯現義位的系統性，本文輔以學者對於中古中土文獻及歷時研究的成果比較互證。

四、定量分析法：唐鈺明（1991）：「定量方法對研究共時的語言現象意義重大，對研究歷時的語言現象也同樣重要。我們若能在頻率、頻度的基礎上進一步展現某種歷時現象的頻度鏈，那麼對揭示這種現象發生、發展和消亡的歷史層次就有重大的意義。……運用定量方法來研究古文字資料的語法，在學者中已偶有所見，而在辭彙方面，這種方法尚未引起重視，還有待提倡和推廣。其實，在存疑的辭彙問題中，有些只要採用定量方法，本來是不難解決的。」也因此，本文也嘗試以「常用詞」角度觀察中古佛經，比較在不同時代的語義場的主要成員，藉以探究中古佛經在漢語詞彙發展的影響。

本文擬以語義場角度切入，其運用研究途徑爲何？竺家寧（2008：437）提到：

> 可以進行的途徑，有下面幾個方面：第一是佛經裡有許多詞素易序的結構（AB／BA替換），都是同義並列結構。我們可以觀察二詞間的共性和差異性。也可以分析詞素單用時的義素成分。例如：1. 知識／識知 2. 熱惱／惱熱等例。第二，我們擬摘出佛經中的同義詞群、類義詞群進·其中所蘊含的義素分析工作。例如:「貢高／憍慢」、「哀音／哀樂」等。第三，佛經中有大量的新生複合詞，觀察其組成詞素間的語意聯繫。例如：名詞＋名詞組成的並列結構。例如:殃禍、魂神、宗家、衢路、顏貌（500羅云忍辱經）空無、吾我（103佛說聖法印經）。形容詞＋形容詞的並列結構例如：清淨、威猛（500羅云忍辱經）清涼、安隱（118佛說鴦掘摩經）。動詞＋動詞的並列結構，例如：驚怪、往來、消滅、燒煮、布施、毒害（500 羅云忍辱經）思念、消除、休息、解脱、分別、思惟、毀壞、別離（103佛說聖法印經）。第四，我們還可以觀察這些中古詞語的歷時演變。特別是「同形義異」的詞。例如「交通」、「感激」在佛經中的意義和今天並不相同，那麼其間的哪項義素發生了調整？嘗試找出其中變化的脈絡。

這段話爲語義場研究明確指出幾個方向，本文擬從這些方向著手，在情緒心理動詞的語義場裡，觀察各情緒語義場詞條的詞義以及語法功能、賓語、狀語搭配選擇的不同，以期瞭解各義場成員間的差異及關係。在討論詞彙關係時，以義素分析討論詞義，觀察各成員在語義場間的關係，在討論新舊詞關係時，並參酌前賢上古、近代的相關研究以進行比較。在探討詞義時，常以辭書釐清意義，然而，一般來說，辭書可作簡單說解，但是其解釋並非爲同一個歷史平面的，也因此這樣的說法較顯粗略，應該有更深入的討論。討論之際，先列辭書說解，再以佛經語料進行義素分析。就語法功能來說，心理動詞在句子當中可作主語、謂語、賓語、定語、狀語，不擔任補語的語法功能。然而其主要語法功能充當句子的述語部分，賓語的搭配選擇更是爲動詞次分類的重要指標。

此外，在本文寫作裡使用「義位」、「義叢」的概念，爲了使語義體現思想，義位元在實際語言交際中必須組合起來，語義學中把義位元與義位元的組合稱爲「義叢」。杜翔（2003：8）提到：

> 本文在考察義位的實際使用時，援引了「義叢」這一概念，這是因爲，使用「義叢」這一概念，可免去辨別「詞」、「語」的糾纏。漢語大規模的雙音化進程開始於漢代，三國時期這一趨勢更加明顯，但是這一時期大量的雙音節詞和短語的界限不很明確。馮勝利（2001）從韻律結構來確定「詞——語大界」，認爲雙音節形式是韻律上的音步，是韻律系統中的韻律詞，提出漢語複合詞如下的發展模式：短語韻律詞→固化韻律詞→詞化韻律詞。這一複合詞的發展模式與歷史事實是相符的，三國時代大量的雙音節形式正處於短語固化爲詞、「詞——語」兩兼的中間狀態。

本論文分成四個部分進行：其一是處理中古佛經裡的動詞分類問題，歸結詞類劃分的原則，以作爲整篇論文動詞論文的標準。其二是分析中古佛經的情緒心理動詞，依其正面、負面語義場分別討論，進行細部描寫。其三是依分析中古佛經裡的情緒心理動詞，就其所反映的部分詞彙現象進行討論。並嘗試與前賢研究成果進行共時性及歷時性的比較，以明其共同性及特殊性。其四爲結論。

第二章　情緒心理動詞及其語義場劃分

爲了使情緒心理動詞在動詞系統裡的定位更加明確，以及了解中古佛經情緒類心理動詞問題，有必要瞭解語義場理論，探究情緒心理動詞其名義、類型及運用概況，這是本章的目的。

在本章裏，2.1 首先說明情緒心理動詞之定義，2.2 說明語義場基礎理論，2.3 進行中古佛經情緒心理動詞的語義場劃分。

2.1 情緒心理動詞之定義

「情緒心理動詞」所指爲何？與「心理動詞」有何不同呢？「心理動詞」是否獨立爲一類？這是本節主要討論的問題。

關於「心理動詞」稱名及是否該獨立爲一類，學者各有所忠，甚至有學者認爲「心理動詞」這一名稱應該取消。

把「心理動詞」作爲動詞的一個小類加以討論，最早可以追溯到《馬氏文通》。該書提到：「凡實字以言事物之行者，曰動字」，〔註1〕又說：「凡心之感與意之之，皆動字也」、「凡動字記內情所發之行者，如恐懼敢怒怨欲之類，則後有散動以承之者，常也。」〔註2〕馬氏所提到的「記內情所發之行」，就

〔註1〕清・馬建忠，《馬氏文通》，北京，商務印書館，1898（2000 年版），頁 20。

〔註2〕清・馬建忠，《馬氏文通》，北京，商務印書館，1898（2000 年版），頁 214。

是表示「心理活動」的意思。馬氏並且指出這類動詞有兩個特點：即動詞後接「散動」、「承讀」，也就是後接動詞賓語和小句賓語。也就是說，這類動詞後面常常帶有動詞作爲賓語。這是到目前爲止筆者所能見到最早對於心理動詞的論述，馬氏除了替心理動詞下定義之外，還有例證，並指出部分語法功能，其開創之功應予以肯定。然而，他是以意義作爲心理動詞的劃分標準，對心理動詞的界定較寬，將這類的動字和卷四所說「不直言動字之行，而惟言將動之勢」的「助動字」（例如「可」、「足」、「得」）分別論述，以將二者區別，屬「如恐懼敢怒怨欲之類」，並把部分表示意願的助動詞也歸入心理動詞。

在現代漢語研究裡，將「心理動詞」明確獨立列出，與其他動詞相區別，這樣的說法首推呂叔湘（1942）的《中國文法要略》一書。自此之後，心理動詞的地位大爲提高，一般來說，各種漢語語法專書及教材都會將心理動詞作爲動詞的一個小類（張志公 1953、1982；黃伯榮、廖序東 1983；劉月華 1983、邢福義 1991）。

陳承澤（1922：30-36）在《馬氏文通》基礎之上，對心理動詞裏的「喜」、「怒」、「哀」、「樂」、「哭」、「泣」、「顰」、「笑」等「表心理感覺或其見於外之狀態之字」列爲「狀態自動字」。又說：「此等之字，亦得有後置副語，然其副語罕爲表場所者。且此等之字，大多數得以表級度之限制副字副之。」同時，又指出：「表心理或語言等類之他動字，則可以語句組成目的語，而率不得爲被動。」這段話說明：（1）表心理的動詞可以分爲他動與自動兩類；（2）表心理感覺的狀態自動字可以搭配表示程度的補語；（3）表心理的他動字可以用「語句」作爲「目的語」，也就是說可以用短語做賓語；（4）表心理的動字不能構成被動式。

黎錦熙在《新著國語文法》書裡的「外動字」、「他動字」部分都列有「表情意作用」的動字。包括有「愛」、「惡」、「希望」、「憂患」、「贊成」、「佩服」、「歡喜」、「害怕」等。之後，他和劉世儒合著的《漢語語法教材》，在「動詞再分類」章節中又提出了表示「經驗過程」和表示「情意作用」兩類皆屬於「心理活動」的動詞。這樣的看法，將心理動詞的研究又向前推進了一步；然而，作者在書中將「看」、「聽」、「學習」等詞也歸入心理動詞。如此看來，則心理

動詞所涵蓋的範圍又太過廣泛。〔註3〕

呂叔湘《中國文法要略》（1942）將現代漢語動詞歸納爲四類，其中一類是屬於心理活動的動詞，列目如：

想、憶、愛、恨、怨、悔、感激、害怕等。〔心理活動〕

後來，他在《漢語語法分析問題》（1953：4）將動詞分成三類：

（有形的活動）來、去、非、跳、說、笑、討論、學習等等。

（心理活動）想、愛、恨、後悔、害怕、盼望、忍耐等等。

（非活動的行爲）生、死、在、有、是、能、會、加、減等等。

從詞目舉例來看，可知呂氏將心理動詞的範圍擴大了。在《中學教學語法系統提要（試用）》（1982）裡，又把現代漢語動詞分成七類，其中一類表示心理活動的動詞，如：「想」、「愛」、「恨」、「忘記」、「希望」等。由上可知，在各書裡，作者均從語義角度切入，將心理動詞劃分爲動詞的一個細類。呂氏的幾次說法裏，對心理動詞界定範圍不一致，沒有明確定義，也尚未對其語法特點作出說明和闡述。

張志公（1953、1982）、黃伯榮、廖序東（1983）、邢福義（1991）等學者，分別就心理動詞提出詞目實例。各家說法之間卻有很大的差異，試比較列表於下：

著作或教材	著者或編者	表示心理活動的動詞
《漢語語法常識》	張志公	想、怕、愛、恨、揣摩、考慮、計劃
《現代漢語》	張志公	愛、恨、想、記得、忘記、幻想、希望
《現代漢語》	黃伯榮、廖序東	愛、怕、恨、想念、打算、希望、害怕、擔心、討論
《現代漢語》	邢福義	愛、恨、喜歡、厭惡

從上表可知，這些語法專著和教材所列舉表心理活動的動詞並不一致，書裏所論及的心理活動動詞無論在意義方面還是語法特點方面都並非屬於同一類。從心理角度分析，「想」、「揣摩」、「計劃」、「打算」應屬於一類，表示的是一種思維活動；「愛」、「恨」、「喜歡」、「怕」、「害怕」、「擔心」、「討厭」、

〔註3〕關於《漢語語法教材》的說法，乃轉引自胡裕樹、范曉，《動詞研究》，開封，河南大學出版社，1995，頁241。

「懷念」應屬於一類，表示的是一種心理活動；「記得」、「忘記」應屬於一類，表示對事物的一種知覺。因此，楊華（1994：33）認為表示思維活動的動詞和表示感知類的從可以合為一類，歸入行為動詞，和表示心理活動的動詞區別開來。

李英哲、鄭良偉（1990）所提出心理動詞的涵蓋範圍更廣，包括有述說動詞（「說」等）、認知動詞（「知道」等）、想像動詞（「認為」等）、贊成動詞（「同意」等）、思考動詞（「想」等）、詢問動詞（「追問、猜」等）、感謝類動詞（「感謝」等）七類。

上述學者認為心理動詞是動詞下的一個小類；另有部份學者（張靜 1987）認為將心理動詞獨立出來並不是語法上的分類，僅是詞彙意義的分類。隨著語言學節對於漢語動詞研究的深入，出現了一些專門研究心理動詞的論文。董秀梅（1991）根據意義來劃分心理動詞，陳光磊（1987）提出「劃分心理動詞不能單純依據這些動詞具有表示心理活動的意義，而主要地根據這些動詞的語法功能上的一些共同特點」。由於漢語形容詞的性質與用法和動詞相似，都可以受「很」修飾，因此，大多數學者認為二者應該放在一起。「失望」、「害羞」、「抱歉」等詞，從意義上嚴格來說，應該置於形容詞，而周有斌、邵敬敏（1993）認為不能單從詞義來判定心理動詞，根據他們確定的形式標準來鑑別哪些是心理動詞，從語義、語法來探討心理動詞的性質，並且歸納出心理動詞的句型模式，並將其稱為「準心理動詞」。此外，海外有些學者，如 Chen（1994）以題元指派一致性假設（UYAH）討論心理使役動詞，Wu（1994）以漢語使役詞與使動結構進行研究，指出周有斌、邵敬敏所提出的心理動詞是所謂的心理狀態動詞，而海外學者所提出的是心理使役動詞。〔註 4〕因此，更能確定心理動詞獨立作為議題探討的意義。

各家所列心理動詞的範圍之所以不同，主要是因為意義標準的判斷出入高。王紅廠（2004：98）認為：

> 一是劃分小類所依據的是意義標準，意義標準的可操作性較差，缺乏形式上的驗證；二是對於這個小類的研究還不夠；三是由於「心理」概念複雜，和思維、感覺、知覺、性格有密切關係。只要是述

〔註 4〕轉引自張京魚，〈漢語心理動詞及其句式〉，《唐都學刊》，2001.1，頁 112～115。

人動詞就和心理有關。這種差異也反映了「心理動詞範圍正在擴大」的趨勢。

筆者認爲，如果從馬建忠「凡動字記內情所發之行者，如恐懼敢怒怨欲之類，則後有散動以承之者，常也。」的定義來看這個問題，可以清楚地說明：「內情所發」界定心理動詞的基礎，然而，何謂內情所發？其中的狀況是十分複雜的。有些心理動詞所表示的情狀是隱含於內心，可以不必借助外在行爲表現，例如「嫉」、「怒」：有些心理動詞表示內情，卻必須透過外在行爲表現出來，例如「商議」、「關心」。而思慮計畫類動詞表示的也是一種心理活動，卻沒有「情」的成分。因此，詞義類型的模糊是導致心理動詞分類不清的重要因素。

張京魚（2001：111-113）將其分爲二類：心理狀態動詞及心理使役動詞。張京魚（2001：113）提出這樣的分類正好驗證了徐通鏘（1998）論證的漢語語意句法自動和使動的基本模式。這可以從呂叔湘（1987）說法看出。呂氏以當時媒體對同一件事情的看法，就「勝」、「敗」兩字討論漢語動詞兩種格局。第一格局是《光明日報》提出：X（中國隊）勝（動詞）Y（南韓朝鮮）、X（中國隊）勝（動詞）；第二格局《北京日報》提出 X（中國隊）敗（動詞）Y（南韓朝鮮）、Y（南韓朝鮮）敗（動詞）。第二格局中的「敗」字是使役動詞，是指使 Y 敗或打敗。就心理動詞來說，除了詞義分類之外，關於現代漢語心理動詞的形式標準，以「S＋（人）＋｛很＋動詞｝＋賓語」描述，凡是可以進入這一格式的，都認爲是心理動詞。不過，以這種說法鑑別，則「感動」、「激怒」、「震驚」、「噁心」都不是心理動詞；但是「照顧」、「強調」、「支持」都是心理動詞。爲了周全這樣的說法，另用「Subject（人）＋對＋O＋很＋感到＋動詞／形容詞」作爲鑑別式，以「S＋V＋O（感受者）」作爲心理使役動詞的鑑定標準。

張家合（2007：183）提到結合語法形式和語法意義，可將心理動詞分爲狀態和動作兩大類：狀態心理動詞表示心理情緒狀態，例如「哀」、「患」、「妒」等，該類動詞一般能受程度副詞的修飾，依據情緒的特點，分爲正負面兩個次類，如「憐」、「怨」、「厭」等爲負面心理動詞，表達心理負擔意義；「愛」、「喜」爲正面心理動詞，表達積極的心理意義；而動作心理動詞表示心理動作行爲，如「猜」、「測」、「悉」等，該類動詞一般不能受程度副詞修飾，又分爲思維和感知兩類。

綜上可知，學者對於心理動詞判定標準之說法可類分爲三：

1. 意義標準：如黃伯榮、廖序東、董秀梅等。
2. 形式標準：如周有斌、邵敬敏、陳光磊等。
3. 形式與意義結合之標準：如王紅廠、張京魚、張家合等。

前賢研究成果來看，現代漢語心理動詞的典型成員在語法形式、語義和組合關係上有幾個特點：

1. 是用以表示生物內心情感及態度的動詞。
2. 心理動詞的主語：由於生物內心情感與態度都是屬於主觀行爲，發生且作用於生物主體，因此，心理動詞的主語都是當事。
3. 主體由於賓語所表示的人事物等的存在，而被導致產生了某種情感或態度。
4. 心理動詞的賓語：一般而言，心理動詞都帶直接賓語，不需要有介詞引進。且賓語表示的是導致當事主語產生情感、態度等內心狀態的誘因。
5. 有的動詞，從語義上看，表示的也是主觀的情感、態度，但是它所帶的賓語不是導致該情感、態度的原因，而是動作的對象或受事。
6. 心理動詞能帶程度補語，不能帶結果、趨向、數量補語。

文雅麗（2007：310）總結歷來說法，以《現代漢語詞典》所收動詞爲考察範圍，以心理動詞應該具有的語義特徵、語法功能爲條件設定一些判定心理動詞的功能框架，並進行判定心理動詞的問卷，設定凡是具有〔＋述人〕、〔＋大腦器官〕、〔＋心理過程〕等語義特徵的動詞，均劃定爲心理動詞。

在「情緒心理動詞」的定義前，先說明「心理動詞」的定義及次分類。

在古代漢語心理動詞研究方面，至今「心理動詞」還沒有明確的定義，張萬春（2004）、李長雲（2005）、梅晶（2005）、邵丹（2006）等人均以「表示人類心理活動的動詞」之類的解釋作爲定義，以用來與行爲動詞相區分，朱芳毅（2008）補充了〔＋述人〕特徵，都是從廣義角度來說的。

很多心理學家爲對闡釋情緒之概念，提出各種情緒理論。首先採取科學觀點，對人類情緒之變化進行合理而有系統的解釋，首推美國心理學家詹姆士（W. James, 1842-1910），企圖對刺激情境、生理變化和情緒經驗三者間關係之解釋；由於過於強調情緒經驗係起於身體生理變化，乃爲一些心理學者所反對。於是另一批心理學家史開特（S. Schachter）和辛格（J. Singer）於 1962 年提出情緒歸因論（attribution theory of emotion），認爲情緒經驗係來自於個體對其生理變化和刺激性質的認知。希庭（2002）《心理學導論》說：「在心理學上，心理過程和心理活動兩個術語一般是通用的。通常把認識（認知）活動、情緒活動和意志活動統稱爲心理過程。」依據心理過程的這種分類，文雅麗（2007：31-82）以專文全面討論現代漢語心理動詞的定義、分類及語法語義分析的問題，以心理學爲研究基點，從三個心理過程，即結合語義及語法特徵，將現代漢語「心理動詞」分爲「心理活動動詞」、「心理狀態動詞」、「心理使役動詞」三類；又將「心理狀態動詞」分爲「情緒類心理狀態動詞」、「情感類心理狀態動詞」、「態度類心理狀態動詞」、「意願類心理狀態動詞」四類。故筆者在定義及次分類部分採用此說。

在「心理動詞」裡的成員具有詞義與句法上的相似性，有些是典型成員，有些是非典型成員。袁毓林（1995：154-170）提到：

> 典型成員是一類詞的原型，是非典型成員歸類時的參照標準。其典型成員在分佈上往往共有一組分佈特徵，可以透過典型成員的分佈特徵來給詞分類和給不同的詞類下定義。

用這段話可以解釋前賢對於心理動詞分佈特徵及分類說法不同的原因，就分佈特徵而言，並不是心理動詞要完全具備所有特點，卻可作爲非典型成員在歸類時的參考標準。

因此，本文所指「情緒心理動詞」是用以描述人類情感的心理動詞，係指任何激越或興奮的心理狀態，一般所含的喜、怒、哀、樂、懼、恨、惡皆屬之。個體一旦受到外界刺激時，心裡常會引起各種不同的反應；在現代漢語裡，具有上述的分佈特徵，亦即爲心理動詞的典型成員，故更具備心理動詞相關研究的代表性及重要性。本文討論的「情緒心理動詞」，亦即文雅麗（2007：79）「心理狀態動詞」裡的「情緒類心理狀態動詞」、「情感類心理狀態動詞」、「態度類心理狀態動詞」三類。此外，爲求稱名及討論之便，以「情緒心理動詞」爲名，乃是依循邵丹（2006）的說法。

本文考察的「情緒心理動詞」即是具有〔＋述人〕語義特徵、並表示「情感、態度感受的心理狀態或心理活動的動詞」，亦即普遍說法「狀態心理動詞」

裡的「情感類」、「情緒類」、「態度類」心理動詞。

2.2 語義場理論及研究架構〔註 5〕

由於本文寫作基礎是以語義場理論切入，故於本節獨立一文，以說明語義場理論的基本概念，作爲背景理論說明。

2.2.1 西方語義場理論

「場」（field）作爲哲學術語本來指物質存在的基本型態，如「電磁場」，關於語義場的理論思想，最早是源自於索緒爾（F.de Sanssure）的語言學理論，最早提出語義場概念的 20～30 年代德國和瑞士的結構語言學家，如伊普森（Ipsen）、特里爾（Trier）和波爾齊格（Porzig）等。理論主要強調語言體系的統一性及語境對意義表達的影響，反對孤立地研究語言。伊普森在 1924 年提出「語義場」的概念，特里爾從詞的聚合角度分析語義場，其理論是具有代表性的。

特里爾（1931）《智慧義域中的德語詞彙》可說是語義場理論的開創著作。他使用的是「語言場」、「詞場」、「概念場」這些術語。他認爲：每種語言都不是零散的詞的隨意堆積，詞彙內部成員之間是互相聯繫，詞只有作爲整體的一個部分時才具有詞義，每個詞的意義取決於。在一個語義場範圍內，所有的詞都是相互聯繫的，每個詞的意義取決於此語義場與之相鄰的諸詞的意義。每種語言的詞彙都是由一系列層次分明的詞場構成，每個磁場都有層次性和結構整合性。因此，場的理論並非是因爲研究需要所擬定的方法，而是一種語言現實的體現。

1943 年波爾齊格分析組合語義場。他的理論建立在名詞和動詞或名詞和形容詞組合而成的二分組合體內部關係分析的基礎。他認爲：詞組各組合成分間存在語法及語義的緊密搭配關係，例如「咬——牙齒」、「舔——舌頭」、「吠——狗」，這類有緊密搭配關係的詞可以劃歸到不同的處和語義場。他還指出抽象和概括依賴詞彙之間組合關係的鬆弛程度，意義之間的關係決定詞

〔註 5〕本節有關理論部分，主要參考徐烈炯（1990）《語義學》、符淮青（1996）《詞義的分析和描寫》、賈彥德（1999）《漢語語義學》、張志毅、張慶雲（2001）《漢語詞彙學》、張炎（2002）〈語義場：現代語義學的哥德巴赫猜想〉。

議場的結構。當一個詞與某個詞或很有限的幾個詞搭配時，它可能會包含搭配詞的意義，那麼這些制約著一個詞的某個意義的出現和存在的詞，就同被制約的詞構成一種特定搭配組。因此，波爾齊格認為詞的初義都是專門且具體的，都有自身的使用習慣，隨著時間推移，一些詞保留原有的具體意義，一部份詞義變得寬廣。

特里爾和波爾齊格的理論被學者進一步發展，尤其在五〇年代以來，語義場理論的研究和現代語義學及義素分析法加以聯繫，獲得相當大的進步。近年來還出現功能語義場、語法場各種學說。由於各學派都引用「場」的概念，出現各種定義與研究法。例如：烏爾曼（Ullman）將語義場劃分為聯想場與詞彙場，馬多勒（Matoré）四維語義場是和社會等級結構一致的多層次的等級結構。儘管說法不一，但是這些學者都承認語言中存在語義場，並且加以應用，並且集中在聚合關係的研究上。

2.2.2 漢語語義場理論

李友鴻（1958）在《西方語文》〈詞義研究的一切問題〉裡談到語義場理論。在八〇年代後，語義場理論才在漢語學界引起重視。如：賈彥德（1986）《語義學導論》、伍謙光（1988）《語義學導論》、徐烈炯（1990）《語義學》、劉叔新（1990）《漢語描寫詞彙學》、賈彥德（1992）《漢語語義學》、胡正微（漢語語法場導論）、石安石（1993）《語義論》、符淮青（1996）《詞義的分析和描寫》等。

學者在進行漢語語義場研究時，雖然是以「詞義」關係切入，認為具有某類詞義關係的詞即聚合為一語義場，然而分類亦不相同。據筆者所見有五：

（一）賈彥德（1992）指出語義場是義位形成的系統，如果若干義位含有相同的表彼此共性的義素和相映的表彼此差異的義素，而連接在一起，相互規定制約、相互作用，這些義位就構成一個語義場。他提出了漢語的十種最小子場：分類義場、部分義場、順序義場、關係義場、反義義場、兩極義場、部分否定義場、同義義場、枝幹義場、描繪義場。這十個義場都是分類義場，他將分類義場中具有其他特徵的義場分在其他類別，剩下的分類義場就算是單純的分類義場，上面幾類中也有兼類的現象，比如：「上、下」、「左、右」等雖然是關係義場，也算是兩極義場。

（二）丁金國（1995）將語義系統分成三個部分：

1. 顯性語義系統，依據理性語義所概括的外在事物、性質、範圍、關聯方式等等，劃分三個上位義場：反映客觀事物的指稱義場、反映客觀事物的運動變化義場、反映客觀事物的性質狀態義場。
2. 隱性語義系統，隱性語義依據其對顯性語義的修飾性質、方式及作用，按照語義場的理論原則，可劃分三個下位義場：情感態度義場、語體風格義場、情景語義義場。
3. 關係語義系統依據其在組合中的作用和組合能力，可劃分爲四個下位義場：範疇語義場、功能語義場、類別語義場、結構語義場。

（三）符淮青（1996）把語義場稱爲「詞群」，他主要根據詞群成員的意義來根據詞群成員的意義關係類分爲：同義近義詞群、層次關係詞群（又分爲上下位關係詞群、整體部分關係詞群、等級關係詞群、親屬關係詞群）、非層次關係詞群、綜合詞群。

（四）張志毅、張慶雲（2001）認爲語義場概念有廣狹之分，多用廣義的：以共性義位或義素爲核心形成的相互制約的具有相對封閉域的詞或義位的集合。主要是聚合關係，以個性語義特徵相互區別。依據底層義場中義位之間的關係，可類分爲十種結構：「同義結構、反義結構、上下義結構、類義結構、總分結構、交叉結構、序列結構、多義結構、構詞結構、組合結構。」

（五）劉叔新（2005）認爲：在語義界裡，什麼是語義場並沒有統一的認識，在現在較爲常見的是一個十分寬泛的理解。他認爲從場的本義或場賴以構成的因素來考慮，語義場的形成，必須以若干與詞彼此意義上互相有影響作用爲條件；換句話說，若干語詞彼此意義有相互影響時才能形成語義場的存在。或者說，才能構成詞彙語義場是現在漢語詞彙中「特殊的場」——即爲「詞彙場」。以此爲標準，他認爲現代漢語裡每個「同義組、反義組、分割對象組、固定搭配組、特定搭配組、互向依賴組、單向依賴組、挨連組、級次組以及對比組」就都形成語義場。換句話說，他認爲在現代漢語詞彙裡，只有上述十種結構組織可以稱爲語義場，其他詞語意義關聯所形成的組織及所有各種詞語類集都不可能有語義場存在。

這五家對於漢語語義場的分類，目前研究多在同義、近義語義場，其他義場少有著墨。

2.2.3 古漢語詞彙研究之語義場理論架構及方法

在古漢語研究裡，語義場理論也得到重視與實踐，許多學者將其援入論述。蔣紹愚（1989）提出在語義場中觀察詞彙系統演變的方法，他以「觀看」語義場爲例，提出：

> 細緻的比較應該是取幾個不同的歷史平面，(如春秋戰國、東漢、魏晉、晚唐五代、南宋、明代等等)，對各個平面上表示「觀看」的語義場中有哪些詞做一個比較全面的統計，然後再把各個歷史平面加以比較，從而觀察分析表「觀看」的語義場在漢語歷史演變中的變化。如果能把數十個或數百個重要的語義場做這樣的歷史比較，我們對漢語詞彙系統的歷史演變就會有比較清楚的瞭解。

蔣紹愚在（1993）〈白居易詩中與『口』有關的動詞〉裡，從聚合和組合兩個方面分析白居易詩中與「口」有關的四組動詞，觀察他們從六朝到五代的歷史演變。這樣的觀點與方法，在大陸方面有廣泛的影響，後來有不少學者用這個方法對古漢語多個或單個語義場做共時及歷時的考察。其中，以杜翔（2002）考察支謙譯經動作語義場爲例，其分析語義場時，除了對於義位句例以文字敘述之外，其對於共時性的義素分析偶爾以表格呈現，如「觀看」語義場：

義 位	含「視／看」的義叢	〔動作〕	〔方式〕	〔方向〕	〔受〕
觀、省	觀視、省視、按視諦視、熟視	觀看	仔細地		
相	相視	觀看	仔細地		星宿、面相
窺	窺看	觀看	偷偷地		
覽	遍視、四向視	觀看	周遍地		
眄、睞	左右視、斜視	觀看		向旁邊	
顧	顧視、回視	觀看		向後	
望	遙視	觀看		向遠處	
瞻	仰視	觀看		向上或向前	
臨		觀看		向下	
睹		觀看			書籍、面相、神變等

在表格的最左邊一欄爲「義位」，也就是作者所觀察的義位，其次爲「義叢」，即包含「視／看」的義叢，接著由左往右分別爲各個「義素」。而杜翔在歷時性的觀察時，也用了表格呈現語義場概念，如：

語 義	史 記	六 朝	唐 代	宋元時代	明清時代
〔觀看〕	視	視、看	看		
〔看見〕	見			看見	看見、看到

在表格裡，可以清楚看見：在《史記》、六朝、唐代、宋元至於明清階段，表〔觀看〕以及〔看見〕語義分別以何義位表現。在與本文研究相關的共時性研究方面，有陳煥良、曹豔芝（2003）〈《爾雅・釋器》義類分析〉將其中詞條分成生產語義場和生活語義場，分別建立語義場樹狀圖。王洪涌（2006）《先秦兩漢商業詞彙——語義系統研究》觀察漢時期語料，以共時描寫的角度切入，通過分析詞義、歸納義位、理清出各義位之間的關係，描述語義系統的構成情況。以此爲基礎，再比較先秦與兩漢之間的詞匯系統和語義系統，進行歷時性的觀察。其義素分析格式呈現如下：

義素／義位	事 類	功 能	語意來源	語體色彩
獄	處所	囚禁	被看押	
牢	處所	囚禁	關押	
牢獄	處所	囚禁	看守關押	
囹圄／圉	處所	囚禁	管制監押	書面語
圜牆	處所	囚禁	圍牆	書面語
纍（累）紲	處所	囚禁	捆綁	書面語

在台灣方面，目前從事語義場研究的學者不多，主要以竺家寧爲代表。竺家寧在「中古佛經」、「語義場」課題的研究著作眾多，如：（2008）〈早期佛經詞義的義素研究——與「觀看」意義相關的動詞分析〉、（2008）〈中古佛經詞彙的義素分析〉、（2009）〈中古漢語以「洗」字爲中心語素的語意場〉，亦有（2008）《中古漢語詞義的義素分析》國科會專題計畫，對中古漢語詞義進行觀察。竺家寧的義素分析架構，在（2009：3）描寫「洗」類的詞條時，有清楚的呈現：

在義素分析架構裡，竺家寧將義素首先分為「語法意義」與「概念意義」兩大類，這是兼具句法場與詞彙場的分析角度。在「語法意義」裡，其「語法意義」欄所指的是義素分析裡的「語法結構」部分，討論的是詞條的「語法功能」；〔註 6〕「概念意義」討論的是「詞義」。

義素＼詞條		洗	洗浴／浴洗	洗沐	澡洗
語法意義	〔動詞〕	+	+	+	+
	〔及物〕	+,−	+,−	−	+,−
概念意義	〔清洗〕	+	+	+	+
	〔清洗的對象（具體）〕	+,−	+	+	+
	〔清洗的對象（屬人）〕	+,−	+	+	+,−

因此，本文研究以「詞彙場」與「句法場」角度切入，進而考察中古佛經情緒心理動詞。就分析架構而言，在共時分析之際，參考竺家寧的表格架構，並依實際所含義素增減，以進行討論。

2.3 中古佛經情緒心理動詞之語義場劃分

劃分中古情緒心理動詞的步驟依序是：首先在 2.3.1 將其中的情緒心理動詞進而依據詞義類分，呈現這些情緒心理動詞在不同翻譯時期的使用狀況；在 2.3.2 裡，從語義場的角度切入，為情緒心理動詞類分七個語義場，以便本議題後文的討論作準備。

2.3.1 中古佛經心理動詞分佈概況

首先討論古代漢語研究在心理動詞細類劃分的問題。

在 2.1 裡，筆者以文雅麗（2007）說法，將「心理狀態動詞」分為「情緒類心理狀態動詞」、「情感類心理狀態動詞」、「態度類心理狀態動詞」、「意願類心理狀態動詞」四類。

〔註 6〕一般而言，在語言學範疇裡論及的「語法意義」所指意涵詞的構形態，某些詞可以重複，重複後增加了某些語法意義，如動詞「走」和「走走」，「看」和「看看」，重複後增加了表示時間短暫的附加意義。在竺家寧及本文分析所用的「語法意義」概念有別於前者說法。

由於本文要討論的中古佛經材料繁多，在整理心理動詞的過程當中，若要逐一文句閱讀整理，恐怕不是短時間可以完成的。因此，本文所列出的心理動詞，乃是先以《六度集經》爲主，採取其出現頻率高的詞條，再參考其他學者討論心理動詞之際，所列出的詞目進行檢索，盡可能地周全議題的討論，然而，疏漏在所難免。

從語法史的角度來看，東漢魏晉南北朝屬於同一階段。然而，朱慶之（1992：38）提到單從數量來看，漢文佛經擁有可據以進行更細的斷代研究的優勢。也因此，筆者考察語料時，可以依據語料的特性再進一步地探究。

漢譯佛經傳譯時代的劃分，與從政治角度劃分的中國史不同，也異於以佛教爲中心的中國佛教史，而是應從譯經本身進行考察。梁啓超（1978）將佛經翻譯分成三期。小野玄妙（1983：5）從勘考譯經的有無，以及翻譯用例的變遷，並與歷代製作且可爲標準的衆經目錄對照，大致訂定其新時代劃分的起盡，較梁氏之說更爲詳盡。關於翻譯時代及各朝代經師資料，臚列於下：

翻譯時代	朝代名	經　師　名
古譯時代	東漢	支婁迦讖、安世高
	吳	支謙、竺律炎、康僧會
舊譯前期	西晉	法立、法炬、竺法護、白法祖、無羅叉、支法度、聶承遠、安法欽
	東晉	法顯、竺曇無蘭、竺難提、佛陀跋陀羅
	前涼	支施崙
	後秦	鳩摩羅什、竺佛念、佛陀耶舍、曇摩耶舍、鳩摩羅佛提、僧伽提婆、僧伽跋澄
	西秦	聖堅
	北涼	曇無讖、釋道龔、道泰
	宋	求那跋陀羅、求那跋摩、沮渠京聲、智嚴、畺良耶舍、曇摩蜜多、功德直、寶雲、曇無竭、先公、僧伽跋摩、佛陀什
	齊	曇摩伽陀耶舍、僧伽跋陀羅
	梁	曼陀羅仙、僧伽婆羅
	陳	眞諦
	北魏	吉迦夜
舊譯後期	北魏	佛陀扇多、菩提流支、曇摩流支、月婆首那、瞿曇般若流支、毘目智仙
	北齊	那連提耶舍、萬天懿
	北周	耶舍崛多、闍那崛多

就本文討論中古佛經材料裡，據統計共有 57 位經師、321 部佛經、1584 卷，以《六度集經》出發，並參考其他中古佛經材料找出情緒心理動詞，然而疏漏在所難免。

本文討論情緒心理動詞共計 161 個。從音節上看，單音詞有 27 個，複音詞 113 個，三音節詞有 5 個。就詞義來說，關於本文在情緒心理動詞的分類，乃是爲行文之便所設，主要是參考文雅麗（2007：79～80）說法，再依據中古佛經所見詞條進行權宜劃分。有些雙音節或多音節詞，其構成的方式爲並列式，構詞的兩個詞素均表示一種獨立的心理現象，兩種心理現象之間或爲同義並列、或者爲遞進關係，例如：驚喜（驚懼害怕＋喜悅）、敬愛（尊敬＋喜愛），因此，此處只能暫作劃分歸屬，待後文分章以義素分析討論。情緒類心理動詞主要表示人類對外界反映的種種情緒，有 83 個，如：喜悅、憤怒、驚訝、憂愁等；情感類心理動詞表示人類對於外界事物刺激產生肯定或否定的狀態，有 58 個，如：喜愛、怨恨、擔心害怕、嗜好沈迷等；態度類心理動詞指人類在活動或認識過程裡，對事物表現出的持續性的心裡活動，強調的是活動狀態，共有 20 個，如尊敬、羨慕、輕視。

詞義分類	音節分類	數目	詞　　條
情緒類	單音節	13	喜 1、歡、悅、欣、樂 1、娛、怒、忿、嗔、恚、驚、憂、愁
	雙音節	67	喜悅、悅喜、喜樂、樂喜、喜歡、歡喜、喜驚、驚喜、歡欣、欣歡、歡適、歡娛、歡悅、歡豫、歡愛、悅欣、欣悅、悅豫、悅懌、悅樂、欣欣、欣喜、欣慶、欣豫、欣懌、欣樂、快樂、安樂、娛樂、忿怒、忿恚、忿諍、忿恨、嗔怒、嗔忿、嗔憤、嗔恚、恚怒、恚悔、驚怖、驚怪、驚怕、驚畏、驚恐、驚惶、驚歎、驚駭、驚懼（懅）、驚愕、驚怛、驚喜、喜驚、憂畏、憂恐、憂悲、憂慼、憂惱、憂懼、苦惱、惱苦、憂苦、憂愁、愁憂、愁慼、愁惋、愁苦
	三音節	3	喜安樂、歡喜樂、嗔恚怒
情感類	單音節	11	喜 2、愛、好、嗜、樂 2、怨、恨、畏、恐、怖、懼
	雙音節	45	喜好、好喜、喜愛、愛喜、愛念、愛好、愛重、重愛、愛戀、親愛、愛親、好樂、嗜好、貪嗜、愛樂、怨仇、仇怨、怨恨、怨恚、慊怨、惱恨、

			懟恨、嗔恨、恨恨、嫌恨、畏忌、忌畏、畏怖、怖畏、畏慎、畏敬、畏懼（懅）、恐畏、恐懼（懅）、惶怖、恐怖、慟怖、怖懼（懅）、惶懼、悚懼、悚慄、戰慄
	三音節	2	恐懼畏、驚怖畏
態度類	單音節	3	尊、敬、恭
	雙音節	16	愛慕、尊崇、尊敬、尊戴、尊重、尊尚、敬畏、畏敬、敬愛、愛敬、敬慕、敬重、敬仰、恭肅、肅恭、恭敬、恭恪
總量		161	

從翻譯斷代來看，在所見中古佛經心理動詞分佈情況看來，透露些許語言訊息：

（一）部分詞條只出現在某一翻譯斷代。

1.「驚怛、悅豫、恚悔、悚懼、欣懌、欣愕」等詞只出現於古譯時代佛經，未出現於舊譯前期與舊譯後期佛經。

2.「恭肅、悚慄」僅見於舊譯時代前期譯經。

3.「驚怕」一詞僅出現在舊譯時代後期譯經，且有五例，散見三位經師之手，筆者判定其爲新詞。

（二）部分詞條只出現在某一譯師裡譯經，或只出現在某部經。

1.「恚悔、慟怖、慊怨」等詞僅見於 152 號《六度集經》，這可爲經師的語言風格。

2.「驚怛」除 152 號《六度集經》，另見於 186《佛說普曜經》。

3.「愍哀憐」就整部《大藏經》裡，僅見一例，即爲聶承遠《佛說超日明三昧經》「生者不自覺。爲意識所使。墮於四顛倒。甚可愍哀憐」。此爲偈言，筆者認爲乃爲使句式整齊所作。

4.「仇憎」、「悅歡喜」僅有竺法護各一孤例，且於《漢語大詞典》失收；「悅欣」雖爲「欣悅」同素異序，只出現在竺法護《佛說弘道廣顯三昧經》一例，筆者認爲這應與竺法護個人佛經翻譯語言相關，應爲翻譯語言不穩定之際產生的新詞。

關於這些問題，都可以再進一步探究。

由於佛經爲傳教所用，爲能傳播法教而口語化，其反覆言說的語言風格，使得有些詞會有高頻率的使用，可為「常用詞」研究的重要材料。〔註7〕此外，我們也能藉以觀察在中古佛經語言裡與法教及宗教活動關係密切的常用詞與新舊詞的交替。這些都是本文討論的方向。

2.3.2 中古佛經情緒心理動詞及其語義場劃分

就切入角度及理論背景方面，賈彥德（1999：149）對語義場做解釋：「語義場（Semantic Field）是指義位形成的系統，說得詳細些，如果若干個義位含有相同的表彼此共性的義素和相應的表彼此差異的義素，因而連結在一起，互相規定、互相制約、互相作用，那麼這些義位就構成一個語義場。」

由此可知語義場是指：若干個相互聯繫又有所區別的義位聚合而成的系統。若將分散、零星的個案研究納入相映的聚合群中，加以系統性地考察，必能透過紛繁複雜的現象發現些許語言規律。在依序逐次考察後，本文選擇以「情緒類」、「態度類」的心理動詞語義場作為考察對象。

語義場能系統性地呈現義位的關係，同一語義場裡的詞彙，擁有相同的義素以聚合，也擁有不同於其他詞彙的義素。義素分析（seme analysis）亦稱「成分分析」（componential analysis）能將詞義釐析至最底層的對比成分（義素），進而描寫語義間的相互關係。時代不同，語義場的成員也會有所差異，因此，筆者嘗試歸納出在漢魏六朝佛經的細部斷代為界線，觀察這些詞彙的詞義、分佈、在句子裡的語法搭配關係。

蔣紹愚（1989：273）提到研究一種語言的詞彙關係或比較兩個詞彙系統的異同，可從以下幾方面進行考察：

1. 在這種語言系統中，義位是怎樣結合成詞。

〔註7〕汪維輝（2001：11）提到「常用詞」概念認為：「首先『常用詞』是跟「疑難詞語』相對待的一個概念，……其次，使用頻率不是本書確定常用詞的主要依據，更不是唯一依據。我們所說的常用詞，主要是指那些自古以來在人們的日常生活中都經常會用到的、跟人類活動關係密切的詞，其核心就是基本詞。……但是它具有常用性跟穩定性兩個顯著的特點。」而王雲路（2000：264）對於常用詞的特點，也概括為：「一、義項豐富；二、使用頻率高；三、構詞能力強；四、字面普通；五、含意相對穩固。……當然，一個常用詞不可能都具有以上五個特點，具備了其中的一至二個特點也就可以了。」。

2. 這種語言系統中的詞在語義場中構成怎麼樣的關係（包括聚合關係和組合關係）。

3. 這種語言系統中的舊詞和新詞之間是什麼關係。

就心理動詞的詞義特點來看，可依據其詞義類聚劃分類屬（亦即義場劃分）。苗守豔（2005：18）將《列子》心理動詞首分爲正負面兩大義場；其次將正面義場劃分出尊義場、愛義場、悅義場、冀義場，負面義場分成恨義場、憂義場、懼義場、厭義場、憐義場、慚義場。邵丹（2006：15）將常見心理動詞分爲六大語義場，分別是喜悅／喜愛／憤怒／怨恨／驚駭／懼怕，並提到這些都是人類情緒和語言表達裡最基本常見的情緒（心理動詞），且這幾類詞語義場的成員容易確定，語義場間具有相對封閉性，之間關係密切，也有許多成員是跨語義場的。

筆者依據考察材料所檢索出的詞條，並綜合二者之說以進行劃分。本文語義場劃分原則主要以現代漢語語感判定，並配合所觀察的佛經材料調整，依據心理動詞的詞義，限定以人類情緒的「喜怒哀樂」爲考察範圍，並依據詞義性質的正面、負面，正面語義場是指積極、正面、沒有任何心理負擔的情緒心理動詞義場，負面語義場是指消極、負面、造成人們心理負擔的情緒心理動詞義場。二者的區別義素以有沒有「心理負擔」爲劃分標準，將這些情緒心理動詞進行對立類聚分析。進而類分爲：

（一）正面語義場：

1. 喜悅語義場：表欣喜、歡悅的情緒。
2. 尊敬語義場：表尊崇、敬佩的態度。
3. 喜愛語義場：表喜好、偏愛的情感或態度。

（二）負面語義場

1. 憤怒語義場：表憤怒、生氣的情緒。
2. 怨恨語義場：表怨仇的情感。
3. 驚懼語義場：表驚駭、懼怕的情緒或情感。
4. 憂苦語義場：表憂愁、憂苦的情緒或情感。

這樣的分類只是權變之法，切入角度不同分類結果便有差異。如：部分學者討論的表「想望」義的語義場雖表思念希冀意，苗守豔（2005）將其歸入正面語義場。〔註 8〕然而，如中古佛經裡：「其有人墮大想泥犁中者，以手搔從足剝餘者至頂想念欲殺他人，涼風起吹之。身瘡平復（023・283b）」一例，「想念欲」三音節合用表示「想望」、「渴求」，筆者認爲其正負面色彩意義是和其所搭配的構詞語素有關，因此，這類心理動詞應歸屬於中性語義場較爲恰當。此外，也有不少心理動詞是跨語義場組合的複合結構則分別羅列於其義素聚合的語義場，如：「憂畏」指憂慮畏怯，則同時羅列憂苦語義場與懼怕語義場。因此，除了現代漢語語感之外，主要依其句例判定詞義，使之歸屬於適合的義場，再進行討論。

〔註 8〕苗守豔觀察《列子》書中 15 個詞條，將其類分爲「尊義場」、「愛義場」、「悦義場」、「冀義場」四個語義場。

第三章　中古佛經情緒心理動詞之正面語義場

用以表達「喜悅」、「喜愛」、「尊敬」等具有積極意義心理活動的這類詞，一般稱爲「正面心理動詞」。在中古佛經情緒心理動詞的正面義場裡，共有 104 個義位與義叢（包含 14 個義位、90 個義叢），〔註 1〕類分爲三個語義場，分別是：喜悅語義場、喜愛語義場、尊敬語義場。

在本文的討論裡，每一語義場依據其詞組形式類分爲不同「詞群」，〔註 2〕以便進一步分析。

至於本文進行義素分析的基本架構及原則爲何？

本文進行詞義分析以期兼顧詞義與句義，並參考竺家寧說法，從「語法意義」、「概念意義」、「色彩意義」三方面著手，以說明其同一詞群成員間的差異

〔註 1〕義位是語義系統的最小單位，也是語義分析的基本單位，在傳統詞彙學裡稱爲義項。義位在不同的組合過程裡，會顯現不同的意義，稱之爲義位變體。而義位的組合（指義位內部語素的結合）稱爲義叢，一般來說，是指能作爲複合詞看待的義位組合。如果這種義位組合形式自古有之，則稱爲固定義叢。因此，在本文各語義場裡的分析時，同一構詞詞群的被分析單位，筆者逕以「義位與義叢」稱之。

〔註 2〕「詞群」一名，符淮青（1996）以稱名「語義場」，本文用來指具有同一構詞詞素、具共同義素的部分義位聚合成類的成員群。關於「詞群」的劃分，以構詞詞素爲條件。然而雙音節詞則依其第一個詞素爲劃分條件，並將其同素異序者列入討論。

性爲原則，否則不予羅列及討論。

1. 在「語法意義」部分，情緒心理動詞在句子裡多擔任述謂功能，爲必要論述部分。其餘，僅討論義位義叢間之語法意義的差異部分。

2. 就「概念意義」部分，蔣紹愚曾對提出動詞義素的分析可從以下幾個特性觀察：（1）動詞的主體不同（2）動作的對象不同（3）動作的方式狀態不同（4）動作的工具不同。而情緒心理動詞討論的便是「動詞的主體」與「動詞的對象」的差異。

3. 就「色彩意義」部分，劉叔新（1995：187）提到：「表達色彩的類別也比較多，遠不止一般教科書所提到的三四種。它們包括有感情色彩、態度色彩、評價色彩、形象色彩、語體色彩、風格色彩、格調色彩等。」色彩意義討論的範圍可大可小，本文語義場的劃分首要以現代漢語爲基準，故分爲正面義場與負面義場，再依據語料進而判定中古佛經的正負面意義，並根據義位與義叢的差異性討論其他色彩意義。此外，在義素分析研究裡，理應不該在正面義場出現負面色彩意義，亦不該在負面義場出現正面色彩意義，然而，筆者觀察本文討論範圍的義位與義叢卻出現相反色彩意義的義素，爲說解方便仍羅列表格以助說明，並以「雙橫線」以示區隔。

以下分別進行討論。

3.1 表「喜悅」義的語義場

表「喜悅」義語義場各義位與義叢的共同義素是〔喜悅〕，在中古佛經裡，屬喜悅語義場的成員有 38 個，可類分爲「喜 1」、「歡」、「悅」、「樂 1」、「欣」、「娛」六個構詞詞群。

3.1.1 以「喜 1」構成的詞群

以「喜 1」構成的詞群成員共有 10 個，分別是：「喜 1」〔註 3〕、「喜悅／*悅喜」〔註 4〕、「喜樂／*樂喜」、「喜歡／歡喜」、「*喜驚／驚喜」、「*喜安樂」。

〔註 3〕「喜」一義位在中古佛經裡具有「喜悅」與「喜愛」意義，故以「喜 1」表喜悅義，以「喜 2」表喜愛義。「樂」一詞亦同，「樂 1」表「喜悅」義，「樂 2」表「喜愛」義。

〔註 4〕另用＊符號於各義位前標註，以區別表示《漢語大詞典》未收或詞義解釋有所出入者。下文均同，不再贅述。

其中，「*喜驚／驚喜」是由表「驚駭懼怕」義語義場的「驚」與本語義場的「喜」複合構成，然而據現代漢語語感及中古佛經句例判斷，主要表「喜悅」義，故歸入喜悅語義場討論。以下進行義素分析之際，分別就語法意義、概念意義兩方面解說：

表格說明：

表格左方一、二欄爲義素，從語法意義、概念意義及色彩意義三方面切入，第二欄爲義素。上方橫列第一欄爲義位與義叢。分析過程以「＋」、「－」表示是否具此義素。

表 3.1-1 以「喜 1」構成詞群的義素分析

義素 ＼ 義位與義叢		喜 1	喜悅／悅喜	喜樂／樂喜	喜歡／歡喜	喜驚／驚喜	喜安樂
語法意義	〔主語〕	＋	－	－	－	－	－
	〔賓語〕〔註 5〕	＋	＋／－	＋／－	＋／－	＋／－	＋
	〔定語〕	＋	＋／－	＋／－	＋／－	－	－
	〔狀語〕	＋	－	－	－／＋	－／＋	－
	〔謂語〕	＋	＋	＋／－	＋	＋	－
概念意義	〔喜悅〕	＋	＋	＋	＋	＋	＋
	〔受外在事物影響〕	＋	＋	＋	＋	＋	＋
	〔心靈安定〕	－	－	－	－	－	＋
	〔驚動、驚嚇〕	－	－	－	－	＋	－

接著進行義素分析的說明。

一、語法意義

在賓語方面，「喜 1」、「喜悅」、「喜樂」、「歡喜」、「驚喜」、「喜安樂」作賓語。如：

（例 1）唯願大王。一切國土。還聽養老。王即嘆美。心生喜悅。奉

〔註 5〕本文採楊伯峻、何樂士（1992：66-68）對賓語次分類的稱名說法，爲行文方便定名解釋。可分爲：名詞或名詞短語作賓語稱「名詞性賓語」；代詞作賓語稱「代詞性賓語」；數詞作賓語稱「數詞性賓語」，然而在喜悅語義場未見用例；形容詞作賓語稱「形容詞性賓語」，在喜悅語意場未見用例；動詞或動詞短語作賓語稱「動詞性賓語」，抑或稱爲「謂詞性賓語」，如：「不恥下問」裡「下問」。

養臣父。尊以爲師。濟我國家一切人命。如此利益。非我所知。（0203・0450a）

（例 2）若不生不思惟法。親近勝法不親近不勝法。比丘思惟應所修法。不思惟不應所修法。親近勝法不親近不勝法。滅觀出息入息。及滅觀出息入息覺知得悅喜。是名學滅觀出息學滅觀入息（1548・710b）

（例 3）女見佛已心生喜樂。求索入道。（200・238c）

（例 4）是時。江迦葉聞佛名號。甚懷歡喜。踊躍不能自勝。前白世尊。願聽爲道（125・622a）

（例 5）時大敬逵及羅云母比丘尼等。得未曾有驚喜悅豫。即說是偈。（263・106c）

情緒心理動詞作爲賓語時，其謂語較爲特殊：其一，謂語爲表示存在的存現動詞「有／無」；其二，其謂語爲表示行爲動作的行爲動詞。在擔任定語語法功能方面，有「喜悅」、「喜樂」、歡喜」，如：

（例 6）其喜悅者。爲雨甘露道法之味。雪除一切瞋恨怨結。（403・585a）

（例 7）喜樂者。心於是時大歡喜戲笑。心滿清涼。（1648・415c）

以「喜 1」構詞的詞群擔任狀語的詞，有「歡喜」、「驚喜」，如句例 8.～9.：

（例 8）佛言是法之要。名無量門微密之持。一名成道降魔得一切智。當奉持之。佛說是已皆歡喜受。（1011・682b）

（例 9）阿群媚曰。願聞尊教。王即以四偈授之。驚喜歎曰。巍巍世尊陳四非常。夫不聞覩所謂悖狂。即解百王各令還國。阿群悔過。自新依樹爲居。日存四偈。命終神遷。（152・023a）

句例 8 意指「佛說法要後，（聽聞者）都歡喜地接受教法」，其中「歡喜」作狀語修飾動詞謂語「受」；例 9.指「阿群奉承地說想要聽聞法教，王便傳授給他四句偈，驚喜讚嘆地說法」，「驚喜」與行爲動詞「歎」作狀語修飾動詞謂語「曰」。

以「喜」構成的詞群成員，最常擔任的是述謂功能，其句法格式如下：

喜 1

1. Subject＋（皆／大／甚／同／不）喜 1

（例 10）其學佛經者皆喜。如愚人得金。（005・164a）

（例 11）行人答曰。今日佛當來入城。菩薩大喜。自念甚快。（185・472c）

（例 12）女無愁憂。聞諸尊聲聞各各説是事。聞所説亦不喜亦不憂。如是身爲災患勤苦若此。（337・088b）

特別說明的是，在舊譯前期有「如彼諸佛往昔已曾修菩薩行聞此三昧。即便求之生隨喜心。我今亦爾。如過去佛隨而喜之。是名第三。（414・0823b）」一例，「喜 1」後接代名詞「之」。「隨喜」一詞，在現代漢語爲常見佛教用語，在本文考察範圍裡，古譯時期無「隨喜」一詞，然而在舊譯前期則大量使用，共有 901 例，舊譯後期有 191 例。筆者認爲「隨喜」乃於舊譯前期出現的新詞，並大量使用，爲「隨之歡喜」意。且丁福保《佛學大辭典》「隨喜」條：（術語）見人之善事，隨之歡喜之心也。法華玄贊十曰：「隨者順從之名，喜者欣悅之稱，身心順從，深生欣悅。」此爲「喜 1」後接代詞性賓語的用例，但是爲孤例，且於語料未見「樂 1」、「悅」後接動詞性／主謂結構／數詞性／代詞性賓語的句例，故不列入增列後接賓語句式。

2. Subject＋（心）＋喜 1

（例 13）儒童心喜。踊在虛空。去地七仞。（152・048b）

喜悅

1. Subject＋（大／甚／無不）＋喜悅

（例 14）時五十人聞法喜悅。願爲弟子。（211・585c）

2. Subject＋（心）＋（不／皆）＋喜悅

（例 15）時。眾多比丘聞外道所說。心不喜悅。反呵罵。從座起去。入舍衛城。乞食已。還精舍。（099・191a）

3. 令＋Object＋喜悅

（例 16）讀誦經典翻爲戲論。雖口說法不隨順行。於諸教誨違逆不信。不能隨順恭奉供養和上闍梨諸福田等令心喜悅。損他信施恭

敬供養自違本誓而受信施。（659・277a）

悅喜

1. Subject＋（不／莫不）＋悅喜

（例 17）於時梵志又問奴婢。欲何志求。奴言。欲得車牛覆田耕具。婢曰欲得碓磨。舂粟碓麵以安。四大人不得食。則不悅喜。無以自安。（154・101a）

（例 18）如來所觀而知止足。其舌之門口宣音響。聞所宣音莫不悅喜。而演如來言辭之教。（0310・055c）

喜樂

1. Subject＋（心）＋（不）喜樂

（例 19）爾時太子。聞仙人言。心不喜樂。（189・638a）

2. Subject＋（心）喜樂＋Object

（例 20）王但有一寶。（諸沙門）心喜樂之。何況有七寶乎。（023・0291c）

3. 令＋Object＋喜樂

（例 21）復次舍利弗。若行者。好作偈頌美音讚歎。猶如風動娑羅樹葉。出和雅音。聲如梵音。悅可他耳。作適意辭。令他喜樂。（620・338a）

喜歡

1. Subject＋（心）＋（不／恆）喜歡

（例 22）其無思求彼則無利亦無衰折。轉進學前其見利義。心無憂慼亦不喜歡。其心無憂志無罣礙。則無所住。（310・048b）

歡喜

1. Subject＋（悉／甚大／皆／莫不）歡喜

（例 23）佛説經竟。比丘歡喜。（076・886a）

（例 24）佛説是義足經竟。比丘悉歡喜。（198・180a）

（例 25）時彼小兒遙見世尊。心懷歡喜。從母索花。母即與買。小兒得已。持詣佛所。散於佛上。於虛空中。變成花蓋。隨佛行住。小兒見已。甚大歡喜。發大誓願。（200・214a）

喜驚

1. Subject＋（莫不）＋喜驚

（例 26）婦女珠環相振玲玲。飛鳥禽獸相和悲鳴。眾人集觀莫不喜驚。（433・079b）

驚喜

1. Subject＋（相／皆／大）＋驚喜

（例 27）爾時一比丘。聞畢竟空相驚喜言。我當禮般若波羅蜜。般若中無有法定實相。而有戒眾等及諸果報（1509・512b）

（例 28）在家之人多惡因緣所纏遶故。在家之人發菩提心時。從四天王乃至阿迦膩吒諸天。皆大驚喜作如是言。我今已得人天之師（1488・1035b）

在所觀察中古佛經語料裡，「喜驚」僅出現於古譯時期竺法護譯經一例，而「驚喜」一詞，在古譯時期有 17 例，竺法護譯經就有 15 例，在舊譯前期有 15 例。這種現象應爲翻譯語言不穩定之際，譯師偶一創新使然。

其中，在中古佛經裡，「樂喜」、「喜安樂」二詞並未擔任句子裡的謂語功能，故不討論。而以「喜」構詞的詞群成員的句法格式可以簡化表達爲「Subject＋（心）＋V」。且除「喜樂」有單一句例後接賓語「之」，其餘均爲不及物的用法。

以「喜 1」構詞的詞群成員作謂語時可以帶狀語，根據其搭配情況羅列於下：〔註 6〕

喜 1：皆、同、不、甚、大

喜悅：無、不、皆、甚、大

〔註 6〕關於副詞的分類，依楊伯峻、何樂士（1992：368）分法，指出在動詞謂語前的各類副詞都有。類分爲：時間副詞、程度副詞、狀態副詞、範圍副詞、否定副詞、推度副詞、疑問副詞、連接副詞、勸令副詞、謙敬副詞十種。

悅喜：莫不

喜樂：不

喜歡：恆、不

歡喜：悉、皆、甚、莫不、無不、靡不、大

喜驚：莫不

驚喜：相、皆、大

以「喜 1」構詞的詞群成員均可接否定副詞「不」，而「喜 1」、「喜悅」、「歡喜」、「驚喜」搭配「甚」、「大」表程度高的副詞，在現代漢語裡，「歡喜」、「驚喜」都仍表示高程度的快樂。值得注意的是「喜悅」、「喜樂」出現句法使役格式「令＋Object＋喜悅」、「令＋Object＋喜樂」，表示使 Object 快樂。

二、概念意義

（一）「喜 1」、「喜悅／悅喜」、「喜樂／樂喜」、「喜歡／歡喜」、「喜驚／驚喜」、「喜安樂」均有〔＋喜悅〕概念意義。如：

（例 29）復有長者女。始嫁有願生子男者。當作百味之糜。祠山樹神。後生得男。喜即作糜。盛以金鉢。其女瀉糜。釜杓不污。（185・479a）

（例 30）四大人不得食。則不悅喜。（0154・101a）

（例 31）惡惡自爲易惡人爲善難者。如眞陀羅種。恒擔死人捐棄塚間。心恒喜歡無所畏忌。心倍歡喜以自娛樂。猶若典獄之人守護杻械。晝夜行惡自謂爲尊。賢聖之人覩此眾變以爲大患。（212・744c）

（例 32）時彼小兒遙見世尊。心懷歡喜。從母索花。母即與買。小兒得已。持詣佛所。散於佛上。於虛空中。變成花蓋。隨佛行住。小兒見已。甚大歡喜。發大誓願。（200・214a）

（例 33）時婆羅門長者居士等。心皆喜悅而行布施作諸功德。（380・955a）

（例 34）斯謂不淨樂也。有淨樂者。入禪正受澹然無爲無他異想。是謂有淨之樂也。是故說曰以得入禪定便獲喜安樂也（212・

764a）

例 29 意指「有長者女，祈願能夠生男，其後如願生男，而『高興』作百味之糜」，例 30.「四大人不能吃飯而不高興」；例 31.指「就如眞陀羅種總是擔死人丟在墳墓間，心裡總是歡喜、沒有恐懼。」；例 32.「小孩子看見世尊，心裡歡喜，又買花供放，看見花飄在佛與虛空之間，非常歡喜，便發下誓願。」句例 33.「其時，婆羅門長者居士等，都喜悅布施做功德。」句例 34.「得入禪定，便得到喜悅安樂」。

（二）「喜 1」、「喜悅／悅喜」、「喜樂／樂喜」、「喜歡／歡喜」、「喜驚／驚喜」、「喜安樂」均有〔＋受外在事物影響〕的概念意義。如：

（例 35）時仙人即作誓言。若我實修慈忍血當爲乳。即時血變爲乳。王大驚喜。將諸婇女而去。（509・166c）

（例 36）如是彌勒。如我所說。佛說已皆歡喜。月天子月星天子。彌勒菩薩賢者大目揵連。諸天龍閱叉揵陀羅阿須倫阿須倫民。莫不樂聞歡喜。（816・816c）

（例 37）其見相者無不喜悅。喜悅至慈因登大願。別如虛空平等寂然。（315・0773a）

（例 38）唯願大王。一切國土。還聽養老。王即嘆美。心生喜悅。奉養臣父。尊以爲師。濟我國家一切人命。如此利益。非我所知。（0203・0450a）

例 35.指「當其時，仙人起誓說：『如果我實修慈忍，血當化爲乳』，當下血變化爲乳，大王感到十分驚喜。」句；句例 36.「佛陀說完，大家都非常歡喜」；句例 37.「其中看見法相的人，沒有不感到高興的」；句例 38.「大王聽了祈願，心裡感到高興」。在這些句例裡，喜悅及驚喜的情緒，都是源自於對於外在事物的回應。

（三）「驚喜／喜驚」二者都具有〔＋驚動、驚嚇〕的概念意義。如：

（例 39）鼓無央數億百千妓伎樂樂佛。空中雷音徹聞十方。雨天栴檀眾寶瓔珞校飾上下。盲者得目。聾者得聽。瘂者能言。病者得愈。……飛鳥禽獸相和悲鳴。眾人集觀莫不喜驚。（433・079b）

（例 40）眾生空中已種種因緣破。是故無行法者。無受法者。若觀諸法空眾生空法空。如是則具足修般若波羅蜜。須菩提是時驚喜不能自安。（佛）所説般若波羅蜜不可思議。（1509・528b）

例 39.意指「眾人親身聽聞種種法喜、神奇且美好之景象，甚至盲者、聾者都能得到痊癒，因而感到驚訝、欣喜。」句例 40.意指「須菩提於佛所說不可思議般若波羅密之時，因爲聽到佛法莊嚴大要而驚訝歡喜。」此二例都是因外在事物引起感官者的喜悅情緒，而這種情緒是驚訝的、是讚嘆的。

（四）「喜安樂」具有〔＋心靈安定〕的概念意義。如：

（例 41）斯謂不淨樂也。有淨樂者。入禪正受澹然無爲無他異想。是謂有淨之樂也。是故説曰以得入禪定便獲喜安樂也（212・764a）

意指「有淨樂的人，進入禪定便能澹然沒有其他作爲與思想，這也就稱爲『有淨之樂』，禪定乃一佛家修行境界，故進入禪定，便能在其境界裡所能體驗到「喜安樂」的心靈感受。以下綜合討論之。

以「喜」構詞的詞群成員，「喜 1」爲單音節詞，隨著漢語雙音節化衍生其他同義／近義複合詞。

「喜悅／悅喜」指愉快，高興。與「喜說」同，《史記・梁孝王世家褚少孫論》:「景帝曰『千秋萬歲之後傳王，太后喜說。』」悅喜，即「喜悅」。竺法護《生經》:「四大人不得食。則不悅喜」（154・101a）。「喜 1」在上古文獻用例來看，是指由內心自發進而外現的喜悅情緒，如：《詩・鄭風・風雨》:「既見君子，云胡不喜？」「悅／說」、「樂 1」則不同，二者的喜悅之情都是受到外界事物引起的。如：「說是語時八千天人。發無上正眞道意。文殊師利童子甚悅。（474・526c）」當「喜 1」與「悅」、「樂 1」複合構詞，這都是並列複合造成的詞義轉變，使得「喜 1」改變了先秦「由內心自發進而外現的喜悅情緒」，轉爲「受到外在事物影響而升起的情緒」。而「喜悅／悅喜」在不穩定的構詞關係裡，「喜悅」的語法功能較爲活潑，另可擔任定語、狀語功能。

「喜樂／*樂喜」指歡樂，高興。《詩・小雅・菁菁者莪序》;「君子能長育人才，則天下喜樂之矣。」西晉竺法護譯《普曜經》:「若干種樹眾果芬華甚可樂喜，無轉悔心。」（186・493b）《漢語大詞典》失收。「喜樂／樂喜」

在不穩定的構詞關係裡，「喜樂」的語法功能較強，在中古佛經裡另可擔任定語、狀語、謂語功能，然而其大多爲賓語性質，偶爾作動詞謂語，指「聽聞佛法後的喜悅」。「歡」字條，在徐鍇《說文繫傳》說道：「喜動聲氣，故从欠。」

在單音詞爲主的上古漢語裡，「歡」、「喜」是以喜悅詞義場的主要成員；在雙音詞種類眾多、使用頻率高的中古時期裡，中土文獻仍少見「歡喜」一詞，《戰國策・中山策》：「長平之事。秦軍大剋。趙軍大破，秦人歡喜，趙人畏懼。」〔註 7〕但它卻是中古佛經喜悅詞義場的主要成員。

「喜歡」亦作「喜懽」，在現代漢語裡作「喜愛」義，如「我喜歡學習」；「歡喜」便保留程度高的喜悅情緒。這在古代漢語是能夠循到源頭的：在三國・魏・應璩〈與從弟君苗君胄書〉「閒者北遊，喜歡無量。」、白居易〈琵琶行〉：「今年歡笑復明年，秋月春花等閑度。」「散於佛上。於虛空中。變成花蓋。隨佛行住。小兒見已。甚大歡喜。發大誓願。(200・214a)」受到「歡」原作「懽」、「驩」的意義影響，「歡」與「讙」同源，「讙」有「喧嘩」之意。同樣表示歡欣喜悅，與其他以「喜」構詞的詞群成員相較之下，它的喜悅程度是更高的。

而就「喜歡／歡喜」二者來說，「歡喜」在中古佛經表「喜悅」意義的語法功能較強，另可擔任賓語、定語與狀語。「喜驚／驚喜」「喜驚」唯獨竺法護譯經使用，且其常用「驚喜」，有 16 例，此詞《漢語大詞典》失收。就二者而言，在中古佛經裡。「驚喜」的語法功能較活潑，另可擔任賓語、狀語功能。「喜安樂」即喜悅安寧之意，在中古佛經裡指禪定境界而有的情緒。僅出現於竺佛念譯《出曜經》，共有三例「以得入禪定。便獲喜安樂。」(212・763c)《漢語大詞典》失收。蔣維喬（1990：45）：「印度文體，往往用三字句、四字句、五字句、六字句、七字句的韻語，以便記誦」，是以詩句的形式頌其教說，應亦有「利於記誦」的因素存在。這樣的用法出現在佛經裡的偈頌，而有字句整齊之限。

3.1.2 以「歡」構成的詞群

以「歡」構成的詞群成員共有 9 個，分別是：「歡」、「歡欣／欣歡」、「*歡

〔註 7〕上古部分參考于正安（2003：25）與邵丹（2006：18）說法；中古時期中土文獻則以邵丹（2006：24）與楊榮賢（2003：34）研究成果得知歸結而得。

適」、「歡娛」、「歡悅」、「歡豫」、「*歡喜樂」、「歡愛」。其中，「歡愛」一詞，與表「喜愛」義的「愛」構詞組合，具〔＋喜悅〕意義，故在此處討論。以下進行義素分析之際，分別就語法意義、概念意義、色彩意義三方面解說：

表 3.1-2 以「歡」構成詞群的義素分析

義素 \ 義位與義叢		歡	歡欣／欣歡	歡適	歡娛	歡悅	歡豫	歡喜樂	歡愛
語法意義	〔主語〕	－	－	＋	－	－	＋	－	－
	〔賓語〕	－	＋／－	－	－	＋	＋	＋	－
	〔定語〕	＋	＋／－	－	＋	＋	－	－	－
	〔狀語〕	－	＋／－	－	－	－	－	－	－
	〔謂語〕	＋	＋	＋	＋	＋	－	－	＋
概念意義	〔喜悅〕	＋	＋	＋	＋	＋	＋	＋	＋
	〔受外在事物影響〕	＋	＋	＋	＋	＋	＋	＋	＋
	〔與遊戲／玩樂有關〕	－	－	－	＋	－	－	－	－
	〔奉行／聽聞佛法之情緒〕	＋,－	＋	＋,－	－	＋,－	－	＋,－	＋,－
色彩意義	〔莊嚴〕	＋,－	＋	＋,－	－	＋,－	＋,－	＋,－	＋,－

接著進行義素分析的說明：

一、語法意義

就語法功能來看，以「歡」構成的詞在中古佛經裡，僅「歡適」、「歡豫」擔任主語，其餘均不擔任主語。如：

（例 1）喜樂者。心於是時大歡喜戲笑。心滿清涼。此名爲喜。問喜何相何味何起何處幾種喜。喜者謂欣悅遍滿爲相。歡適是味。調伏亂心是起。踊躍是處。（1648・415c）

（例 2）若得華香金銀七寶五種彩色。不以喜悅。無增無減族姓子。制心修行。亦當如是。嗟歎稱譽。安樂歡豫。不以爲悅。若遇誹謗眾苦惱患不以愁憂（496・760c）

例 1 指「喜樂者回答『喜的相是欣悅遍滿，歡適是喜的味。』」例 2 指「安樂、歡豫，不因此感到喜悅」。在擔任定語功能方面，有「歡」、「歡欣」、「歡娛」。如：

（例 3）歡者內心踴躍。喜怡歡樂善心生焉。是故稱說宜歡喜思聽。（212．611a）

（例 4）汝等和義與我夏安居衣諸優婆塞言。非索安居衣時。待至秋穀熟。爾時諸人多有歡欣心。當施衣。（1425．322a）

（例 5）譬如依彼勝妙善行。於虛空中自然而作種種伎樂微妙音聲歡娛之事以爲供養。（761．618c）

以「歡」構詞的詞群成員擔任狀語功能的，僅「歡欣」一詞修飾後接的動詞謂語「奉行」。

（例 6）時此梵天聞說此經歡欣奉行。（1028．742c）

在以「歡」構詞的詞群成員裡，表述謂功能之其句法格式如下：

歡

1. Subject＋（盡）歡

（例 7）帝釋天王。於其天堂。乘此一象。而至妙樹園。悅樂盡歡。在意馳遊（288．590c）

2. 令＋Object＋（同）歡

（例 8）所懷慈心等如虛空。大悲堅固拯濟眾生。常行喜心令彼同歡。（397．185c）

歡欣

1. Subject＋（不當／莫不）＋歡欣

（例 9）汝後得佛當於五濁惡世。度諸天人。不以爲難。必如我也。于時善慧。聞斯記已。歡欣踊躍。喜不自勝。即時便解一切法空。得無生忍。身昇虛空。去地七多羅樹。以偈讚佛（189．622c）

（例 10）其修行者心自念言。吾身今者未脫此患不當歡欣。如是自制不復輕戲。（606．204c）

（例 11）四者忍辱身三口四及意無惡以是爲王。一切見者莫不歡欣。五者學問常求智慧以是爲王。決斷國事莫不奉用。行此五事世世爲王。（211・606c）

欣歡

1. Subject＋（莫不）＋欣歡

（例 12）善友鄉黨無不周遍。飲食作樂無不欣歡。菩薩如是。（606・228b）

我亦應自伏其心求得此事。唯有此道無復異路。如是思惟已還觀不淨。復自欣歡作是念言。（616・286c）

歡適

1. Subject＋（莫不）＋歡適

（例 13）譬如三十三天上。波利質多。拘毘羅樹花葉芬敷。諸天遊觀莫不歡適。如是如來音聲法輪。清淨敷演一切法聲。甘露利樂亦復如是。時不空見。即說偈言（414・808a）

歡娛

1. Subject＋（互相）＋歡娛

（例 14）龍夜叉阿修羅甄那羅之所住處。善業諸天之所依止。種種善業果報所得。四寶成就。一一住處。種種眾色。以爲莊嚴。皆悉見之。互相歡娛。欲心放逸。種種美言。共相調戲。（721・168b）

2. 令＋Object＋歡娛

（例 15）時善愛王。即便自取一弦之琴。而彈鼓之。能令出於七種音聲。聲有二十一解。彈鼓合節甚可聽聞。能令眾人歡娛舞戲。昏迷放逸不能自持。（200・211b）

歡悅

1. Subject＋（甚／常）＋歡悅＋（NP）

（例 16）婆羅門言。我不用餘。欲得王身與我作奴。及王夫人爲我作

婢。若能爾者便隨我去。王甚歡悅。報言大善。（152・007b）

（例 17）次名銀聚林。縱廣三百由旬。無量銀樹。其林光明。如〔9〕百千月。多有師子。無量眾鳥。心常歡悅。（721・408c）

2. 使＋Object＋歡悅

（例 18）佛於天上便取定意。如力士屈伸臂頃佛於忉利天。上至鹽天。爲諸天說經。滅於鹽天。即至兜術天。復從兜術天滅。即至不憍樂天。化應聲天梵眾天梵輔天大梵天水行水微天無量水天。……。無結愛天。已說經。悉使大歡悅。（0198・185b）

（例 19）復將八十億童女在其城中。端正姝好年十六已上限至二十。皆工歌舞。能令男子歡悅。（170・414c）

歡愛

1. Subject＋（莫不）＋歡愛

（例 20）是求時苦守時恐怖畏失故苦。現在無厭故苦。又歡愛會少別離苦多。故知欲爲多過。（1646・310b）

（例 21）佛告舍利弗。菩薩執華詣如來時若詣塔寺。當作是念。願使眾生心意軟淨顏貌和悅。如華軟妙形色香潔。見莫不歡愛之欣悅。（318・895a）」

「見莫不歡愛之欣悅」此句宜作「見之莫不歡喜欣悅」，然筆者依其原文不作修訂。在中古佛經材料裡，「歡豫」、「歡喜樂」並未擔任句子裡的謂語功能，故不討論。以「歡」構詞的詞群成員的句法格式有二：其一爲「Subject＋（心）＋（Adv）＋V＋（NP）」，很少搭配賓語，詞群成員均能套入這個句法形式；其二爲「使／令＋Object＋V」，「歡」及「歡悅」能進入這個句法形式。

在狀語搭配方面，以「歡」構詞的詞群成員作謂語時，可以帶狀語的搭配情形如下：

歡：盡、同

歡欣：不當、莫不

歡適：莫不

歡娛：互相

歡悅：甚、常、靡不、皆、極

以「歡」構詞的詞群成員，除「歡悅」在竺法護《佛說海龍王經》：「讀雜句者不樂深法。天則不歡悅。（0598・136c）」及《佛說無希望經》：「六十比丘適聞此言。益懷憂慼意不歡悅。（813・777c）」接否定副詞「不」作狀語之外，亦接雙重否定詞「莫不」、「靡不」修飾，以表示強調。筆者認為這與漢語雙音節化有關，「歡」以「盡／同」單音節副詞搭配為兩個音節，而「歡欣」、「歡適」、「歡悅」以「靡不／莫不」為雙音節雙重否定意義以表達現代漢語「都」、「全」的概念。「歡娛」狀語搭配的情況與其他詞群成員大不相同，僅搭配「互相」，此乃由於「歡娛」為「歡」與「娛」共同構成，是受到「娛」構詞組合特點影響，以致於狀語搭配情形相同。

二、概念意義

歡，《說文》「歡，喜樂也。」從欠，雚聲。」《經籍纂詁・歡字條》：「或作懽，喜也。」《廣雅・釋詁一》：「歡，樂也」。以此為詞素構成的詞群，都有〔喜悅〕的意義。

（一）「歡」、「歡欣／欣歡」、「歡適」、「歡娛」、「歡悅」、「歡豫」、「歡愛」、「歡喜樂」均有〔＋喜悅〕概念意義。如：

（例 22）歡者內心踊躍。喜怡歡樂善心生焉。是故稱說宜歡喜思聽。（212・611a）

（例 23）其修行者心自念言。吾身今者未脫此患不當歡欣。如是自制不復輕戲。（606・204c）

（例 24）猶如有人欲立大屋。……然後請會親族門室。善友鄉黨無不周遍。飲食作樂無不欣歡。（606・228b）

（例 25）譬如三十三天上。波利質多。拘毘羅樹花葉芬敷。諸天遊觀莫不歡適。如是如來音聲法輪。清淨敷演一切法聲。甘露利樂亦復如是。時不空見。即說偈言（414・808a）

（例 26）是菩薩雖種種因緣方便。心常在佛。不失善根。又復常求轉勝利益眾生法。是菩薩利益眾生故。知世所有經書技藝。……。妓樂歌舞。戲笑歡娛。國土城郭。聚落室宅。……

布施持戒。攝伏其心。禪定神通。四無量心。四無色定。諸不惱亂。安眾生事。哀眾生故。出如此法。令入諸佛無上之法。（278・556c）

（例 27）諸菩薩摩訶薩行般若波羅蜜時。於一切眾生中起大慈心。見諸眾生趣死地故而起大悲。行是道時歡悅而生大喜。不與想俱便得大捨。（223・354c）

（例 28）若得華香金銀七寶五種彩色。不以喜悅。無增無減族姓子。制心修行。亦當如是。嗟歎稱譽。安樂歡豫。不以爲悅。若遇誹謗眾苦惱患不以愁憂（496・760c）

（例 29）復次離欲者。是説避欲樂。離不善法者。是説避著身懈怠。復次離欲者。是説斷於六戲笑及歡喜樂。離不善法者。是説斷戲覺及憂苦等。亦説斷於戲笑及捨。（1648・415b）

（例 30）是求時苦守時恐怖畏失故苦。現在無厭故苦。又歡愛會少別離苦多。故知欲爲多過。（1646・310b）

句例 23.指「修行者自心想：『自身爲脫離輪迴之苦患，不應該喜悅』，如此自制，不再隨意嬉戲」；例 24.指「（修行）譬如有人想蓋房子，……完成後，宴請親族鄉黨，飲食作樂沒有人不開心。」；例 25.「三十三天上，眾所美好，遊觀之際沒有不開心的」；例 26.指「菩薩瞭解世間一切，包括嘻笑歡樂……，布施持戒以降伏內心」；例 27.解釋作「行般若波羅蜜道的時候，因爲喜悅歡樂而產生大喜。」；例 28.指「安樂、喜悅，不把它當成快樂」；例 29.意指「又說所謂捨離慾望的人，是斷除六戲笑以及歡樂的人」；句例 30.指「歡欣喜悅的交會聚首少，而令人悲苦的別離卻很多」。由此可知，以「歡」構詞的詞群成員都具有「歡樂、喜悅」的概念意義。

（二）由上述句例 22～30，可知「歡」、「歡欣／欣歡」、「歡適」、「歡娛」、「歡悅」、「歡豫」、「歡喜樂」、「歡愛」均有〔＋受外在事物影響〕的概念意義。

（三）「歡娛」一詞，其快樂的來源指〔＋與遊戲／玩樂有關〕，如：

（例 31）爾時新生天眾。遊戲歡娛。於園林中。（0721・354c）

（例 32）龍夜叉阿修羅甄那羅之所住處。善業諸天之所依止。種種善業果報所得。四寶成就。一一住處。種種眾色。以爲莊嚴。皆悉見之。互相歡娛。欲心放逸。種種美言。共相調戲。（721．168b）

（例 33）時善愛王。即便自取一弦之琴。而彈鼓之。能令出於七種音聲。聲有二十一解。彈鼓合節甚可聽聞。能令眾人歡娛舞戲。昏迷放逸不能自持。（200．211b）

（四）「歡欣／欣歡」一詞，〔專指奉行／聽聞佛法之情緒〕。在所觀察的中古佛經語料裡，「歡欣」20 例，「欣歡」2 例，專指與佛法相關的喜悅。如：

（例 34）其修行者心自念言。吾身今者未脫此患不當歡欣。如是自制不復輕戲。（606．204c）

（例 35）有一菩薩名金剛幢。於其佛所聞是經典。其心不疑不懷猶豫。即時啓受於斯經典功德之勳。持諷誦讀篤信執翫不離其心。行入郡國縣邑聚落州城大邦。見之歡欣。皆言良醫當來治我眾患之疾。一心相信豫懷欣然。（813．781a）

（例 36）我亦應自伏其心求得此事。唯有此道無復異路。如是思惟已還觀不淨。復自欣歡作是念言。（616．286c）

「歡」、「歡適」、「歡悅」、「歡喜樂」、歡豫」或用以表示「佛土或天上與佛法相關的快樂。如：

（例 37）若佛入城放斯光明。眾生遇者得歡喜樂。一切嚴飾之具莊嚴其城。城中寶藏從地踊出。（586．033c）

（例 38）王心歡悅即脫珠寶。以散佛上及菩薩上。化成華蓋列在空中。其間悉有百千音樂。王倍踊躍忘食之想。（636．514a）

（例 39）一切諸欄楯前各有五百采女。善鼓音樂皆工歌舞。得第一伎所作具足。能歡悅一切天下諸國人王。以是供給德光太子。（170．414b）

（例 40）若得華香金銀七寶五種彩色。不以喜悅。無增無減族姓子。制心修行。亦當如是。嗟歎稱譽。安樂歡豫。不以爲悅。若遇誹謗眾苦惱患不以愁憂（496．760c）

（例 41）譬如三十三天上。波利質多。拘毘羅樹花葉芬敷。諸天遊觀莫不歡適。如是如來音聲法輪。清淨敷演一切法聲。甘露利樂亦復如是。時不空見。即說偈言（414・808a）

（例 42）帝釋天王。於其天堂。乘此一象。而至妙樹園。悅樂盡歡。在意馳遊（288・590c）

亦可用以表示一般的世俗之樂，如句例 43.所指的便是「因習染而生的快樂」：

（例 43）復次離欲者。是說避欲樂。離不善法者。是說避著身懈怠。復次離欲者。是說斷於六戲笑及歡喜樂。離不善法者。是說斷戲覺及憂苦等。亦說斷於戲笑及捨。（1648・415b）

三、色彩意義

這組詞群成員均爲正面意義。

從佛經語言的角度來看，「歡欣」、「欣歡」指聽聞奉行佛法後，那種解脫超然與豁然開朗的感受。較其他「歡」詞群成員的喜悅境界要來得〔＋莊嚴〕些，因爲它專指接近善行解脫的喜悅意義。如：

（例 44）其修行者心自念言。吾身今者未脫此患不當歡欣。如是自制不復輕戲。（606・204c）

（例 45）有一菩薩名金剛幢。於其佛所聞是經典。其心不疑不懷猶豫。即時啓受於斯經典功德之勳。持諷誦讀篤信執翫不離其心。行入郡國縣邑聚落州城大邦。見之歡欣。皆言良醫當來治我眾患之疾。一心相信豫懷欣然。（813・781a）

（例 46）我亦應自伏其心求得此事。唯有此道無復異路。如是思惟已還觀不淨。復自欣歡作是念言。（616・286c）

而「歡娛」則不同，在佛經所見句例裡，都不具有〔＋莊重〕概念意義。而其餘義位與義叢的〔＋莊重〕色彩意義則爲一般程度。

3.1.3 以「悅」構成的詞群

以「悅」構成的詞群成員共有 6 個。分別是：悅（說）、悅欣（忻）／欣（忻）悅豫、悅懌、悅樂。

表 3.1-3 以「悅」構成詞群的義素分析

義素＼義位與義叢		悅	悅欣／欣悅	悅豫	悅懌	悅樂
語法意義	〔賓語〕	－	＋／－	＋	＋	＋
	〔定語〕	－	＋／－	－	－	＋
	〔謂語〕	＋	＋	＋	＋	＋
概念意義	〔喜悅〕	＋	＋	＋	＋	＋
	〔受到外在事物影響〕	＋	＋	＋	＋	＋
色彩意義	〔正面〕	＋	＋	＋	＋	+,－
	〔貪著〕	－	－	－	－	+,－

以下進行義素分析時，分別就語法意義、概念意義、色彩意義三方面來解說：

一、語法意義

在擔任賓語方面，「欣悅」、「悅樂」，其句例為：

（例 1）佛在大眾巍巍堂堂。相好昞著汪汪洋洋。（棄惡，人名）心懷欣悅敬進迎佛。稽首足下右遶三匝。叉手自歸長跪白佛。（318・892a）〔註 8〕

（例 2）或有眾生飢渴逼切。則與天食身得充滿。具足悅樂而為說法。（420・928b）

例 1.指「棄惡心懷喜悅的心情，恭敬迎佛」，「欣悅」指「喜悅」。例 2.指「眾生飢渴迫切，給予他們天食得以飽足，使他們具足歡樂並且為他們說法。」在這組詞群成員裡，僅搭配行動動詞，不搭配表示有無的存現動詞。

以「悅」構詞的詞群成員裡，擔任定語的有「欣悅」、「悅樂」，其句例為：

（例 3）除去眾想無念無想。而心自修如聖賢教。不違明達得欣悅安。（222・183c）

（例 4）若以眾生因其愛欲而受律者。輒授愛欲悅樂之事。從是已去現其離別。善權方便隨時而化。（565・926a）

句例 3.解釋為「心不違背明達而得到喜悅的安定」，以「欣悅」修飾名詞性賓語

〔註 8〕「『棄惡』心懷欣悅敬進迎佛」，「棄惡」為人名。

的「安」。例 4.意謂「就教導愛欲歡樂的事情」，「悅樂」與「愛欲」二者並列，修飾名詞性賓語「事情」。

以「悅」構成的詞群成員，最常擔任的是述謂功能，且每一成員均具此語法功能。其句法格式分別如下：

悅

1. Subject＋（甚／不／大）＋悅＋（Object）

（例 5）或時師欲說，受者不悅也。師若身疲不能起說經，學士志銳而不得學者。當覺邪爲。（225・491a）

（例 6）說是語時八千天人。發無上正眞道意。文殊師利童子甚悅。（474・526c）

（例 7）王告之曰。朕聞德行一國悅之。故以相命。（154・097b）

2. 令＋Object＋（心）＋悅

（例 8）時世尊。常以大悲。晝夜六時。觀察眾生。誰受苦惱。我當往彼而拔濟之。軟語說法。令彼心悅。（200・205c）

悅欣

1. Subject＋悅欣

（例 9）時阿耨達王之太子。名曰當（丹常）信。敬心悅欣。以寶明珠交露飾蓋進奉如來。叉手白佛。（635・506a）

欣悅

1. Subject＋（皆／共／悉共／益／莫不／甚）＋欣悅

（例 10）眾人聞之。悉共欣悅。代之踊躍。（154・095a）

（例 11）尊及諸弟子。自期七日當還本國。王及臣民莫不欣悅。（186・536a）

悅豫

1. Subject＋（恆）悅豫

（例 12）若行若坐入無底慧。心恒悅豫亦無怯弱。（656・001a）

2. 令＋Object＋悅豫

（例 13）於是最選光明蓮華開剖如來。聞諸菩薩歌頌之聲。察其心源爲諸菩薩大士衍以佛法。分別要義令心悅豫。（266．199b）

悅懌

1. Subject＋（大）悅懌

（例 14）王聞比丘已得除愈，大歡喜悅懌不能自勝，意存比丘，不復念太子痛，持是歡喜，各有至心；太子亦自平復，便舉國財寶賜與太子。（169．411c）

（例 15）時阿耨達五百太子。聞佛說是。悅懌欣喜歡樂無量。同聲言。（635．501b）

悅樂

1. Subject＋（無不／不／常）悅樂

（例 16）若信是經欲奉持者。當令斯袖寬弘無役。其不悅樂而察陰蓋者當令諦受。而使斯等不犯法師不有所嬈。（399．473b）

2. 令＋Object＋悅樂

（例 17）所有言語。甚可喜樂。美妙悅耳。能化人心。和柔具足。多人愛念。能令他人歡喜悅樂。（286．504c）

在中古佛經裡，以「悅」構詞的詞群成員其句法格式可以簡化表達爲兩類：

1. Subject＋V＋（Object）：

詞群成員「悅、欣悅、悅欣、悅豫、悅懌、悅樂」均可進入此句式，Object爲直接賓語或對象賓語，爲情緒的對象。

2. 令＋Object＋V：

「悅」、「悅豫」、「悅樂」可進入此句式，Object 藉以表示處於賓語位置的經驗者、感受者。

「悅」詞群成員擔任謂語功能時，僅有「悅欣」、「悅懌」不搭配狀語，據筆者觀察：此二者在中古佛經使用頻率低，分別只出現四例，應爲未見搭配狀語句例之原因。就搭配狀語來說，運用情形並不相同，羅列於下：

悅：不／甚／大

欣悅：皆／共／悉共／益／無不／莫不／不／甚／大

悅豫：恆／莫不／靡不／不／甚

悅樂：常／無不／不

這幾個詞群成員均可以接受否定副詞「不」，其中，以「欣悅」的狀語最爲多樣。其中，「悅」、「欣悅」、「悅豫」可搭配高程度的」「甚」；另有雙重否定表示強調的「無不」、「莫不」、「靡不」，用以強調其喜悅正面情緒的廣度及強度。

二、概念意義

悅／說　於《說文》未收。然《說文・言部》：「說，說釋也。」段玉裁注：「說，說釋也，即悅懌。說、悅、釋、懌，皆古今字。許書無悅懌兩字」。《爾雅・釋詁上》：「悅，喜也。」《莊子・徐無鬼》：「武侯大悅而笑。」《孫子・火攻》：「怒可以復喜，慍可以復悅。」以「悅」爲構詞成員的概念意義如何？以下探討：

（一）「悅、欣悅、悅欣、悅豫、悅懌、悅樂」具〔＋喜悅〕之概念意義。

《爾雅・釋詁》：「怡、懌、悅、欣、衎、喜、愉、豫、愷、康、愖、般，樂也。」《經籍纂詁》「樂」字條：「喜，歡也」；「喜」字條：「樂，悅樂也」；「悅」字條：「喜，樂也」，雅書與經傳注疏常以同義或近義詞訓詁解經，喜、樂、悅／說相互爲訓，均作「喜悅快樂」解。在中古佛經裡的用例如下：

（例 18）時我爲菩薩。名曰儒童。幼懷聰叡。志大包弘。隱居山澤。守玄行禪。聞世有佛。心獨喜歡。披鹿皮衣。行欲入國。……有五百人。菩薩過之。終日竟夜。論道說義。師徒皆悅。臨當別時。五百人。各送銀錢一枚。（185・472c）

（例 19）佛有大悲。汝爲弟子種種稱讚慈愍眾生誠如所說。汝以種種因緣明了分別開悟引導。行慈悲者聞則心淨我甚欣悅。汝先偈說十地之義。願爲解釋。（1521・020c）

（例 20）時阿耨達王之太子。名曰當（丹常）信。敬心悅欣。以寶明珠交露飾蓋進奉如來。叉手白佛。（635・506a）

（例 21）或入大海。過大曠野。以求財物。或從他人。傭力求財。布施貧窮苦惱之人。心生敬重。諸根悅豫。而施與之。（721・

166c)

(例 22) 時阿耨達五百太子。聞佛說是。悅懌欣喜歡樂無量。同聲言。(635・501b)

(例 23) 是時一切世界六種震動。一切眾生安隱悅樂。一切眾寶種種莊嚴。一切如來大眾海中。雨十種寶王雲。(278・409a)

句例 18.意指「菩薩與五百人日夜以繼講論佛義，師徒都很高興」；例 19.解釋作「行慈悲者聽聞說法，心因此清淨，我感到非常高興」；例 20.指「太子恭敬喜悅地將寶明珠垂露飾蓋進呈給如來。」例 21.意謂「布施給貧窮苦惱的人，對他們心生敬重，五根喜悅地施予他人。」；例 22.指「時阿耨達五百太子，聽到佛說法如此，非常開心喜悅。」例 23.「一切眾生安穩快樂，一切珍寶莊嚴」。由此得知其表〔＋喜悅〕的概念意義。

(二)「悅、欣悅、悅欣、悅豫、悅懌、悅樂」，具〔＋受外在事物影響〕的概念意義。如：

(例 24) 或時師欲說，受者不悅也。師若身疲不能起說經，學士志銳而不得學者。當覺邪為。(225・491a)

(例 25) 時阿耨達王之太子。名曰當(丹常)信。敬心悅欣。以寶明珠交露飾蓋進奉如來。叉手白佛。(635・506a)

(例 26) 眾人聞之。悉共欣悅。代之踊躍。(154・095a)

(例 27) 若行若坐入無底慧。心恒悅豫亦無怯弱。(656・001a)

(例 28) 王聞比丘已得除愈，大歡喜悅懌不能自勝，意存比丘，不復念太子痛，持是歡喜，各有至心；太子亦自平復，便舉國財寶賜與太子。(169・411c)

(例 29) 所有言語。甚可喜樂。美妙悅耳。能化人心。和柔具足。多人愛念。能令他人歡喜悅樂。(286・504c)

三、色彩意義

以「悅」構詞的詞群成員裡，其色彩意義大多為正面。

然而，就其用例來看，「悅樂」在少數句例裡，有「＋貪著」的概念意義，因此，其在部分語境裡，如句例 30.～31.，都屬非正面的色彩意義。

（例 30）若以眾生因其愛欲而受律者。輒授愛欲悅樂之事。從是已去現其離別。善權方便隨時而化。（565・926a）

（例 31）爾時此女僞現姿媚愛相。與賊交杯。似自飲酒。勸賊令盡。外現慇懃。妖媚親附。內心與隔。使彼賊心耽惑悅樂。不復有疑。（1425・331a）

句例 30.中，「悅樂」與「愛欲」並列，表示「眾生愛欲習氣之屬」。句例 31.「此女與彼賊表面親附，內心相隔，希望彼賊得以沈溺悅樂，不起疑心。」表示的是「世俗情愛的快樂」。

3.1.4 以「欣」構成的詞群

以「欣」構成的詞群成員共有 8 個，分別是「欣」、「欣欣」、「欣喜」、「欣慶」、「欣豫」、「欣懌」、「欣樂」、「欣慕」。其中，「欣慕」依其語義分屬於尊敬語義場，不於本節討論，而本章節討論的有 7 個。

義素 ＼ 義位與義叢		欣	欣欣	欣喜	欣慶	欣豫	欣懌	欣樂
語法意義	〔賓語〕	－	－	＋	＋	＋	－	＋
	〔定語〕	－	＋	－	＋	－	－	－
	〔狀語〕	＋	＋	＋	－	－	－	－
	〔謂語〕	＋	＋	＋	＋	＋	＋	＋
概念意義	〔喜悅〕	＋	＋	＋	＋	＋	＋	＋
	〔外現於笑容〕	＋,－	－	－	－	－	－	－

以下進行義素分析之際，分別就語法意義、概念意義、色彩意義三方面進行解說：

一、語法意義

就語法功能來看，在賓語功能部分，「欣喜」、「欣慶」、「欣豫」、「欣懌」欣樂」可作賓語。如：

（例 1）時轉女菩薩及五百女人。聞佛授決。因得如是自然欣喜。（565・930b）

（例 2）首羅歡喜送佛還于其家。心生欣慶。（201・301b）

（例 3）眾生應時聞佛法聖眾音聲。心懷欣豫。壽終之後皆生有佛世尊現在國土。（222．156c）

（例 4）世尊。我於過去諸行不顧念。未來諸行不生欣樂。於現在諸行不生染著。於內外對礙想善正除滅。我已如是修世尊所說安那般那念（099．206c）

以「欣」構成的詞群成員擔任賓語時，其前面的動詞只能是表示動作的行爲動詞，如：「得」、「生」、「懷」，未見與表示有無的存現動詞搭配。此外，在擔任定語方面的詞群成員有「欣欣」、「欣慶」。如：

（例 5）知合會者必當別離。今欣欣者後會憂慼。（403．602c）

（例 6）此地乃是過去諸佛金剛之座。餘方悉轉。斯處不動。堪受妙定。非汝所摧。汝今宜應生欣慶心。息慉慢意。修知識想。而奉事之。（189．641a）

擔任狀語功能的詞，有「欣」、「欣欣」、「欣喜」，其句例爲：

（例 7）百千天人舉聲歎曰。吾等爲已於閻浮提再見法輪也。用此天子師子吼故。爾時世尊尋即欣笑。（585．026b）

（例 8）或見叢樹獨樂其中欣欣大笑。折取枯枝束負持行。或入冥室不知户出。又上山嶽巖穴之中不知出處。（606．184a）

（例 9）是時一切諸菩薩。聲聞天人一切大眾。阿修羅乾闥婆人非人等。聞佛所說。欣喜奉行（310．434b）

「欣／欣欣／欣喜」分別修飾動詞性謂語「笑／大笑／奉行」，在「欣」詞群成員擔任謂語功能方面，其句法格式如下：

欣

1. Subject＋（不）欣＋（Object）

（例 10）於時阿難。歎嗟端正色像第一。顏貌殊妙。見莫不欣。眾人愛重。一切尊敬。歎爲佛有三十二相。（0154．087a）

欣欣

1. Subject＋欣欣

（例 11）四王擁護。眾毒消歇。境界無病。五穀豐熟。牢獄裂毀。君

民欣欣。（152・002c）

欣喜

1. Subject＋（咸共）＋欣喜

（例 12）其來見者咸共欣喜。開化眾人僉然受教。普來雲集共相娛樂。雖致遠近計無堅固。常抱仁和無所傷害。恒志悅豫心不懷恨。和顏悅色而無瞋恨是爲菩薩悅豫之地。住于道教。（285・461b）

2. 令＋Object＋欣喜

（例 13）於一切眾生所起憐愍心。深見後世心。遠離十不善心。住十善道心。悉能清淨一切眾生心。降注法雨稱眾生欲。一切冤家令其欣喜生信樂心。（397・392b）

欣慶

1. Subject＋（極大）＋欣慶

（例 14）大闇時至渴法時來。魔王欣慶解釋甲冑。佛日將沒大涅槃山。（374・480a）

欣豫

1. Subject＋（靡不）＋欣豫

（例 15）諸王逝心理家庶民。靡不欣豫。稱嘆聖帝感動諸天。飛行皇帝有斯四德。（005・169c）

2. 令＋Object＋欣豫

（例 16）阿難白佛。唯然世尊。舍利弗比丘奉戒眞諦。有妙辯才。講法無厭。其四部眾。聽之不惓。說之不懈。多所勸助。開化未解。令心欣豫。莫不奉命。知節止足。常志精進。志常定止。有大聖智無極之慧。（154・080a）

欣懌

1. Subject＋（靡不／皆）＋欣懌

（例 17）說經訖竟。諸開士尊。諸天帝王。臣民龍鬼靡不欣懌。稽首

而退。奉戴執行者也。入裏靖默。未嘗以無上天尊之德。輕慢弟子逮乎眾生。（076．884c）

欣樂

1. Subject＋（心）＋（靡不／皆／大／常）＋欣樂

（例 18）大地陸地諸華。其輪離垢而有百葉。或有千葉。或百千葉。其光遠照香悉周遍。其香美妙洋溢所觀靡不欣樂。其光照曜執持其焰。其色無量文飾交露。青蓮芙蓉諸所雜華。而自然墮。（398．440a）

（例 19）如是等無量菩薩摩訶薩。為求正法故。乃至一句一味。五體投地。敬禮頂受。正念三世諸佛勤求正法。於正法中心常欣樂。修習諸願。求離貪法。捨離世間帝王自在之法。（278．512c）

在中古佛經裡，以「欣」構詞的詞群成員來說，可將其句法格式簡化為兩類：

1. Subject＋V＋（Object）：

詞群成員「欣、欣欣、欣喜、欣慶、欣豫、欣懌、欣樂」均可進入此句式。其中僅有「欣」帶賓語，主要為可不帶賓語的用法。

2. 令＋Object＋V：

「欣豫」、「欣樂」可進入此句式。

在搭配狀語部分，「欣」詞群成員擔任謂語功能時，僅有「欣欣」因主要語法功能為狀語，用以修飾動作的喜悅，故在中古佛經裡未見搭配狀語的用例。本詞群成員搭配狀語的情況，羅列於下：

欣：不

欣喜：咸共

欣慶：極大

欣豫：靡不

欣懌：靡不／皆

欣樂：靡不／皆／大／常

在這組詞裡頭，僅有「欣」可以搭配否定副詞「不」。觀察各義位與義叢與狀詞搭配的語義關係來看，「咸共」、「皆」、「極大」、「大」、「常」均表示大範圍／高頻率／高程度；「靡不」是雙重否定，在句子裡有強調動詞的語義。

二、概念意義

欣，《說文》:「欣，笑喜也。从欠斤聲。又訢喜也，從言斤聲。又忻闓也，從心斤聲。司馬法曰『善者，忻民之善，閉民之惡』」。又「欣欣」一詞在《漢語大詞典》裡提到：「喜樂。《詩・鳧鷖》:『旨酒欣欣，燔炙芬芬。』《毛詩》:『欣欣然，樂也。』」而以「欣」爲構詞詞群的成員，其概念意義討論如下：

（一）「欣」、「欣欣」、「欣喜」、「欣慶」、「欣豫」、「欣懌」、「欣樂」具有〔＋喜悅〕的概念意義。

（例 20）時佛欣笑。口中五色光出照於十方。還遶身三匝從頂上入。賢者舍利弗。前白佛言。（318・895c）

（例 21）知合會者必當別離。今欣欣者後會憂慼。（403・602c）

（例 22）遠離十不善心。住十善道心。悉能清淨一切眾生心。降注法雨稱眾生欲。一切冤家令其欣喜生信樂心。（397・392b）

（例 23）復次。聖弟子自念施法。心自欣慶。我今離慳貪垢。離在居家。解脫心施。常施。捨施。樂施。具足施。平等施。若聖弟子念於自所施法時。不起欲覺・瞋恚・害覺。如是。（099・144a）

（例 24）王曰。須熟。蓏實覆國。皆含稻穬。中容數斛。其味苾芬。香聞一國。舉國欣懌歎詠王德。（152・002b）

（例 25）諸天子。如是觀於人中種種生老病死之苦。勿生欣樂。如是夜摩天王牟修樓陀。見夜摩天眾其心調伏。多調柔軟。既觀察已。（721・342c）

例 20.意指「其時佛高興地笑著，口中的五色光照耀十方」；例 21.解釋爲「知道會合的終將別離，現今喜悅的以後終究會憂傷」，其意義可以從上下文對舉觀察，「別離」對「會合」，與「憂傷」相對的即是「喜悅」，可知「欣欣」與「憂慼」對舉；例 22.「提到修行應住十善道心，能清淨一切眾生的心，降注法雨去滿足眾生的慾望，使一切的冤家歡喜並升起信樂之心」；例 23.指「聖弟子自念施法時，心中歡喜遠離不好的習氣」；例 24.意謂「大王說『種植須熟，香聞滿國』全國歡欣讚嘆大王美德」；例 25.解釋爲「諸天子，觀照他人種種生老病死苦時，不該欣樂」。

（二）「欣」、「欣欣」、「欣喜」、「欣慶」、「欣豫」、「欣懌」、「欣樂」等詞，具有〔＋受到外在事物影響〕的概念意義。如：

（例 26）女來之時還當屬我。即便與之。納爲夫人。初迎之日。舉國欣慶。咸稱大吉。（203・490a）

（例 27）時轉女菩薩及五百女人。聞佛授決。因得如是自然欣喜。（565・930b）

（例 28）眾生應時聞佛法聖眾音聲。心懷欣豫。壽終之後皆生有佛世尊現在國土。（222・156c）

（例 29）首羅歡喜送佛還于其家。心生欣慶。（201・301b）

（例 30）知合會者必當別離。今欣欣者後會憂慼。（403・602c）

（例 31）爾時。世尊告諸比丘。過去・未來色尚無常。況復現在色。多聞聖弟子如是觀察已。不顧過去色。不欣未來色。於現在色厭・離欲・滅寂靜。受・想・行・識亦復如是（99・020a）

（例 32）爾時世尊說是經已。一切大眾皆大歡喜。不空見等諸大菩薩大聲聞眾。及諸世間人天八部阿修羅等。聞佛所說皆大欣樂頂戴奉行（414・829c）

（三）「欣」、「欣欣」偏指喜悅之情具有〔＋外現爲笑容〕的概念意義。在中古佛經句例裡，「欣笑」一詞在古譯時期出現有有 32 次，舊譯時期不見用例，改以「欣欣」一詞修飾「笑」。如：

（例 33）或見叢樹獨樂其中欣欣大笑。折取枯枝束負持行。或入冥室不知戶出。又上山嶽巖穴之中不知出處。（606・184a）

（例 34）兆民歡喜稱壽萬歲。大赦寬政。民心欣欣含笑且行。（152・027b）

其餘義位與義叢沒有專指〔＋外現於笑容〕的概念意義。

三、色彩意義

以「欣」構成的詞群成員，均爲正面色彩意義。

3.1.5 以「樂 1」構成的詞群

以「樂」構成的詞群成員共有 3 個，分別是「樂」、「快樂」、「安樂」。其中，「快樂」不見於當時中土文獻，是佛經以漢語固有語素構成的新詞。

以下進行義素分析時，分別就語法意義、概念意義、色彩意義三方面說明：

表 3.1-5 以「樂 1」構成詞群的義素分析

義素 ＼ 義位與義叢		樂 1	快樂	安樂
語法意義	〔主語〕	＋	－	－
	〔定語〕	＋	－	＋
	〔狀語〕	－	－	＋
	〔謂語〕	＋	＋	＋
概念意義	〔喜悅〕	＋	＋	＋
	〔受到外在事物的影響〕	＋	＋	＋
	〔受事對象爲「人」〕	－	－	＋
	〔心靈安定〕	＋,－	＋,－	＋

一、語法意義

就語法功能來看，以「樂 1」構成的詞在中古佛經裡，僅「樂」擔任主語，用以佛教解釋名相所用。其餘「快樂」、「安樂」均不作主語。如：

（例 1）行者作是念。若樂即是苦。誰受是苦。念已則知心受。（1509・286b）

在擔任賓語方面，「樂」、「快樂」、「安樂」均作動詞後接賓語。句例如下：

（例 2）若喜即是樂。則七覺意中不應。別說猗覺意也。（1646・340c）

（例 3）但使汝好樂佛。心不斷絕者。則於長夜。常得安樂（001・070a）

（例 4）今此商主以供養我故。不墮地獄畜生餓鬼生天上人中。常受快樂。過三阿僧祇劫。當得作佛。號曰寶盛。度脫眾生。不可稱量。是故笑耳。（200・205a）

此外，在擔任定語方面的詞群成員有「樂」、「快樂」、「安樂」。如：

（例 5）如彼脩行人。永拔愁憂之本。與樂根共相應。寂然觀世變。

如彼幻野馬也。（212・758a）

（例 6）菩薩若見諸安樂事。明識一切本則無安。。（310・662b）

（例 7）若有眾生聞此音聲。覺悟之者皆得快樂。譬如東方不動國土。亦如西方安樂世界。其中眾生歡娛踊悅。（414・800a）

擔任狀語功能的詞僅有「安樂」、「快樂」，而「樂」不作狀語功能使用。其句例爲：

（例 8）時法王安樂出入。無有憂患。邊國小王順從教令。境內人民亦得安樂。生業自恣無諸憂苦。多得利益。無有損減。（1428・992c）

（例 9）有善男子得勝財利。快樂受用。供養父母。供給妻子・宗親・眷屬。給恤僕使。施諸知識。時時供養沙門・婆羅門。種勝福田。崇向勝處。未來生天。得勝錢財。能廣受用。倍收大利。（099・337b）

例 8.意指「法王『安樂無憂地』出入國家，因此境外他國順從其教令，境內百姓也得到安樂。」；例 9.解釋爲「有善男子得到財物，『快樂地』接受並運用……時時供養僧眾、婆羅門，種植福田。」以「樂」構成的詞群成員擔任謂語功能方面，其句法格式如下：

樂

1. Subject＋（不／相／甚／極／極大）＋樂

（例 10）譬如貧人得大寶藏心則大樂。如是舍利弗。未來世中多有比丘。親近白衣受其供養。漸相狎習而與執事。心便歡喜以爲悅樂。猶如貧人得大寶藏。（653・793a）

快樂

1. Subject＋（咸共／甚）快樂＋（已畢）

（例 11）天帝處中唱人相娛。七日之後。釋出遊戲。於池沐浴。快樂已畢。當還昇天。（152・044c）

「快樂」一詞，在漢・焦贛《易林・乾之履》:「富饒豐衍，快樂無已。」

就出現，然而在佛經材料裡，舊譯時期佛經查無「快樂」用例，古譯時期支謙、竺法護的譯經才出現，如：「身心快樂。即於佛所」（200・205c）。

安樂

1. Subject＋（大）＋安樂＋（Object）

（例 12）今我世尊亦應如昔過去諸佛安樂眾生。宣說菩薩念佛三昧。（414・794b）

（例 13）願佛世尊。屈意數來憐愍我故。當大安樂。當大利益。（625・383c）

此句式出現於舊譯時期佛經，可作及物後接賓語，並受程度副詞「大」作狀語修飾，「大安樂」一詞共有 14 例。

2. 令＋（Object）＋安樂

（例 14）若彼眾生入喜令自娛樂。皆是菩薩發令僧安樂。令不信者信（1428・1008c）

二、概念意義

樂 1，《說文》：「樂，五聲八音總名。象鼓鞞。木，虡也。」；《廣韻・鐸韻》：「樂，喜樂」；《集韻・鐸韻》：「樂，娛也。」本詞群成員之在中古佛經所反映的概念意義，如下：

（一）「樂 1」、「快樂」、「安樂」均具〔＋喜悅〕的概念意義。如：

（例 15）如彼脩行人。永拔愁憂之本。與樂根共相應。寂然觀世變。如彼幻野馬也。（212・758a）

（例 16）今此商主以供養我故。不墮地獄畜生餓鬼生天上人中。常受快樂。過三阿僧祇劫。當得作佛。號曰寶盛。度脫眾生。不可稱量。是故笑耳。（200・205a）

（例 17）今我世尊亦應如昔過去諸佛安樂眾生。宣說菩薩念佛三昧。（414・794b）

例 15.意指為「就像修行的人，永遠拔除憂愁的根本，和『快樂的』根本相應」；例 16.意指「今天這位商主因為供養我，不墮入地獄畜生惡鬼道，生天上人中，常受得快樂。」；例 17.意指「現今我世尊應該像過去諸佛般安定、歡樂眾生，宣說菩薩念佛三昧。」且「如彼脩行人。永拔愁憂之本。與樂根共相應。寂然觀世變。如彼幻野馬也。（212・758a）」、「時法王安樂出入。無有憂患。邊國小王順從教令。境內人民亦得安樂。生業自恣無諸憂苦。多得利益。無有損減。（1428・992c）」可知，「樂」、「安樂」與「愁憂」、「憂患」相對，指「快樂」之義。

（二）「樂 1」、「快樂」具〔＋受到外在事物的影響〕的概念意義。如：

（例 18）菩薩思惟涅槃甚樂。生死陰身極爲大苦。我當代一切眾生受此陰身之苦使得解脫。阿羅漢身盡佛亦身盡。身盡雖同不能救濟。佛滅身爲善。（1577・261c）

（例 19）其佛國土有異威德。人民熾盛皆得安隱。五穀豐收土地大盛。咸共快樂。天人繁熾地悉平等猶如砥掌。無沙塵穢莿棘瓦石。唯琉璃水精明月珠玉。珊瑚虎珀硨磲馬瑙遍布其地。（310・049b）

句例 18.指「菩薩思惟涅槃十分喜悅」，喜悅的情緒是源自「思惟涅槃」一事。」句例 19.指「人民因爲『其佛國土有異威德，人民熾盛皆得安隱，五穀豐收土地大盛』之事而感到快樂」。「安樂」則不具有此〔＋受到外在事物的影響〕的概念意義。

（三）「安樂」在中古佛經裡，具〔＋受事對象爲「人」〕的概念意義，如：

（例 20）常以惠施安樂一切。恣所求索象馬車乘衣被財穀國城珍寶。皆給與之。（221・008b）

（例 21）今我世尊亦應如昔過去諸佛安樂眾生。宣說菩薩念佛三昧。（414・794b）

例 20.意指「給予一切（眾生）所求索的象馬車乘衣被財穀國城珍寶，常以惠施來安樂他們。」例 21.解釋作「我世尊應該像往昔過去諸佛一樣安樂眾生，爲他們宣說菩薩念佛三昧。」句例裡「安樂」受事對象均爲「眾生」。

（四）「安樂」在中古佛經裡，具〔＋心靈安定〕概念意義，「樂 1」需搭配狀語及語境決定語義，本身爲〔－心靈安定〕意義。而「快樂」爲〔±心靈安定〕的概念意義。如下：

（例 22）行者作是念。若樂即是苦。誰受是苦。念已則知心受。（1509・286b）

（例 23）譬如貧人得大寶藏心則大樂。如是舍利弗。未來世中多有比丘。親近白衣受其供養。漸相狎習而與執事。心便歡喜以爲悅樂。猶如貧人得大寶藏。（653・793a）

（例 24）時法王安樂出入。無有憂患。邊國小王順從教令。境內人民亦得安樂。生業自恣無諸憂苦。多得利益。無有損減。（1428・992c）

（例 25）如向所說。既思惟已。如實觀察。八聖道分。如是曜星。思惟得果。寂靜快樂。乃至涅槃。若凡愚人。思惟如是世間星曜。或思惟曜。或思惟星。乃令無量多百千人。入於惡道。生在地獄餓鬼畜生。此是世間生死因緣。生貪瞋癡。（721・291a）

（例 26）未清淨者令得清淨。未涅槃者令得涅槃。未快樂者令得快樂。我當捨離世間眾事。令諸如來皆悉歡喜。具足成就一切佛法。安住無上最勝法中。（278・467b）

例 22.意指「樂即是苦」，例 23.解釋爲「貧窮的人得到大寶藏心裡很快樂」，「樂具〔±心靈安定〕的概念意義。例 24.解釋作「法王『安樂無憂地』出入國家，因此境外他國順從其教令，境內百姓也得到安樂。」具〔＋心靈安定〕的概念意義。句例 25.解釋作「像這顆曜星，思惟有所得，寂靜快樂，至於涅槃境界。」這樣的快樂，是不生不滅的涅槃寂靜；句例 26.指「未涅槃者得到涅槃，不快樂的人使他得到快樂」，這亦有安定撫慰的作用，故具〔＋心靈安定〕的概念意義。

3.1.6 以「娛」構成的詞群

以「娛」構成的詞群成員共有 2 個，分別是「娛」與「娛樂」。

表 3.1-6 以「娛」構成詞群的義素分析

義素 ＼ 義位與義叢		娛	*娛樂*
語法意義	〔謂語〕	＋	＋

概念意義	〔喜悅〕	＋	＋
	〔受到外在事物的影響〕	＋	＋
色彩意義	〔書面語〕	＋	+,−

一、語法意義

就語法功能來說，以「娛」構成的詞在中古佛經裡擔任賓語功能。如：

（例 1）時有自然大法音聲。尋則棄國。捨轉輪王位萬民伎樂諸欲之娛。眷屬圍繞。（263・089a）

（例 2）是族姓子阿難。往世具足多供養諸佛數億百千。行諸度無極所行之行。而以神通用爲娛樂。（329・062b）

「娛」、「娛樂」分別作爲「捨」及「用」的賓語。二者均擔任句子的謂語功能。其句法格式如下：

娛

1. Subject＋（相）＋娛

（例 3）譬如然火則時滅之，本無所從來，去亦無所至。如夢中見須彌山本無，如佛現飛本無所有，明度亦然。前於欲中相娛，計之無所有。如人名聲無所有，如來無於前見者。（225・506b）

娛樂

1. Subject＋（相）＋娛樂＋（Object）

（例 4）若彼眾生入喜令自娛樂。皆是菩薩發令僧安樂。令不信者信。（1428・1008c）

（例 5）是時諸發意菩薩。天華天香天不飾華天澤香。皆舉持散菩薩上。天上千種諸伎樂持用供養娛樂菩薩。如是音樂聲皆說如是。（816・812c）

（例 6）譬如幻師持一鏡，現若干種像，若男、若女，若馬、若象，若廬館、若浴池，於中示現若干種坐，氍氀、毾㲪、綩綖、帳幔、香華、伎樂、種種食飲之具，以名伎樂娛樂眾人（221・0130a）

在喜悅語義場成員裡的「娛」與「娛樂」，在中古佛經作謂語功能時，與同語義場的其他成員有截然不同的語法特徵：不帶賓語的用例屬少數。例 5.「菩薩」爲使役賓語，解釋爲「使菩薩愉悅歡樂」，例 6.「眾人」爲使役賓語，解釋爲「幻師持鏡以法術展現各種器具形象音樂，使眾人愉悅」。雙音詞「娛樂」在漢朝出現，《史記・廉頗藺相如列傳》:「趙王竊聞秦王善爲秦聲，請奏盆缻秦王，以相娛樂。」由「娛」、「樂」組合而成，具有「娛」的語法特點，與「樂 1」不同，如句例 7.～8.「自娛樂」有「自＋V」，以「自」作狀語表語義指涉：

（例 7）梵志。是我初心於現法中而自娛樂。若除有覺・有觀。內有歡喜。兼有一心。無覺・無觀。定念喜。遊於二禪。是謂。（125・666b）

（例 8）是時菩薩問阿蘭曰。汝學積久涉苦無數爲獲何證而自娛樂。（212・644a）

抑或者受情狀副詞「相」修飾，組合爲「相娛樂」,「相娛樂」、「共相娛樂」、「互相娛樂」用例，共有 270 例之多。筆者檢索中古佛經語料裡「喜悅」語義場雙音節詞與情狀副詞「相」的搭配，結果只見少數零星用例，整體觀察看來，以雙音節的「娛樂」用例最多，其次爲單音節詞條。筆者推斷:「娛樂」與情狀副詞「相」搭配詞頻極高的現象，與「娛樂」一詞的及物性有關；相較之下，「娛樂」像是及物動詞，在句子裡以帶賓語爲常，且多爲使役賓語，使役義應該是它詞義的一部份。此外，「娛樂」亦後接代詞性賓語，此即其及物動詞性質的語法特徵，「娛」不接代詞性賓語。如：

（例 9）眾寶莊嚴。敷以寶衣。萬阿僧祇寶像以爲莊嚴。種種妓樂而娛樂之。有二十八大人之相八十種好。而以莊嚴。身眞金色如明淨日。普照一切（278・709b）

（例 10）時王默然聽臣所諫。王復寬恩勅語諸臣今聽王子著吾服飾天冠威容如吾不異內吾宮裏作倡伎樂共娛樂之（212・641b）

由此可知，「娛」、「娛樂」在中古佛經裡的語法特徵與其他成員有明顯不同。

二、概念意義

娛，《說文・女部》:「娛，樂也。从女，吳聲」。《詩・出其東門》:「縞衣茹藘，聊可與娛」。《毛傳》:「娛，樂也。」「娛、樂」都是上古漢語喜悅語義場的成員，均爲「受到外在環境刺激而生的愉悅之情」。《文選・阮籍・詠懷詩》:「娛樂未終極，白日忽蹉跎。其概念意義如下：

（一）「娛」、「娛樂」具〔＋喜悅、歡樂〕概念意義，如：

（例 11）化愁感者法鼓自娛。菩薩行護天人樂之。救化無援將養一切。菩薩講法天人樂聽。（638・536a）

（例 12）其家親屬死亡者眾。復於七日中悲泣號咷。啼哭相向。過七日已。復於七日中共相慶賀。娛樂歡喜。（001・041b）

（例 13）臣吏求諸婇女。不知所趣。愁憂不樂。涕泣悲哀。念諸婦女。戲笑娛樂。夫婦之義。本現前時。諸作伎樂。思念舉動坐起之法。反益用愁。不能自解。（154・070b）

（例 14）譬如幻師持一鏡。現若干種像。若男。若女。若馬。若象。若廬館。若浴池。於中示現若干種坐。氍氀。毾㲪。綩綖。帳幔。香華。伎樂。種種食飲之具。以名伎樂娛樂眾人。（221・0130a）

句例 11.指「化愁感者用法鼓自己娛樂，菩薩行護天人感到歡樂」；句例 12.解釋作「其家親屬往生者多，又在七天內相互悲傷嚎哭，過了七天，又在七天內相互慶賀，相互娛樂歡喜。」

（二）「娛」、「娛樂」具〔＋受到外在事物的影響〕的概念意義

（例 15）化愁感者法鼓自娛。菩薩行護天人樂之。救化無援將養一切。菩薩講法天人樂聽。（638・536a）

（例 16）是時諸發意菩薩。天華天香天不飾華天澤香。皆舉持散菩薩上。天上千種諸伎樂持用供養娛樂菩薩。如是音樂聲皆說如是。（816・812c）

例 15.意指「化愁傷者以法鼓自我娛樂，菩薩行護及天人都感到歡樂。」又例 16.意指「以天上千種伎樂用來供養娛樂菩薩」。因此，其所帶的快樂是由外在的「法鼓」、伎樂」來的。

三、色彩意義

以「娛」構詞的詞群成員「娛」與「娛樂」是漢語雙音節化必然的現象，二者間除了均為正面意義之外，有另一區別：「娛」傾向書面語色彩，如：「時有自然大法音聲。尋則棄國。捨轉輪王位萬民伎樂諸欲之娛。眷屬圍繞。（263・089a）」在中古佛經裡，「之＋娛（擔任賓語）」共有 9 例，未見「之＋娛樂（擔任賓語）」的用例，且「娛樂」廣廣泛為反映實際語言，用以傳教所用的佛經翻譯語言所用。

小　結

喜悅語義場的義素分析，先以下表呈現，再進行說明：

表 3.1-7 喜悅語義場各詞群詞素之義素分析

義素＼義位		喜 1	歡	悅／說	欣	樂 1	娛
語法意義	〔主語〕	＋	＋	－	－	＋	－
	〔賓語〕	＋	－	－	－	＋	＋
	〔定語〕	＋	－	－	－	＋	－
	〔狀語〕	＋	－	＋	＋	－	－
	〔謂語〕	＋	＋	＋	＋	＋	＋
概念意義	〔喜悅〕	＋	＋	＋	＋	＋	＋
	〔受到外在事物影響〕	＋	＋	＋	－	＋	＋
	〔外現於笑容〕	－	－	－	＋,－	－	－
	〔心靈安定〕	－	－	－	－	＋,－	－

就語法功能來看，喜悅語義場成員在句子裡若擔任主語，常用以說解佛教名相，並以單音節居多。在作為賓語時，其謂語較為特殊，其一，謂語為表示存在的存現動詞「有／無」；其二，其謂語為表示行為動作的行為動詞。在狀語功能方面，依筆者觀察中古佛經用例，「喜」、「樂」作狀語表示主要動作的狀態時，多為表示「喜愛」義的「喜 2」、「樂 2」，如：「國中庶民見其家內財寶饒多各各慕及。樂為營從。（202・370c）。」其中亦有同形異義者，搭配其文義判斷，句中心理動詞為主要動詞，後接謂詞性賓語，如：

彼城中有一長者。財寶無量。不可稱計。唯有一子。名曰難陀。甚為窳惰。常喜睡眠。不肯行坐。(200・204a)」

在中古佛經裡，喜悅語義場成員最常擔任的即是述謂功能。大多不接賓語。如：

佛知猛觀梵志所生疑。是時便作一佛。端正形類無比。見者悉喜。有三十二大人相。金色復有光。衣法大衣。(198・182a)又「其人作伎。眾庶益悅。瞻戴光顏。如星中月。(154・088b)

然而，在喜悅語義場成員「娛」、「娛樂」，在中古佛經作謂語功能時，卻有截然不同的語法特徵：不帶賓語的用例屬少數。

就謂語功能來說，筆者未見「喜 1」、「樂 1」、「歡」後接賓語用例。而「喜悅」、「喜樂」「悅」、「悅豫」、「悅樂」、「欣豫」、「欣樂」、「歡娛」、「歡悅」、「歡」，在中古佛經裡亦可作及物後接賓語。邵丹（2006：46-47）提到：在以單音節為主的上古漢語裡，「喜 1」、「樂 1」本能直接帶使役賓語，若句子的謂語之後帶有表示人的名詞性賓語，即便構成使役結構，這個賓語稱為使役賓語，如：

孔子知之，宜輒修墓，以喜魂神。(《論衡・論死》)

欲弒公以說（悅）於晉，而不獲間。(《左傳・襄公 25 年》)

君為東上，免而揔干，率其群臣以樂皇尸。」(《禮記・祭統》)

若乃闕奇謀深智之術，無悅主狎俗之能，亦不可復稍為卿說。」(《宋書・周朗沈懷文列傳》)

「悅」則須以介詞「于（於）」引介，用來表示使人喜悅、歡樂之意。如：

夏，鄭殺申侯以說（悅）于（於）秦，且用陳轅濤涂之譖也。初，申侯，申出也，有寵於楚文王，文王將死，與之璧，使行。(《左傳・僖公 7 年》)

夏，四月，周公忌父，王子黨，會齊隰朋，立晉侯，晉侯殺里克以說，晉侯殺里克以說（悅）(《左傳・僖公 10 年》)

從其引例觀察，上古漢語的用例來看，「喜 1」、「樂 1」可直接後接使役賓語，「悅／說」須以介詞「於」引介，到了中古漢語裡，《宋書》的「悅／說」可以直接帶使役賓語。然而，在同為中古時期的佛經語料，卻有不同的展現。

在古譯時代、舊譯前期也仍見少數保留這樣的用法。如：

> 今諸所有庫藏珍寶用賜其子。子聞歡喜得未曾有。佛亦如是。先現小乘一時悅我。然今最後。普令四輩比丘比丘尼清信士清信女。天上世間一切人民。顯示本宜。佛權方便說三乘耳。（263・081b）
>
> 唯佛之子。仁之功德不可思議。一切世界悉遍知之。興大變化悅諸菩薩無極感動（291・593c）。

在舊譯時期佛經裡，「悅」則和其他喜悅語義場主要成員一樣，多改以「令／使＋（賓語）＋V」格式取代。如：

> 彼即言。毘舍離優婆塞瞋。汝往教化令喜。時即差使共往。（1428・969a）
>
> 善男子。如來應正遍知。恣汝所問。當隨意答令汝心喜。（397・314a）
>
> 益眾伎女綵女娛樂。令太子悅不懷憂慼。（186・503b）
>
> 世尊名聞令渴仰。見佛令人喜無窮（669・477a）
>
> 其心清淨令人歡喜。信意樂於佛道無有亂。所作諦恭敬斷諸貢高憍慢。（323・026c）
>
> 爾時世尊。晝夜六時。觀察眾生。誰應可度。尋往度之見嚪婆羅。失眾伴侶。愁憂困苦。悶絕躃地。尋往坑所而爲說法。使令歡喜。（200・227b）
>
> 時牧牛兒來坐聽法。跋難陀釋子。善爲說法。種種方便勸進檀越。令大歡喜。（1428・846c）

由此可知，中古佛經語料與中土文獻在使役結構反映不同的語言現象，從「悅／說」在古譯時代的用例來看，「于／於」在上古漢語裡，作爲動詞與賓語間的關係不夠密切時的引介；動詞與賓語關係密切後，則省略介詞，進而以「使／令」語法結構的出現取代。

「娛樂」和其他喜悅語義場主要成員的語法特徵不同，而「悅」則較保留其原有用法，因此仍能作狀語、作謂語時後接名詞性賓語（使役賓語）。

本語義場的六個詞群詞素裡，這些義位雖然同時包含〔＋喜悅〕義素，在其他的義素表現上還是有些不同，以義素分析結構簡要表現爲：

義　位	〔動作〕	〔情緒對象〕	〔說明〕
喜 1	表示喜悅	含佛法的一切事物	強調內在情緒
歡	表示喜悅	含佛法的一切事物	強調對於外在事物的回應
悅／說	表示喜悅	含佛法的一切事物	
欣	表示喜悅	含佛法的一切事物	外現於笑容
樂 1	表示喜悅	含佛法的一切事物	強調內在情緒
娛	表示喜悅	與佛法無關的事物	與遊戲玩樂有關

3.2 表「尊敬」義的語義場

在前賢研究成果裡，在劃分語義場時，「尊敬」語義場的獨立是眾所公認的；然而進一步的討論卻是很缺乏的。

在中古佛經裡，屬尊敬語義場的成員有 19 個，以下依其形式分爲「尊」、「敬」、「恭」三個詞群討論。

3.2.1 以「尊」構成的詞群

由「尊」構成的詞群，在中古佛經裡有 6 個，分別爲「尊」、「尊崇」、「尊敬」、「尊重」、「*尊戴」、「尊尚」。

表 3.2-1 以「尊」構成詞群的義素分析

義素 ＼ 義位與義叢		尊	尊崇	尊敬	尊戴	尊重	尊尚
語法意義	〔定語〕	＋	－	＋	－	＋	－
	〔謂語〕	＋	＋	＋	＋	＋	＋
概念意義	〔尊仰敬重〕	＋	＋	＋	＋	＋	＋
	〔側重內在的情緒〕	＋	＋	＋	＋	＋	＋
	〔推崇、擁護〕	－	＋	－	＋	－	＋
	〔受事對象爲「人」〕	＋,－	－	＋	＋,－	＋,－	－
色彩意義	〔積極〕		＋		＋		＋

以下進行義素分析之際，分別就其語法意義、概念意義、色彩意義三方面說解。

一、語法意義

從語法功能來看，「尊崇」、「尊戴」、「尊尚」因在佛經材料用例少，僅有述謂功能用例。而以「尊」構成的詞群成員不單獨作主語與狀語，僅有「尊」、「尊敬」作賓語功能。如：

（例 1）於佛法亦無所得亦無所亡。於凡人亦無異。於佛法亦無異。亦不作是念。不言凡人法、不尊佛法爲尊。（816・805a）

（例 2）然後相將共下詣彼瞿曇沙門所。詐設美言謙下讚歎。示作歸依求見因緣。當以方便令諸大眾悉生怖畏斷其正信。又不令彼於瞿曇所生其尊敬。以是令彼沙門瞿曇厭患於世速入涅槃。（397・304c）

由「生」表行爲動作的動詞帶出賓語「尊敬」，表示「尊敬」。「尊崇」「尊戴」、「尊尚」因用例少未見有作定語用例，「尊」一詞因雙音節化影響，出現「尊者」、「尊顏」等結構緊密的複合詞。「尊」、「尊敬」、「尊重」作定語功能，如：

（例 3）阿難質曰。飛行皇帝。逮彼尊天。其德巍巍。何故不免於罪乎。（152・035b）

（例 4）有法師流通此修多羅處，此地即是如來所行，於彼法師當生善知識心、尊重之心，猶如佛心。（231・725c）

（例 5）從三界禮我施禮。爲持甘露滅三毒者。從五陰鑽所生隨應。持智慧意滅惡火意。三界中尊敬者。我亦尊敬意叉手。自從慧智力慧者自得。如自得知佛便教弟子所說應行。（607・231c）

例 3.指「飛行皇帝能到達那『崇高的』天際，他的仁德崇高雄偉，爲何不能免於罪罰？」例 4.解釋作「應生善知識心以及尊重的心」，例 5.意謂「在三界中『尊敬的人』」。其語法功能均爲及物。以「尊」構詞的詞群成員，均可入「Subject＋V＋（Object）」句法格式，如：

（例 6）阿難。慈心多愍天人雜類。無不由汝得度脫者。吾去之後。世名五濁。人心憒憒。穢垢自亂。世多顛倒。賤善尊惡。此實可憂。（493・756c）

（例 7）其人聞偈自知憍癡。即承佛教歡喜還歸。思惟偈義改悔自新。孝事父母尊敬師長。誦習經道勤修居業。奉戒自攝非道不行。宗族稱孝鄉黨稱悌。善名遐布國內稱賢。（211・596c）

（例 8）大秦天王。滌除玄覽。高韻獨邁。恬智交養。道世俱濟。每懼微言翳於殊俗。以右將軍使者司隸校尉晉公姚爽。質直清柔。玄心超詣。尊尚大法。妙悟自然。上特留懷。（001・001a）

（例 9）闓士從事不離一切智，常譽賢者以爲談首，遠愚近聖，尊戴三寶。（225・495c）

（例 10）護持正法。謙恭受聽。尊重菩薩視若世尊。常覺魔事。（635・490a）

（例 11）文殊師利白佛言。向者世尊爲說何法。願天中天。尊崇所講。（461・452b）

其後所接賓語，可以是名詞性賓語，如句例 6.～10.；也可以接「所」字短語構成的賓語，如句例 11.。「尊敬」後接有生賓語的「人物對象」，如「沙門」、「菩薩」；「尊尚」、「尊崇」、「尊戴」用例少，「尊崇」、「尊尚」後接「無生賓語」性質，如「三寶」、「佛戒」。「尊」、「尊重」、「尊戴」可以後接有生賓語，也可以是無生賓語，然而賓語性質多爲佛法三寶（佛法僧）之屬。

就後接代詞性賓語功能來說，僅「尊敬」、「尊重」有少數用例。其中，「尊敬」出現在偈頌裡，筆者認爲是爲句式整齊而作。〔註 9〕而「尊重」後接代詞性賓語的用法僅有 2 例，「之」分別所指爲「菩薩」與「如來」。如：

（例 12）復次菩薩見人間有天祠。用人肉血五藏祀羅剎鬼。有人代者則聽。菩薩作是念。地獄中若當有如是代理我必當代。眾人聞菩薩大心如是。則貴敬尊重之。（1509・414b）

（例 13）是善男子悉是一切眾生應供。唯除如來。諸餘一切應供中最。

〔註 9〕西晉・竺法護《生經》提到「王有五子」：「第三人。嗟歎端正以偈頌曰。端正最第一。色像難比倫。眾人觀顏貌。遠近莫不聞。皆來尊敬之。愼事普慇懃。家人奉若天。如日出浮雲。（154・087c）」

汝等大眾。皆應奉仰各隨力能應辦供具。供養恭敬而尊重之。種種珍寶幢幡寶蓋香末香衣服瓔珞種種雜物。淨治道路種種莊嚴。以種種讚歎而讚歎之。（407・663a）

與狀語搭配方面，首先說明與否定副詞搭配關係。以「尊」構成的詞群成員裡，「尊」、「尊重」、「尊敬」與「不」搭配。如：

（例 14）於佛法亦無所得亦無所亡。於凡人亦無異。於佛法亦無異。亦不作是念。不言凡人法、不尊佛法爲尊。（816・805a）

（例 15）佛有是德。誰不供養。是處深信。得無量樂。非一女人。非二非三。無量百千。那由他億。見於愛作。發婬欲心。尋即命終。得爲男子。大醫藥王。有大名稱。如是菩薩。誰不尊敬。雖生欲心。更得快樂。況於菩薩。生恭敬心。（310・598c）

（例 16）比丘尊重瞋恚不尊重正法。尊重憎嫉不尊重正法。尊重利養不尊重正法尊重恭敬不尊重正法。（1548・651c）

在現代漢語裡，「尊」不單獨使用，「尊敬」、「尊重」與否定副詞「不」搭配。觀察「尊崇」、「尊尚」、「尊戴」，在中古佛經則未見否定用例，在現代漢語裡，這三組詞在使用之際，亦爲肯定敘述，不作「不尊崇／不尊尚／不尊戴」的用法。

在情狀副詞搭配方面，僅有 2 例，如：

（例 17）復有篤信白衣檀越敬重佛法。彼諸弟子爲大涅槃演說經法。善修和敬互相尊重。不畜一切不淨之物。亦不自言得須陀洹乃至得阿羅漢。（374・473b）

（例 18）爾時世尊告諸比丘。昔長壽王身分爲七段。亡國失土由尚忍怨不起。共相尊敬還立國土如本無異。汝今比丘當以道德自持共相懺悔。大者以法小者承受。（212・696c）

「尊重」、「尊敬」爲雙音節動詞，與雙音節情狀副詞「互相」、「共相」修飾，〔註 10〕反映出其所帶狀語種類的豐富多樣。中古佛經心理動詞大多受程度副詞

〔註 10〕呂叔湘《現代漢語八百詞》對於「相」與「互相」進行比較，提到「相」的語法

修飾，爲一普遍語言現象。「尊」受「最」、「大」、「甚」、「特」修飾，有43例。如：

（例19）我欲求佛爲菩薩道。令我後作佛時。於八方上下諸無央數佛中。最尊智慧勇猛。頭中光明如佛光明所焰照無極。所居國土。自然七寶極自軟好。（362・300c）

（例20）時作仙人居在山中。以好白氎布經行處貢上其佛。知之甚尊行菩薩法。自致正覺度脱一切。（425・060a）

（例21）在眾強志御無所畏。心便勇健而得自在。發心願成甚可愛敬。爲諸眾生説喜樂法。其心特尊與眾超異。（309・968c）

（例22）復次佛子。猶如水災興起之時。等在虛空。斯三千界。現有蓮華。名成德寶。爲若干種。而自然生。皆悉覆蔽於水災變。普照世間。假使蓮華。自然出時。大尊天子。及淨居天。得見斯華。則便知之。（291・596c）

「尊崇」、「尊尚」、「尊戴」不受程度副詞修飾用例。「尊敬」、「尊重」雖受程度副詞修飾，但在頻率及種類數量上較其他情緒心理動詞要來得少。

（例23）爾時。王波斯匿即勅臣佐。嚴寶羽之車。欲出舍衛城觀地講堂。當於爾時。波斯匿王母命過。年極衰老。垂向百歲。王甚尊敬。念未曾離目。（125・638a）

（例24）時淨居天。以轉輪王所應服。藥價直百千授與耆舊耆舊藥師作是念。今日世間誰最尊重。世間第一。（1425・267c）

「尊敬」受「甚」修飾1例，「尊重」受「大」、「最」「極」修飾，然而使用頻率低，僅有9例，遠不及「尊」。

功能爲：

1. 互相。修飾動詞，「相」和動詞中間不能加成分。用於書面。

a）主要修飾單音節動詞。b）修飾雙音節動詞，限於某些熟語。c）同（和、跟、與）……相＋動。2. 指一方對另一方的行爲、態度。主要修飾單音節動詞。

在與「互相」比較部分提到：「1.『相』，多用於書面語，『互相』不限。2.『相』多修飾單音節動詞，『互相』一般不修飾單個的單音節動詞。3.『相』修飾雙音節動詞有限制，『互相』不限。4.『互相』沒有『相』的2項用法。」

以「尊」構成的詞群成員裡，「尊」、「尊重」、「尊敬」的語法功能接近，其中，「尊」的使用頻率最高，與其他句子成分的搭配關係最爲活躍。「尊崇」、「尊尚」出現於古譯時代、舊譯前期譯經，「尊戴」只出現在古譯時代譯經，且未見有同素異序的詞組結構，且三者語法特徵相似。依據與否定副詞搭配情況，可以將此詞群的成員類分爲二：「尊」、「尊敬」、「尊重」一組，「尊戴、「尊崇」、「尊尚」一組。

二、概念意義

首先引辭書及中土文獻約略瞭解其概念意義：

尊，《論語・子張》：「君子尊賢而容眾。嘉善而矜不能。」邢昺疏：「言君子之人見彼賢而尊重之。」《史記・高祖本紀》：「乃詳尊懷王爲義帝，實不用其命。」

（一）這六個詞群成員都有〔＋尊仰敬重〕之義。如：

（例25）阿難。慈心多愍天人雜類。無不由汝得度脫者。吾去之後。世名五濁。人心憒憒。穢垢自亂。世多顛倒。賤善尊惡。此實可憂。（493・756c）

（例26）汝等大眾。皆應奉仰各隨力能應辦供具。供養恭敬而尊重之。種種珍寶幢幡寶蓋香末香衣服瓔珞種種雜物。淨治道路種種莊嚴。以種種讚歎而讚歎之。（407・663a）

（例27）其人聞偈自知憍癡。即承佛教歡喜還歸。思惟偈義改悔自新。孝事父母尊敬師長。誦習經道勤修居業。奉戒自攝非道不行。宗族稱孝鄉黨稱悌。善名遐布國內稱賢。（211・596c）

（例28）八十億諸佛。俱來援此經。不思思所思。亦不思無思。此思亦無思。從是疾得成。尊崇是經教。於道莫疑惑。（1012・683c）

（例29）大秦天王。滌除玄覽。高韻獨邁。恬智交養。道世俱濟。每懼微言翳於殊俗。以右將軍使者司隸校尉晉公姚爽。質直清柔。玄心超詣。尊尚大法。妙悟自然。上特留懷。（001・001a）

（例30）闓士從事不離一切智，常譽賢者以爲談首，遠愚近聖，尊戴

三寶。（225‧495c）

句例 25.指「世間多顛倒一切，輕賤美善尊崇醜惡」，「尊」與「賤」對舉，爲相反意義；句例 26.指「你們大家，應該奉仰並且依照自己的能力供養，恭敬且尊重（佛法）」；例 27.「其人改過自新，孝事父母尊敬師長，勤修道業。」，「尊敬」與「孝事」後接在上位的「父母」與「師長」，故均有「尊敬」之義；句例 28.「尊崇這一經教，對於道不疑惑」，「尊崇」，有「以（受事對象）爲本，加以推崇」例 28～30 裡，「經教」、「大法」、「三寶」都是高貴神聖的，因此，「尊崇」、「尊尚」、「尊戴」均具有「尊敬」的概念意義。

（二）由句例 25～30，均具有〔＋側重內在的情緒〕概念意義，有別於〔＋側重顯現於外的禮儀態度〕義。又如：

（例 31）文殊師利白佛言。向者世尊爲說何法。願天中天。尊崇所講。賢者須菩提承佛威神。白文殊師利。向者世尊說弟子事。願今上人說菩薩行。（461‧452b）

例 31.大意是「文殊師利向佛說；『之前世尊爲（賢者）說了什麼法，希望天中天尊崇世尊所說的法。』而賢者須菩提承佛威神。向文殊師利報告說：『之前世尊爲我說弟子事，但願現在上人您爲我說菩薩行。』」

（三）「尊崇」、「尊戴」、「尊尚」亦有〔＋推崇、擁護〕的概念意義。

（例 32）王常慈心愍念眾生。悲其愚惑狂悖自墜。尋存道原喜無不加。哀護眾生如天帝釋。殺盜淫泆兩舌惡口妄言綺語嫉妒恚癡。如此之凶無餘在心。孝順父母敬愛九親。尋追賢者尊戴聖人。信佛信法信沙門言。信善有福爲惡有殃。以斯忠政十善明法自身執行。（152‧011b）

（例 33）（王）勅諸聖臣導行英士下逮黎民。人無尊卑令奉六齋。翫讀八戒帶之著身。日三諷誦。孝順父母。敬奉耆年。尊戴息心。令詣受經。鰥寡幼弱乞兒給救。疾病醫藥衣食相濟。苦乏無者令詣宮門求所不足。有不順化者重徭役之。（152‧049a）

（例 34）昔者菩薩。時爲凡夫。博學佛經。深解罪福。眾道醫術。禽獸鳴啼。靡不具照。覩世憒濁。隱而不仕。尊尚佛戒唯正是

從。處貧窮困。爲商賃擔。過水邊飯。群烏眾噪。商人心懼。森然毛竪。菩薩笑之。飯已即去。還其本土。（152・018c）

例 32.大意是「王常以慈悲心愛憫眾生，……孝順父母、敬愛九親、追從賢能的人，尊敬愛戴聖人，相信佛、法、僧人之言。」即指「敬重並追隨聖賢者」；例 33.大意是「王下令臣子賢者至於百姓……要孝順父母，奉養老者，尊重愛戴沙門僧者」，除了「尊敬義」之外，具有學習效法之意；例 34.是指「過去菩薩爲凡夫身，廣博學習佛經，深刻瞭解罪福之理，……尊重崇尚佛戒，只跟從正確的事物。」尊重佛戒，並且依循佛理做正確的事情。因此，「尊戴」、「尊尙」除「尊敬」義外，亦有「推崇、跟隨效法」之義。

（四）就受事對象來看，以「尊」構成的詞群成員，其後接對象有所不同。「尊」、「尊重」、「尊戴」、「尊敬」具〔＋受事對象爲「人」〕的義素，如：

（例 35）阿難。慈心多愍天人雜類。無不由汝得度脱者。吾去之後。世名五濁。人心憒憒。穢垢自亂。世多顛倒。賤善尊惡。此實可憂。（493・756c）

（例 36）眾生在世立自大幢。常計吾我而意貪身。尊己賤彼心存顛倒。處諸邪見無常。不慕聖道。墮於三業。皆當開化令入正眞。

（例 37）護持正法。謙恭受聽。尊重菩薩視若世尊。常覺魔事。（635・490a）

（例 38）諸神愛敬奉事供養。尊重道德如孝子與父母別。積年彌久飢虛無已。諸天神明人與非人。愛重至德無窮竟已。皆是菩薩精進至心。學是三昧慈愍所致。故有是德。（425・006a）

（例 39）闓士從事不離一切智，常譽賢者以爲談首，遠愚近聖，尊戴三寶。（225・495c）

（例 40）王常慈心愍念眾生。悲其愚惑狂悖自墜。尋存道原喜無不加。哀護眾生如天帝釋。殺盜淫泆兩舌惡口妄言綺語嫉妒恚癡。如此之凶無餘在心。孝順父母敬愛九親。尋追賢者尊戴聖人。信佛信法信沙門言。信善有福爲惡有殃。以斯忠政十善明法自身執行。（152・011b）

「尊」、「尊重」、「尊戴」就其名詞性賓語的性質來說，可以是有生賓語，如句例 36.、37.與 40.的「自己／菩薩／聖人」，也可以是無生賓語，如句例 35.、38.、39.的「惡／道德／三寶」。而「尊敬」後接有生賓語的「人物對象」，如句例 41.～42.的「沙門」與「菩薩」：

（例 41）衆生久來。今乃獲安。甚久以來。聞悲音響。別來長逈。不詣大聖。獲一切德勳所度無極。棄捐貢高。寂靜致上。供養尊敬於大沙門。此間供養。經還天上。於此供養。（285．473a）

（例 42）其人聞偈自知憍癡。即承佛教歡喜還歸。思惟偈義改悔自新。孝事父母尊敬師長。誦習經道勤修居業。奉戒自攝非道不行。宗族稱孝鄉黨稱悌。善名遐布國內稱賢。（211．596c）

「尊尚」、「尊崇」用例少，後接「大法」、「三寶」、「佛戒」、「經教」等無生賓語。如句例 43.～45：

（例 43）大秦天王。滌除玄覽。高韻獨邁。恬智交養。道世俱濟。每懼微言翳於殊俗。以右將軍使者司隸校尉晉公姚爽。質直清柔。玄心超詣。尊尚大法。妙悟自然。上特留懷。（001．001a）

（例 44）昔者菩薩。時爲凡夫。博學佛經。深解罪福。衆道醫術。禽獸鳴啼。靡不具照。覩世憒濁。隱而不仕。尊尚佛戒唯正是從。（152．018c）

（例 45）八十億諸佛。俱來授此經。不思思所思。亦不思無思。此思亦無思。從是疾得成。尊崇是經教。於道莫疑惑。（1012．683c）

在概念意義方面，「尊」構成的詞群成員均有〔＋尊仰、敬重〕之義，且〔＋側重內在的情緒〕，其中，「尊崇」、「尊戴」、「尊尚」亦有「推崇、擁護」義。此外，「尊敬」具〔＋受事對象爲人〕義，「尊尚」、「尊崇」用例少，後接「大法」、「三寶」、「佛戒」、「經教」等無生賓語，不具〔＋受事對象爲人〕義，「尊」、「尊重」、「尊戴」具〔±受事對象爲人〕的概念意義。

三、色彩意義

以「尊」構成的詞群成員既有「尊仰、敬重」之義，在佛經裡所尊仰敬重的對象，又多爲佛教三寶及品德高潔之屬，故其色彩意義均爲正面。「尊崇」、「尊戴」、「尊尚」具有〔＋推崇擁護〕的積極義，如句例 46.～48.。

（例 46）王常慈心愍念眾生。……如此之凶無餘在心。孝順父母敬愛九親。尋追賢者尊戴聖人。信佛信法信沙門言。信善有福爲惡有殃。以斯忠政十善明法自身執行。（152・011b）

（例 47）（王）勅諸聖臣導行英士下逮黎民。人無尊卑令奉六齋。翫讀八戒帶之著身。日三諷誦。孝順父母。敬奉耆年。尊戴息心。令詣受經。鰥寡幼弱乞兒給救。疾病醫藥衣食相濟。苦乏無者令詣宮門求所不足。有不順化者重徭役之。（152・049a）

（例 48）昔者菩薩。時爲凡夫。博學佛經。深解罪福。眾道醫術。禽獸鳴啼。靡不具照。覩世憒濁。隱而不仕。尊尚佛戒唯正是從。處貧窮困。爲商賃擔。過水邊飯。群烏眾噪。商人心懼。森然毛竪。菩薩笑之。飯已即去。還其本土。（152・018c）

3.2.2 以「敬」構成的詞群

由「敬」構成的詞群成員共有 8 個，其中「敬畏／畏敬」、「敬愛／愛敬」爲同素異序的結構；又「敬畏／畏敬」一詞同時具有「尊敬」與「懼怕」義，「敬愛／愛敬」同時具有「喜愛」與「尊敬」義，歸納入本語義場討論。

表 3.2-2 以「敬」構成詞群的義素分析

義素 ＼ 義位與義叢		敬	敬畏／畏敬	敬愛／愛敬	敬慕	敬重	敬仰
語法意義	〔賓語〕	－	＋／－	－	－	＋	－
	〔定語〕	＋	－／＋	＋	＋	＋	＋
	〔謂語〕	＋	＋	＋	＋	＋	＋
概念意義	〔尊仰敬重〕	＋	＋	＋	＋	＋	＋
	〔側重內在的情緒〕	＋	＋	＋	＋	＋	＋
	〔受事對象爲「人」〕	＋,－	＋,－	＋,－	＋	＋	＋

	〔喜愛〕	－	－	＋	＋	－	－
	〔想望〕	－	－	－	＋	－	＋
	〔懼怕〕	＋	＋	－	－	－	－
色彩意義	〔正面〕	＋	＋,－	＋	＋	＋	＋

一、語法意義

在中古佛經裡，以「敬」構成的詞群成員，均不擔任句子的主語功能。僅有「敬畏」與「敬重」作賓語。如：

（例 1）行者受持此陀羅尼。又應尊重佛及法僧。於三寶所恒生敬畏。一心專修甚深法忍。（1014・691c）

（例 2）若有比丘。心無敬畏不諮宿望輒自説法。或説波羅提木叉。或拍肩而語。或入他家顧問女人。何所姓字。有可食物不。有者現我我欲得食。如是等語爲口非行。一切犯戒此謂非行。（1648・402c）

（例 3）跋伽仙人。遙見太子。而自念言。此是何神。爲日月天。爲帝釋耶。便與眷屬。來迎太子。深生敬重。（189・634b）

「敬畏」與「畏敬」爲同素異序，在語法功能表現上爲互補關係。「敬畏」多作賓語功能。其謂語有兩類，其一爲表示行爲動作的行爲動詞，如句例 1.與句例 3 的「生」，其二爲表示存在的存現動詞的「有／無」，如句例 2.「心無敬畏」。除「敬畏」外，均擔任定語功能。如：

（例 4）尊重者。知一切眾生中德無過上故言尊。敬畏之心過於父母師長君王利益重故故言重。（1509・277a）

（例 5）讒刺者。以瞋恚心無畏敬心侵惱善人。是人以此五法敗壞其心。不任種諸善根。故名心栽。（1646・321b）

（例 6）時太子者。今阿難是。王夫人者。今耶輸陀羅是。我於往昔。修菩薩道時。爲求法故。尚不愛惜所敬妻子。況於今日。而有疲惓。（200・219b）

例 4～5 作定語功能修飾後接名詞，解釋作「敬畏／畏敬的心」。例 6.以「所＋敬」結構的所字短語作爲定語，修飾動詞「愛惜」的賓語「妻子」。以

「敬」構成的詞群成員，在句子裡主要擔任述謂功能，後頭可不接賓語。如：

（例 7）逝見佛如是。心中歡喜肅然而敬。便趣上堂爲母說偈言。（527・802a）

（例 8）時有女人。身抱懷妊。見佛世尊。甚懷信敬。足滿十月生一女兒。端正殊特。人所敬仰。年漸長大。（200・225c）

（例 9）見者歡喜無憎惡者。不盲不聾鼻不偏戾。亦不塞齆不瘖不瘂。不禿不跛不瘺不癖。不愚癡不短不長。不柔不剛不白不黑。面不痿黃。身體完具姿顏端正。色如桃花人所愛敬。心性仁賢口言辯慧。疾逮禪定如來法教。欲覲諸佛如願即見世尊正覺。當學此經。（263・118b）

（例 10）帝有千子。端正仁靖。明於往古。預知未然。有識之類靡不敬慕。（152・048c）

亦可作及物動詞，後接名詞性賓語。如：

（例 11）復次。帝釋。是天下如來舍利滿中施與。有持智度無極書施與。爾取何所。　釋言。我取智度。何以故。我不敢不敬舍利。天中天。舍利由斯明度出。天人所尊矣。（225・485b）

（例 12）汝聞越祇。承天則地。敬畏社稷。奉事四時不。（005・160c）

（例 13）復不畏敬天地神明日月。亦不可教令作善。不可降化。自用偃蹇常當爾。亦復無憂哀心。不知恐懼之意。憍慢如是天神記之。（362・314c）

（例 14）若有書寫執持在手。則奉佛身。敬愛道法敬書是經。書是經已欲解中義。於此壽終生忉利天。適生天上。（263・133b）

（例 15）佛告阿難。汝今善聽。吾當爲汝分別解說。以我先時於林澤中。爲諸天人。演說妙法。有五百群鴈。愛敬法聲。心懷悟悅。即共飛來。欲至我所。爲獵師所殺。因此善心。得生天上。故來報恩。（200・234b）

（例 16）母白王女。願却左右當以情告。我唯有一子敬慕王女情結成病。命不云遠。願垂愍念賜其生命。（1509・166b）

（例 17）心習道法敬重聖眾。尊順慧明習從智達。護眾禪思開化精進。常宣道德恒遵行法。信功德本開化眾生。好樂篤信講導眾苦。（425・003a）

（例 18）復次菩薩積德厚故在所生處。眾生皆來敬仰菩薩。以蒙利益重故。若見菩薩捨壽則生是願。我當與菩薩作父母妻子眷屬。（1509・316b）

其句式寫作：「Subject＋V＋（Object）」。後接賓語性質時，「敬慕」、「敬重」、「敬仰」僅能後接有生名詞，其餘成員擔任謂語時，可接有生名詞與無生賓語。

以「敬」構成詞群成員的語法功能很一致，較值得一提的是「敬畏」與「畏敬」二詞，「敬畏」在語法功能上以賓語為主，近於名詞性質，「畏敬」在語法功能上則與其他同詞群的成員無異。

二、概念意義

首先引辭書及中土文獻約略瞭解其概念意義：

敬　《說文》：「肅也。」，《論語・先進》：「門人不敬子路。」《釋名・釋言語》：「敬，警也，恆自肅警也。」由《釋名》解釋看來，「敬」、「警」同源，又《論語・雍也》：「敬鬼神而遠之。」因此，「敬」有時刻警告、戰戰兢兢之義，亦有「內心恐懼」之義，且意義側重於內在的情緒。此外，「敬畏／畏敬」有懼怕義，故分列於懼怕語義場。（參見 4.3 表「驚駭懼怕」的語義場）。以「敬」構詞的詞群成員裡，其概念意義分析如下：

（一）都具有〔＋尊仰敬重〕之義。

（例 19）行者受持此陀羅尼。又應尊重佛及法僧。於三寶所恒生敬畏。一心專修甚深法忍。（1014・691c）

（例 20）少年奉道。當先問長老比丘。敬畏承用。受教莫厭。法可久。心當奉法。敬畏經戒。法可久。持二百五十戒。具以得阿羅漢道。欲來學者莫却。入者相承用。（005・161a）

（例 21）復次佛威德尊重畏敬心故不敢問佛畏不自盡。復次佛知眾中心所疑眾人敬難佛故不敢發問。所以者何。眾生見佛身過須彌山。舌覆三千大千世界。身出種種無量光明。是時眾會心

皆驚怖不敢發問。各各自念。我當云何從佛聞法。以是故佛命須菩提。令爲眾人說法。（1509・357c）

句例19.大意是「行者受持陀羅尼，又應該尊重佛與沙門，對於三寶常生有敬畏之心，一心不亂修持甚深的佛法智慧。」句例20.是指「心裡應當奉持佛法，敬畏經論法戒。」從這兩段文字可見，「敬畏／畏敬」的尊敬義比「敬」強。句例21.意指「眾人因爲敬畏佛菩薩的威德，不敢發問，心裡畏懼不已。又佛知道重人心中的疑惑以及眾人尊佛，因此不敢發問。」從這段經文裡可知，畏敬是由「敬」而生「畏」，亦指「極其尊敬而戒愼恐懼」。

（二）由上述句例，以及句例22～28，均具〔＋側重內在的情緒〕的概念意義，有別於〔＋側重顯現於外的禮儀態度〕義，如：

（例22）逝見佛如是。心中歡喜肅然而敬。便趨上堂爲母說偈言。（527・802a）

（例23）跋伽仙人。遙見太子。而自念言。此是何神。爲日月天。爲帝釋耶。便與眷屬。來迎太子。深生敬重。（189・634b）

（例24）行者受持此陀羅尼。又應尊重佛及法僧。於三寶所恒生敬畏。一心專修甚深法忍。（1014・691c）

（例25）復不畏敬天地神明日月。亦不可教令作善。不可降化。自用偃蹇常當爾。亦復無憂哀心。不知恐懼之意。憍慢如是天神記之。（362・314c）

（例26）佛告阿難。汝今善聽。吾當爲汝分別解說。以我先時於林澤中。爲諸天人。演說妙法。有五百群鴈。愛敬法聲。心懷憘悅。即共飛來。欲至我所。爲獵師所殺。因此善心。得生天上。故來報恩。（200・234b）

（例27）若有書寫執持在手。則奉佛身。敬愛道法敬書是經。書是經已欲解中義。於此壽終生忉利天。適生天上。（263・133b）

（例28）復次菩薩積德厚故在所生處。眾生皆來敬仰菩薩。以蒙利益重故。若見菩薩捨壽則生是願。我當與菩薩作父母妻子眷屬。（1509・316b）

（三）「敬慕」、「敬重、「敬仰」具〔＋受事對象爲「人」〕的概念意義，「敬」、「敬畏」、「畏敬」、「敬愛」、「愛敬」具〔±受事對象爲人〕概念意義。如：

（例 29）母白王女。願却左右當以情告。我唯有一子敬慕王女情結成病。命不云遠。願垂愍念賜其生命。（1509・166b）

（例 30）心習道法敬重聖眾。尊順慧明習從智達。護眾禪思開化精進。常宣道德恒遵行法。信功德本開化眾生。好樂篤信講導眾苦。（425・003a）

（例 31）復次菩薩積德厚故在所生處。眾生皆來敬仰菩薩。以蒙利益重故。若見菩薩捨壽則生是願。我當與菩薩作父母妻子眷屬。（1509・316b）

（例 32）獨有一子。舉家愛重。莫不敬愛。視之無厭。今以命過。以子之憂。而發狂癡。其心迷亂。開軒窗及門户求索子。願來見我。何所求子。（154・080c）

（例 33）若有書寫執持在手。則奉佛身。敬愛道法敬書是經。書是經已欲解中義。於此壽終生忉利天。適生天上。（263・133b）

（例 34）復次。帝釋。是天下如來舍利滿中施與。有持智度無極書施與。爾取何所。釋言。我取智度。何以故。我不敢不敬舍利。天中天。舍利由斯明度出。天人所尊矣。（225・485b）

（例 35）汝聞越祇。承天則地。敬畏社稷。奉事四時不。（005・160c）

（例 36）復不畏敬天地神明日月。亦不可教令作善。不可降化。自用偃蹇常當爾。亦復無憂哀心。不知恐懼之意。憍慢如是天神記之。（362・314c）

（例 37）佛告阿難。汝今善聽。吾當爲汝分別解說。以我先時於林澤中。爲諸天人。演說妙法。有五百群鴈。愛敬法聲。心懷憘悅。即共飛來。欲至我所。爲獵師所殺。因此善心。得生天上。故來報恩。（200・234b）

（例 38）昔佛在舍衛精舍教化時。羅閱祇國有一人。爲人凶愚不孝父

母。輕侮良善不敬長老。居門衰耗常不如意。便行事火欲求福祐。（211．590a）

「敬慕」、「敬重」、「敬仰」僅能後接〔＋受事對象爲「人」〕，如句例 32.～34.的「王女」、「聖眾」、「菩薩」；其餘成員具〔±受事對象爲「人」〕概念意義，如句例 35.～40.的受事對象有「（兒）子」、「道法」、「舍利」、「社稷」、「天地神明日月」、「法聲」、「長老」。

（四）「敬愛／愛敬」、「敬慕」具有〔＋喜愛〕義。如：

（例 39）一摩訶羅語其女言。此是汝婿。第二摩訶羅語其兒言。此是汝婦。作是語時。俱得僧伽婆尸沙。時二摩訶羅展轉作婚姻已。各各歡喜。如貧得寶。更相愛敬。如兄如弟。（1425．275c）

（例 40）母白王女。願却左右當以情告。我唯有一子敬慕王女情結成病。命不云遠。願垂愍念賜其生命。（1509．166b）

句例 39.指「當時這兩個愚者輾轉結了姻親後，都很高興，就像貧困得到寶物般，更加地相互愛敬，就像兄弟般。」即指「互相敬重喜愛」。句例 40.大意是「母親對大王之女說『希望能退下左右部下，將把實情稟告。我只有一個兒子，因爲敬慕您（大王之女）因而生病。……』」由經文可知，「敬」表示對受事者的「尊敬」，「慕」有喜愛想望之義。

（三）以「敬」構成的詞群成員裡，「敬仰」與「敬慕」同樣具有〔＋想望〕義，如：

（例 41）復次菩薩積德厚故在所生處。眾生皆來敬仰菩薩。以蒙利益重故。若見菩薩捨壽則生是願。我當與菩薩作父母妻子眷屬。（1509．316a）

（例 42）是菩薩住此行時。諸天世人魔王釋梵沙門婆羅門諸天乾闥婆等。見此菩薩歡喜敬仰。若有眾生。恭敬供養尊重禮拜。乃至見聞皆悉不虛。（278．469b）

句例 41.大意是「眾人都來敬仰菩薩，以受到更多的利益，如果看見菩薩捨棄壽命則有這樣的願望：『我要與菩薩作父母妻子眷屬』」，除了敬重仰望之義，其「想望」義較強，是一種渴求，希望能藉由對菩薩的敬重依止得到利益。

句例 42.指「看見菩薩就歡喜敬仰，眾生都來恭敬供養菩薩，尊敬地禮拜菩薩。」除「尊敬」義之外，表下對上的誠摯尊仰與想望。

在概念意義方面，「敬」、「敬重」單純地表「敬」義，「敬重」有「看重」之義，故「敬」的強度較高；「敬畏／畏敬」另有「懼怕」義；「敬愛／愛敬」、「敬慕」有「喜愛」義；而「敬慕」、「敬仰」有「想望」義。在這個詞群裡，可見詞素組合使其意義變得豐富，特別是跨義場的組合，更可見佛經裡對於心理狀態描寫的細膩。

三、色彩意義

在色彩意義部分，以「敬」構成的詞群成員裡，均為正面意義。只有「敬畏」、「畏敬」是跨越正面義場與反面義場，使得其色彩意義不同於其他成員。如：

（例 43）汝聞越祇。承天則地。敬畏社稷。奉事四時不。（005・160c）

（例 44）復不畏敬天地神明日月。亦不可教令作善。不可降化。自用偃蹇常當爾。亦復無憂哀心。不知恐懼之意。憍慢如是天神記之。（362・314c）

3.2.3 以「恭」構成的詞群

由「恭」構成的詞群成員有 5 個，分別為「恭」、「恭肅」、「*肅恭」、「恭敬」、「恭恪」。以下先以表格呈現，再行說明：

表 3.2-3 以「恭」構成詞群的義素分析

義素＼義位與義叢		恭	恭肅／*肅恭〔註 11〕	恭敬	恭恪
語法意義	〔賓語〕	－	－	＋	＋
	〔謂語〕	＋	＋	＋	＋
概念意義	〔尊仰敬重〕	＋	＋	＋	＋
	〔＋側重顯現於外的禮儀態度〕	＋	－	－	－

〔註 11〕恭肅／*肅恭《漢語大詞典》解釋作「恭敬嚴肅」，並引時代較晚的資料，乃《後漢書・皇后紀上・和熹鄧皇后》：「恭肅小心，動有法度。」關於「肅恭」一詞，《漢語大詞典》未收。

一、語法意義

在中古佛經裡，以「恭」構成的詞群成員，均不擔任句子的主語功能，僅有「恭敬」、「恭恪」作賓語。如：

（例 1）帝幢菩薩及其眷屬。聞樹王師說此妙法。至心受持未曾暫捨深生恭敬恆如佛想。精勤修習初不休息。（414・824c）

（例 2）假使有人學菩薩乘，令不疑惑深妙佛法，成就道誼，悉蔽魔宮。此忍界中眾生之類，其婬怒癡甚爲興盛，離清白法，但行無義，愚戇抵突，心懷憍慢而無恭恪，所可修業，多所違失，捨佛法眾。當令眾生聞如此法，淨智慧眼。（342・134c）

句例 1 以表示行爲動作的行爲動詞「生」後接賓語「恭敬」，亦有「捨」「懷」等動詞，在佛經裡常作爲心理動詞的謂語。句例 2.以表示存在的存現動詞「無」爲謂語後接賓語「恭恪」。又，本詞群成員均可作定語功能，如：

（例 3）彼諸眾生聞說法已皆大歡喜。起恭敬心。命終之後生兜率天。復爲說法皆悉令發菩提之心。

（例 4）志於欲著乃獲此報，豈況清淨恭肅之心，供養奉事盡敬菩薩乎？（345・158c）

（例 5）近恭敬者非憍慢者。近安樂行者非剛獷者。（761・638b）

在經文裡，可知其作定語用以表示人的心理狀態，因此，多用以修飾「人（對象）或「心」，表示「具有～心意的人」或「～的心」。再者，本詞群成員均作狀語。如：

（例 6）時。集京夏名勝沙門。於第校定。恭承法言。敬受無差。蠲華崇朴。務存聖旨。（001・001b）

（例 7）使人壽終不墮三塗。常當慈心恭肅向之。寧洋銅灌口。利刀截舌。愼莫謗毀此清潔之人。寧自斷手。莫加之痛。（493・757c）

（例 8）時有菩薩摩訶薩。名慚愧安定發眾意行。即整衣服右膝著地。恭敬合掌瞻仰世尊。（414・826a）

（例 9）時舍利弗。念佛恩德恭恪說偈。而歎頌曰。（477・595b）

在句例6～9裡，由「恭／恭肅／恭敬／恭恪」作狀語修飾後接主要動詞「承／向／合掌瞻仰／說（偈）」。在擔任謂語功能方面，「恭肅／肅恭」、「恭敬」可不接賓語，如：

（例10）佛說是時瓶沙王官屬。一切莫不恭肅。（211・582b）

然而，多數成員擔任謂語時，爲及物性後接賓語。如：

（例11）阿難。汝聞跋祇國人恭於宗廟。致敬鬼神不（001・011b）

（例12）善進道法而無所著。恭恪善師。捨於睡眠過諸礙岸。（425・004a）

（例13）恭肅諸所尊。後生常高貴。（723・450a）

其中，句例10～12爲心理動詞擔任謂語功能時最常接的名詞性賓語。句例13.「恭肅」後接「諸所尊」爲主謂結構的短語作賓語。部分學者稱之爲「謂詞性賓語」。〔註12〕

二、概念意義

首先引辭書及中土文獻約略瞭解其概念意義：

恭，　《說文》:「肅也。」《釋名・釋言語》:「恭，拱也。自拱持也。」由上述《釋名》的解釋看來，「恭」源自拱手肅立的意思，表示謹慎不懈。

（一）「恭」、「恭肅」、「肅恭」、「恭敬」、「恭恪」具〔＋尊仰敬重〕之義。

（例14）帝幢菩薩及其眷屬。聞樹王師說此妙法。至心受持未曾暫捨深生恭敬恆如佛想。精勤修習初不休息。（414・824c）

（例15）假使有人學菩薩乘，令不疑惑深妙佛法，成就道誼，悉蔽魔宮。此忍界中眾生之類，其婬怒癡甚爲興盛，離清白法，但行無義，愚戇抵突，心懷憍慢而無恭恪，所可修業，多所違失，捨佛法眾。當令眾生聞如此法，淨智慧眼。（342・134c）

〔註12〕關於「謂詞性賓語」一詞：梅晶（2005：21）討論魏晉南北朝小說述謂功能時，對於心理動詞作述謂功能後接賓語性質有詳盡的分屬。將與人、物有關的名詞性賓語稱爲「體詞性賓語」，將動詞、形容詞、主謂結構等賓語稱之爲「謂詞性賓語」。準確地說，「謂詞性賓語」類分爲「謂詞短語」、「主謂短語」、「之字短語（包括『主・之・謂』、『其・謂語』）、複句」四種。

（例 16）使人壽終不墮三塗。常當慈心恭肅向之。寧洋銅灌口。利刀截舌。愼莫謗毀此清潔之人。寧自斷手。莫加之痛。（493．757c）

（例 17）阿難。汝聞跋祇國人恭於宗廟。致敬鬼神不（001．011b）

（例 18）時。集京夏名勝沙門。於第校定。恭承法言。敬受無差。蠲華崇朴。務存聖旨。（001．001b）

（二）其中，「恭」具〔＋側重於外在禮儀〕概念意義。王鳳陽（1993：878）「具體說，『恪』不在於敬人（神），而在於敬事」，正因爲如此，「恪」多與「謹」、「愼」、「勤」、「勵」等結合使用。且在佛經裡，「恭」常與「謹」、「順」合用，如：「恭謹瞻尊長。故獲如意通。（1656．500a）」、「菩薩於是離於貢高爲一切人下屈謙敬。受教恭順言行相副謙順尊長。（598．148a）」都是指「瞻仰尊長、受教時『外顯可見的心理狀態』」。而「恭」、「肅」、「敬」、「恪」在辭書互訓，然而，之間的意義略有差異：「恭」側重「反映於外貌」、「敬」、「肅」、「恪」側重於「內在的情緒」；然而，在中古佛經裡，其意義界線已模糊不清。如：

（例 19）帝幢菩薩及其眷屬。聞樹王師說此妙法。至心受持未曾暫捨深生恭敬恆如佛想。精勤修習初不休息。（414．824c）

（例 20）善進道法而無所著。恭恪善師。捨於睡眠過諸礙岸。（425．004a）

（例 21）吾今自坐瞿曇世尊法御之側也。即五體投地稽首佛足。恭肅而坐。靖默清心熟視佛相。即見佛三十妙相。（076．885a）

小　結

表 3.2-4　尊敬語義場各詞群詞素之義素分析

義素 ＼ 義位與義叢		尊	敬	恭
語法意義	定語	－	＋	＋
	謂語	＋	＋	＋
概念意義	〔尊仰敬重〕	＋	＋	＋
	〔側重內在的情緒〕	＋	＋	－
	〔側重顯現於外的禮儀態度〕	－	－	＋

就語法意義來看，「尊敬」語義場成員在中古佛經裡均爲及物動詞能帶賓語，且以帶賓語爲常，賓語類型單一，爲名詞性賓語。

就其概念意義來看，以「尊」、「敬」爲詞群的成員側重於「心裡內在的情緒」，以「恭」爲詞群的成員則側重於「顯現於外的態度」；「尊」表正面積極義，「敬」帶有「戒慎恐懼」義，「恭」在詞組複合過程裡，與「敬」詞群成員意義界線逐漸不分。

在色彩意義方面，表「尊敬」語義場的成員均爲正面意義，唯有「敬」詞群成員，因「敬」有「戒慎恐懼、戰戰兢兢」之義，在構詞過程裡，與懼怕語義場的「畏」複合，而帶有負面色彩意義。

本語義場的三個詞群詞素裡，這些義位雖然同時包含〔＋尊仰敬重〕義素，在其他義素表現上還是有些不同，以義位結構簡要表現爲：

義　位	〔動作〕	〔情緒對象〕	〔說明〕
尊	表示尊敬	人、與佛法有關的事物	側重內在的情緒
敬	表示尊敬	人、與佛法有關的事物	
恭	表示尊敬	人、與佛法有關的事物	側重顯現於外的禮儀態度

3.3 表「喜愛」義的語義場

在中古佛經裡，屬於表「喜愛」義語義場的成員均具〔喜愛〕概念意義，共計有 32 個，在本節討論的有 24 個。依據其組合結構，類分爲「喜 2」、「愛」、「好」、「嗜」、「樂 2」六個詞群。以下分別論述之：

3.3.1 以「喜 2」構成的詞群

以「喜」構詞的詞群成員共有五個，分別爲：「喜 2」、「喜好」、「*好喜」、「喜愛」、「*愛喜」。「喜好」是現代漢語表喜愛的普遍用詞，在中土文獻裡，也多用「喜好」，如《莊子・說劍》：「聞太子所欲用周者，欲絕王之喜好也。」「好喜」一詞今不用，且《漢語大詞典》未收此詞。然而，在中古佛經材料裡卻又不同的語言現象，「喜好」在中古佛經用例少，僅出現 5 次，「好喜」使用頻率較高。在現代漢語裡，「喜愛」用以表示「喜歡愛好」之義，而不用「愛喜」；然而在中古佛經裡，「愛喜」的用例卻較「喜愛」高。

表 3.3-1 以「喜 2」構成詞群的義素分析

義素 \ 義位與義叢		喜 2	喜好／好喜	喜愛／愛喜
語法意義	〔賓語〕	－	－	＋／－
	〔定語〕	＋	－	＋
	〔狀語〕	－	－	－
	〔謂語〕	＋	＋	＋
概念意義	〔喜愛〕	＋	＋	＋
	〔對受事對象徹悟共鳴的情緒回應〕	＋	＋	＋
	〔受事對象爲「事物」〕	＋,－	＋	－／＋
色彩意義	正面	＋,－	＋	＋
	貪著	＋,－	－	－

以下進行義素分析之際，分別就語法意義、概念意義、色彩意義三方面解說：

一、語法意義

就語法功能來說，以「喜 2」構成的詞在中古佛經裡均不擔任主語及狀語。其中，以「喜愛」、「愛喜」語法功能較爲活潑，可擔任賓語功能。如：

（例 1）是故於諸隨順法中不生喜愛。違逆法中不生瞋恨。（310・444b）

（例 2）是人見已心生愛喜。自分業盡異業現前。（310・423b）

從句例觀察，僅見表示行爲動作的行爲動詞——「生」，未有與表示存在的存現動詞作謂語搭配。在擔任定語功能方面，僅「喜愛」一詞。如：

（例 3）復次好惡在人色無定也。何以知之。如遙見所愛之人即生喜愛心。（1509・181b）

以「喜 2」構成的詞群成員，最常擔任的是述謂功能，其句法格式如下：

喜 2

1. Subject＋（不）＋喜 2＋（Object）

（例 4）母即到諸美人妓女所教令悉沐浴。莊嚴著珠環飾服。如賴吒和羅在時所喜被服來出。（068・871b）

（例 5）昔佛在舍衛國爲天人說法時城中有婆羅門長者。財富無數爲人慳貪不好布施。食常閉門不喜人客。若其食時輒勅門士堅閉門户。勿令有人妄入門裏。乞丐求索沙門梵志不能得與其相見。（211・602a）

「喜 2」可與否定副詞「不」搭配，可後接名詞性賓語。就其名詞性賓語而言，可分爲有生賓語及無生賓語二類。其中，「喜 2」後接無生名詞，如句例 4.的「被服」；亦可接有生名詞賓語，如句例 5.後接「人客」。

2. Subject＋（心）＋喜 2＋VP

（例 6）復次目連。菩薩又喜誹謗正法既自不學。又止他人令不受持。（815・798a）

喜好

1. Subject＋喜好＋Object

（例 7）天地共遭大風災變時。天下人施行有仕。平善慈仁常孝順。皆好喜爲道。死精神皆上第十七天上爲天人。泥犁中人。及諸有含血喘息蠕動之類。死皆歸人形。皆復爲眾善之行。皆喜好爲道德。死精神魂魄皆上第十七天上爲天人。（023・305a）

（例 8）我等聞人說。佛是一切智人。我等是下劣小人。何能別知實有一切智人。諸婆羅門喜好酥酪故。常來往諸放牛人所作親厚。（1509・073b）

「喜好」與「好喜」爲同素異序的同義詞，應是爲使說法時的語言更加活潑化使然。例 8.作謂語時，後頭接賓語，指「喜愛（某種事物）」。

好喜

Subject＋好喜＋（Object / VP）

（例 9）比丘歎佛歎法歎比丘僧。意堪忍心好喜。常不遠離。不以口所陳。心淨爲淨。當受歸命。（1549・782a）

（例 10）太子好喜佛道。以賙窮濟乏慈育群生。爲行之元首。縱得禁止假使拘罰斯爲無道矣。（152・008b）

（例 11）天地共遭大風災變時。天下人施行有仕。平善慈仁常孝順。皆好喜爲道。死精神皆上第十七天上爲天人。泥犁中人。及諸有含血喘息蠕動之類。死皆歸人形。皆復爲眾善之行。皆喜好爲道德。死精神魂魄皆上第十七天上爲天人。（023．305a）

句例 11.作謂語時，後頭接賓語，指「喜愛（某種事物）」，解釋作「喜愛行道」。

喜愛

1. Subject＋喜愛＋（S’）

（例 12）彼離諸難處永斷愛欲。不貪摶食永離食想。逮得菩提示諸邪見無所貪著。知六十二見性同涅槃離諸蓋想。離諸法中所有過患清淨無垢。制伏憍慢拔無明箭。已害愛結無復喜愛。燒諸煩惱離一切想。拔憂惱箭離慢大慢。（268．265a）

（例 13）又爲水中身。見羅剎所執。入於五欲深流洄復。喜愛淤泥之所沒溺。我慢陸地之所燋枯。無所歸趣。於十二入怨賊聚落。不能得出。（278．549c）

句例 13.「喜愛」後接「淤泥之所沒溺」的主謂結構作賓語，意指「落入五欲難以出離的深流，喜愛受到淤泥（污染）的沈溺覆沒」。

愛喜

1. Subject＋愛喜＋（S’）

（例 14）若有樂信。是等之人得立授決。愛喜經典受持讀誦。廣爲人說不失道心。（310．049a）

（例 15）愛喜生憂。愛喜生畏。無所愛喜。（211．595c）

句例 14.「喜愛」後接「經典受持讀誦」的主謂結構作賓語，意指「喜愛經典能被人們受持誦讀，廣泛爲眾人說法而不失去本有的道心」。

以「喜 2」構詞的詞群成員的句法格式，可以簡化表達爲兩種句法格式：

1.「Subject＋V＋（Object）」

2.「Subject＋V＋VP」

在及物後接賓語部分，「喜 2」可接有生及無生性質的名詞賓語；「喜好／好喜」與「愛喜」用法相同，不接有生賓語，僅接無生賓語；而「喜愛」在中古佛經的用法特殊，不接賓語，且用例比同素異序的「愛喜」少，這與其在現代漢語的分佈是很不同的。此外，詞群成員裡，僅有「喜 2」接受否定副詞「不」的修飾，亦未見其受到程度副詞的修飾。

二、概念意義

喜 2，《說文》：「喜，樂也。从壴，从口。歖，古文喜从欠，與歡同」。《玉篇・口部》：「喜，悅也。」《素問・陰陽象大論》：「在志爲喜。」《禮記・檀弓》：「人喜則斯陶，陶斯詠。」；《詩經・菁菁者莪》：「既見君子，我心則喜。」《毛傳》：「喜，樂也。」此爲表喜悅義的「喜 1」，當「喜」後接賓語，即引申爲有喜愛義的「喜 2」。三國・魏・嵇康〈與山巨源絕交書〉：「臥喜晚起，而當關呼之不置。」而以「喜 2」構詞的詞群成員，其概念意義如何？以下討論之：

（一）「喜 2」、「喜好／好喜」、「喜愛／愛喜」均有〔＋喜愛〕的概念意義。如：

（例 16）不喜離別心。不樂離別心。不樂說離別語。（1522・146c）

（例 17）天地共遭大風災變時。天下人施行有仕。平善慈仁常孝順。皆好喜爲道。死精神皆上第十七天上爲天人。泥犁中人。及諸有含血喘息蠕動之類。死皆歸人形。皆復爲眾善之行。皆喜好爲道德。死精神魂魄皆上第十七天上爲天人。（023・305a）

（例 18）復次寶女。行菩薩道。未曾志慕於居家矣。亦復不樂於捨家。而復示于出家行學。多爲沙門好喜澹泊。寂然爲上靖默爲業。遵修精進深妙之法。（399・464c）

（例 19）復次好惡在人色無定也。何以知之。如遙見所愛之人即生喜愛心。若遙見怨家惡人即生怒害心。（1509・181b）

（例 20）愛喜道法而懷悅豫。是爲智本。（398・447c）

例 16.意指「不喜歡離別心，不喜愛離別心，不喜愛說離別語」；例 17.意謂「泥犁中人以及各種含血喘息蠕動之類，死後都歸爲人形，都又從事各種善行，都喜歡做有道德之事」；例 18.解釋作「寶女行菩薩道，……大多出家喜歡澹泊」；例 19.大意爲「又好物在人們是不定的，如何得知？就像遙見所愛的人就生起喜愛的心念，如果遙見怨家討厭的人便生起忿怒等不好的心念」；例 20.指「喜歡道法而心懷喜悅，這是智的根本」。由上述這些用例，可以得知：以「喜 2」構成的詞群成員均帶有「喜愛」、「喜歡」的概念意義。且此〔＋喜愛〕的概念意義，可以用以表示愛好、興趣。如：

（例 21）彼人若從畜生終來生人中者。當有是相。智者應知。闇鈍少智懈怠多食。樂食泥土。其性怯弱。言語不辯。樂與癡人而爲知友。憙黑闇處。愛樂濁水。喜噛草木。喜以脚指剜掘於地。喜樂動頭驅遣蠅虻。（310・411b）

大意是指「從畜生投生人道的人，當有畜生相。……喜愛啃嚙草木，喜愛用腳指挖掘土地。」句子裡「嚙草木」跟「剜掘於地」是謂語結構作賓語，「喜 2」乃用以表示愛好、興趣的動詞，如：例 21～22。

（例 22）如是曹輩。能護後法。常喜獨處。樂於清淨（632・463c）

（例 23）時彼城中有一長者。財寶無量。不可稱計。唯有一子。名曰難陀。甚爲窳惰。常喜睡眠。不肯行坐。（200・204a）

例 22.意指「此輩之人，常喜愛自己獨處」。「獨處」是謂語性賓語，「喜 2」表其態度。例 23.是指「城中長者之子——難陀，極其怠惰，常喜歡睡覺，不肯行坐。」

（二）由上述用例，「喜 2」、「喜好／好喜」、「喜愛／愛喜」均有〔＋對外在事物徹悟共鳴的情緒回應〕的概念意義。

（三）具〔＋受事對象爲「事物」〕概念意義，如：

（例 24）不喜離別心。不樂離別心。不樂說離別語。（1522・146c）

（例 25）天地共遭大風災變時。天下人施行有仕。平善慈仁常孝順。皆好喜爲道。死精神皆上第十七天上爲天人。泥犁中人。及諸有含血喘息蠕動之類。死皆歸人形。皆復爲眾善之行。皆喜好爲道德。死精神魂魄皆上第十七天上爲天人。（023・305a）

（例 26）復次寶女。行菩薩道。未曾志慕於居家矣。亦復不樂於捨家。而復示于出家行學。多爲沙門好喜澹泊。寂然爲上靖默爲業。遵修精進深妙之法。（399．464c）

（例 27）復次好惡在人色無定也。何以知之。如遙見所愛之人即生喜愛心。若遙見怨家惡人即生怒害心。（1509．181b）

（例 28）愛喜道法而懷悅豫。是爲智本。（398．447c）

「喜愛」情緒的生起，分別是因爲後接賓語「離別心」、「道德之事」、「澹泊」、「遙見所愛的人」、「道法」使然。

三、色彩意義

以「喜 2」構成的詞群成員裡，其色彩意義應均爲正面。然而，就其用例來看，「喜 2」在少數句例裡，有「貪著」的色彩意義。如：

（例 29）比丘多不復信深經。多喜淺事。經法於是稍稍未盡。（169．411b）

（例 30）昔佛在舍衛國爲天人說法時城中有婆羅門長者。財富無數爲人慳貪不好布施。食常閉門不喜人客。若其食時輒勅門士堅閉門戶。勿令有人妄入門裏。乞丐求索沙門梵志不能得與其相見。（211．602a）

（例 31）時彼城中有一長者。財寶無量。不可稱計。唯有一子。名曰難陀。甚爲窳惰。常喜睡眠。不肯行坐。（200．204a）

例 29.「比丘多不信深經，喜歡淺俗之事，對經法便稍有未能透徹之處。」；例 30.「婆羅門長者吃飯常關門，而不喜歡客人。」；例 31.「難陀生性非常懶惰，喜歡睡覺」，這些句例的「喜」都有「貪著」、「私心喜愛」的負面色彩意義。

3.3.2 以「愛」構成的詞群

「愛」構成的詞群成員共有 17 個，分別是「愛」、「愛念」、「愛好」、「愛慕」、「愛重／*重愛」、「愛戀」、「親愛／愛親」、「愛樂」、「敬愛／愛敬」、「憎愛／愛憎」、「歡愛」。其中，「憎愛／愛憎」屬表「怨恨義」語義場、「愍愛／愛愍」屬表「哀憐義」語義場，「歡愛」屬於表「喜悅義」語義場；「愛親」在現今漢語不用，在中古佛經裡，其句例爲「若死苦來頓奪前苦命根即絕。出胎亦爾。雖受大苦亦不失命。死苦若來奪此生苦命根即滅。復次在少壯位。受用六塵不知厭足。與所愛親共住未久。由少壯無病性力自在財物勝故。恒起醉慢。（1647・384a）」指「與所親愛的人共住不久」；又「尸羅器仗能御魔賊。如善兵器能對敵陣。如所愛親經難不捨。尸羅將人諸衰惱中隨護不捨。尸羅能照後世癡冥。如大燈明能除黑闇。（152・1120b）」指「就像所親愛的對象經過災難卻能不捨棄」。可知其性質均爲名詞，指「所親愛的對象」，故不列入討論，但仍表列之。由於此詞群成員眾多，故將「愛樂」歸於「樂」詞群比較，「愛敬／敬愛」同時分列尊敬語義場，故歸入表「尊敬義」語義場討論，以期在義素分析之際，能有更明朗的釐清。

故本節討論「愛」、「愛念」、「愛好」、「愛慕」、「愛重／重愛」、「愛戀」、「親愛」8 個成員。

以下就中古佛經材料，進行義素分析，分別就語法意義、概念意義、色彩意義三方面說明：

表 3.3-2 以「愛」構成詞群的義素分析

義素＼義位與義叢		愛	愛念	愛好	愛慕	愛重／重愛	愛戀	親愛／愛親
語法意義	〔動詞〕	＋	＋	＋	＋	＋	＋	＋
	〔賓語〕	＋	＋	－	＋	－	－	－
	〔定語〕	＋	＋	＋	－	－	－	－,
	〔狀語〕	－	－	－	－	－	－	－
	〔謂語〕	＋	＋	＋	＋	＋	＋	＋,－
概念意義	〔喜愛〕	＋	＋	＋	＋	＋	＋	＋,－
	〔對外在事物徹悟共鳴的情緒回應〕	＋	＋	＋	＋	＋	＋	＋
	〔受事者爲人〕	＋,－	＋	－	＋	＋	＋	＋,－
	〔眷戀、依依不捨〕	＋	＋	－	－	－	＋	－
	〔施事者爲上對下〕	＋,－	＋	－	－	－	－	－
色彩意義	〔正面〕	＋,－	＋,－	＋,－	＋,－	＋,－	＋,－	＋,－
	〔貪著〕	－	＋	＋	＋	＋	＋	＋

以下說明義素分析。

一、語法意義

從語法功能來看，以「愛」構成詞群成員在中古佛經裡，均不擔任狀語，「愛」亦不作狀語修飾動詞，通常是兩個動詞的並列連用，如「愛重」、「愛欲」，甚至進而發展成詞素關係緊密的詞，如：「愛樂」、「愛念」。又僅有「愛念」擔任主語。如：

（例 1）愛念即集諦。離捨即滅諦。知是道諦。依苦觀門。（1647・379a）

此用以解釋佛教名相「愛念」，然而順道一提的是：「愛」在中古佛經裡用以解釋佛教名相之際，受到單音節特徵影響，不單獨作主語，僅作定語，如：「愛者。三界愛欲眾生所以不得出。（1462・714a）」在中古佛經裡，以「愛」構詞的詞群成員有「愛」、「愛念」、「愛慕」擔任賓語功能，與行為動詞作謂語的「起」、「生」、「離捨」搭配。如：

（例 2）彼因受緣。起愛生愛而不自覺知。（001・093c）

（例 3）復次入觀門故。觀取陰即離捨愛念。如知怨家。取陰者是苦諦。（1647・379a）

（例 4）若男若女若小若大惡口戲調。或相是非毀呰誹謗。如是等處悉皆遠離。修行乞法勿渴愛求。勿強逼求。於諸檀越勿起愛慕亦不瞋恨。既無渴樂隨宜所得。（659・267c）

在句例裡，未見與存現動詞搭配的賓語用例。此外，在擔任定語功能方面，筆者觀察「愛」、「愛念」、「愛好」、「愛戀」均見其用例。如：

（例 5）愛者。三界愛欲眾生所以不得出。（1462・714a）

（例 6）夫愛念者。如彼母牛愛念其子。雖復飢渴行求水草。若足不足忽然還歸。（374・374c）

例 5.～6.用以解釋佛教名相「愛」、「愛念」；以「愛」構成的詞群成員均能擔任述謂功能，其句法格式如下：

愛

1. Subject＋（甚／勿／不／極／相）愛＋Object

（例 7）時母思惟。阿那律母甚愛其子。彼終不聽令出家。若彼聽出

家者我亦當放子出家。念已即語跋提言。（1428・591a）

（例 8）世有災異。水旱不調。五穀不豐。人民飢饉。不安本土。志欲叛亡。王及臣民。富有倉穀。當惟無常。身命難保。勿愛寶穀。知愛人命。當起悲心。出穀廩假。賙諸窮乏。以濟其命。安居本土。（493・757a）

「愛」後接賓語，其性質可爲有生名詞，如句例 7.的「其子」，亦可接無生名詞賓語，如句例 8.後接「寶穀」。

愛念

1. Subject＋（甚／不／極／莫不／相）愛念＋（Object）

（例 9）我作是念。太子王甚愛念。必不以珠故而斷其命。以是故引太子耳。汝何故引第一大臣。（1428・881c）

（例 10）離垢施女謂梵志。我從諸天聞如是比歎佛功德。從是以來不自識念而復睡眠。亦復無有婬怒愚癡危害之想。從是以來不自識念貪著父母兄弟姊妹。親屬知識亦不愛念。（338・091a）

（例 11）時有大臣。持一獼猴兒奉上大王。人情樂新。王即愛念（獼猴兒）飲食飼養勝於鸚鵡。（1425・258b）

「愛念」帶有生賓語，如「彌猴兒」，在例 11.裡，乃爲省略賓語之用例。

（例 12）吾愛念汝。猶如國王幸其太子。（263・080c）

（例 13）是須賴。族姓子族姓女。見如來色像成就。便發無上正眞道意。至心發意不違如來意。愛念眾生欲永度脫故。欲使奉法故。欲使三寶不斷故。以是四法故。（329・060c）

「愛念」僅接有生名詞，如例 12.「汝」、句例 13.「眾生」，其對象均爲人。

愛好

1. Subject＋愛好＋Object

（例 14）意行質直。愛好道法。見報恩人（281・449a）

（例 15）譬如有人性愛好花。不見花莖毒蛇過患即便前捉。捉已蛇螫螫已命終。（374・440c）

「愛好」在中古佛經出現頻率不高，據筆者所見僅有 3 例。依句例判斷，其擔任述謂功能時，後接無生賓語。

愛慕

1. Subject＋愛慕＋（Object）

（例 16）菩薩隨順善權方便曉了眾生。應時宣法在報應力。志欲愛慕開化剖判。各使坦然。勤進大道聖慧。爲論深遠無逮之義。其存側慧廣爲敷演至眞之道。漸爲班宣示斯道因。解別章句。以一句法暢若干慧。樂寂然者因爲分別。普觀一切好於觀者。以觀解脫三昧定意。講說禁戒不可究竟。（310・067b）

（例 17）四方諸王。皆有聖人之明。虔奉稱臣。孝順慈忠。愛慕天王。（005・170c）據筆者所見，「愛慕」一詞，在佛經用例僅有 3 例，2 例作述謂功能，有及物與不及物的用法，且後接賓語爲有生賓語。

愛重

1. Subject＋（極／甚／相／深／莫不）愛重＋（Object）

（例 18）子聞父教即懷恐怖歸命於父。我輩兄弟愚癡所致不識義理。不顧父母恩養之德。愛重望深不自察非。今聞嚴教即當奉命。遵修孝道超凡他人。夙夜匪懈無辱我先。（606・225b）

（例 19）汝若於我不生殷重大瞋恨者。見容一宿明當早去。迦葉言。瞿曇。我心無他深相愛重。但我住處有一毒龍。其性暴急恐相危害。（374・540b）

（例 20）某國某住某眾禪坐某禪師。眾所愛重。得聞是已深思隨喜。當往彼處親覲受行。應整衣服到和上所自說意樂。（1648・408c）

（例 21）於一切眾生不起我心。於一切菩薩起如來想。愛樂菩薩猶如己身。愛重正法如惜己命。愛敬如來如護己目。於持戒者生諸佛想。是爲智業。（278・664b）

將「重」解釋「看重」，「愛重」爲「喜愛看重」之義。在中古佛經裡，有及物與不及物的用法。例 20.眾所愛重的對象是指「某國某住某眾禪坐某禪師」，是爲有生賓語；例 21.「愛重」後接無生賓語「正法」，指「我所愛重正法就像珍惜自己的生命」。

重愛

1. Subject＋（共／甚）重愛＋（Object）

（例 22）其父啼泣。淚出五行。長跪請命。吾有一子。甚重愛之。坐起進退。以解憂思。愚意不及。有是失耳。假使殺者。我共當死。唯以加哀。原其罪釁。（154・088b）

（例 23）佛言。善哉善哉。文殊師利。發意問乃爾乎。佛言。聽我說前世作功德。菩薩世世所重愛珍奇好物持施與人。常持好眼善意施與。用是故。（812・773b）

「重愛」於中古佛經裡擔任謂語功能時，僅有及物用法，所接賓語可爲有生名詞。句例 22.所「重愛」的對象是「子」，對象也可以是無生名詞，如句例 23.所「重愛」的是「珍奇好物」。

愛戀

1. Subject＋（共相／極）愛戀＋（Object）

（例 24）波斯匿王白佛。世尊。極敬重愛戀。世尊。若國土所有象馬七寶。乃至國位。悉持與人。能救祖母命者。悉當與之。既不能救。生死長辭。悲戀憂苦。不自堪勝。（099・335b）

（例 25）（商主）作是念已。即集商人。共入大海。稱佛名號。大獲珍寶。安隱迴還。達到家中。觀其寶物。愛戀貪惜。不肯施佛。作是念言。（200・204c）

（例 26）然後第三駈羸小者。隨逐下流。悉皆次第安隱得度。新生犢子愛戀其母。亦隨其後。得度彼岸。（099・342b）

句例 24.「波斯匿王對世尊極爲敬重愛戀」，是「極度敬重喜愛」之意，與「依依不捨、依戀」無關。故在此將「愛戀」解釋作「喜愛」。然而「愛戀」的「喜愛」強度較「愛」更強。如句例 25.「愛戀貪惜」便有執著貪欲之意；句例 26.「新生犢子愛戀其母」若作詞語替換，其語感亦較「愛／喜愛其母」的「喜愛」

強度更強。而其所接對象可以是有生賓語「世尊」、「母親」，也可以是無生賓語「寶物」。

「愛」屬心理動詞，「親」作動詞有「接近、依附」之意。王鳳陽（1993：322-323）提到：

> 「亲（親），原是動詞，《墨子．經說上》：『身觀焉，亲也』，親眼所見叫『親』。引申開來，親耳所聽，親手所做，親身經歷的都可以叫『親』：這個意思在現代用『親身』、『親自』來表示。《詩．豳風．東山》：『親結其縭，九十其儀』，是親手繫上佩巾；……。作爲動詞，『親』還引申爲接近、依附、親愛等含義。《荀子．議兵》：『士民不親附，則湯武不能以必勝也。』」

親愛

1. Subject＋（相）親愛＋（Object）

「親愛」爲現代漢語常用詞彙，然而在中古佛經裡，亦有「愛親」一詞，二者相較之下，「親愛」使用頻率較高。其句例如下：

（例 27）親戚名眷屬。所攝領者名徒眾。眷屬及徒眾亦有三勝。如前所說故稱爲大。皆相親愛不生憎嫉。恒共歡聚未嘗違離。（1595．220a）

（例 28）爾時國中道路斷絕。計十二年無有來者。後多賈客從遠方至。住在比國休息未前。道師語子。卿往詣彼市買來還。子聞父教愁憂不樂如箭射心。語親友言。卿不知我親愛于妻。今父告我遠離捨之。當行賈作。適聞是命我心僅裂。今吾當死自投於水若上高山自投深谷。（606．215b）

（例 29）佛告阿難。能修四如意足者。若住一劫。若住多劫。乃盡生死。一切諸經皆同是說。若汝言無煩惱者。我亦如是。若有親愛信歸於我。當爲汝說。（1634．046a）

可作不及物動詞，亦可作及物動詞，如句例 27.～29.，其賓語爲有生名詞，如「妻」、「我（佛）」等。

在中古佛經裡，以「愛」構成的詞群成員擔任謂語功能時，其句法格式可簡化爲：「Subject＋V＋（Object）」，且有「愛慕」、「愛好」不搭配狀語。其餘義位與義叢搭配狀語的情況多樣，羅列於下：

愛：甚／勿／不／極／相

愛念：甚／不／極／莫不／相

愛重：極／甚／相／深／莫不

重愛：共／甚

愛戀：共／相／極

親愛：相

除「重愛」一詞之外，均可與情狀副詞「相」搭配，這與其動詞之及物性質相關；「愛」、「愛念」、「愛重」可與程度副詞「甚／極」搭配，「重愛」與「甚」搭配，「愛戀」與「極」搭配，均表示此詞群表高程度的「喜愛義」。

二、概念意義

首先說明中古文獻及辭書解釋的考察。愛，《說文・夊部》：「愛，行皃。从夊，（上旡＋下心）聲。」段玉裁注：「《心部》：「（上旡＋下心）惠也。今字假愛爲（上旡＋下心）而（上旡＋下心）廢矣。愛，行貌，故从夊。」《廣雅・釋詁四》：「愛，仁也。」《字匯・心部》：「愛，好樂也。」「愛念」的「念」在《說文・心部》提到：「念，常思也。從心，今聲。」《釋名・釋言語》：「黏也，意相親愛，心黏著不能忘也。」除了佛經語料之外，上古及中古中土文獻均未見用例。而「愛好」在現代漢語裡爲喜愛語義場的主要成員，由「愛」、「好」同義語素並列複合，漢・劉向《列女傳・晉宗伯妻》：「盜憎主人，民愛其上，有愛好人者，必有憎妒人者。」「愛慕」一詞在現代漢語裡指「喜愛傾慕」之意，是由喜愛語義場的「愛」與表「想望義」語義場「慕」類義聚合。「愛重」一詞由「愛」與「重」近義並列構成，而「重」有多種義項。觀察「愛重」一詞句例，《韓非子・內儲》：「衛嗣君重如耳，愛世姬，而恐其皆因愛重而壅己也。」《百喻經・婦詐稱死喻》：「昔有愚人，其婦端正，情甚愛重。」「愛戀」，三國・魏・曹植《鼙舞歌》：「沈吟有愛戀，不忍聽可之。」由喜愛語義場的「愛」與想望語義場的「戀」複合。「戀」有「留戀、依依不捨」、「男女相愛」等義項，亦可作「一般喜愛、愛好」之意。如：《漢語大詞典》引流沙河《梅花戀》：「含笑黃泉，唱一曲梅戀新篇。」「親愛」爲現代漢語常用詞彙，然而在中古佛經裡，亦有「愛親」一詞，二者相較之下，「親愛」使用頻率較高。上列概括性的描述，有助於對詞群成員概念意義及分佈特徵的瞭解。

「愛」的喜愛情感表現得很廣泛，可以適用於一切人，也可以因人而異，在辭書字典裡有「親也」、「恩也」、「惠也」、「憐也」、「寵也」、「好也」、「樂也」、「吝惜也」、「慕也」等解釋。王鳳陽（1993：827）：「……這是親子之愛，是慈愛、疼愛；……這是上愛下，可譯爲愛護；……這是夫妻之愛，是戀愛，恩愛；……這是強者對弱者的愛，是憐惜予同情。愛也可以用於人與物之間，用於人和物之間的愛除了表示喜愛之外，還表示愛護、貪圖、捨不得等感情。」

（一）「愛」、「愛念」、「愛好」、「愛慕」、「愛重／重愛」、「愛戀」、「親愛」均有〔＋喜愛〕的概念意義。如：

（例 30）愛者。三界愛欲眾生所以不得出。（1462．714a）

（例 31）時有大臣。持一獼猴兒奉上大王。人情樂新。王即愛念（獼猴兒）飲食飼養勝於鸚鵡。（1425．258b）

（例 32）若男若女若小若大惡口戲調。或相是非毀呰誹謗。如是等處悉皆遠離。修行乞法勿渴愛求。勿強逼求。於諸檀越勿起愛慕亦不瞋恨。既無渴樂隨宜所得。（659．267c）

（例 33）問言誰取。答言沙門尼跋陀羅。其人即嫌言。出家人有此愛好之欲。諸比丘尼聞已語大愛道。大愛道即以是事往白世尊。（1425．526b）

（例 34）於一切眾生不起我心。於一切菩薩起如來想。愛樂菩薩猶如己身。愛重正法如惜己命。愛敬如來如護己目。於持戒者生諸佛想。是爲智業。（278．664b）

（例 35）佛言。善哉善哉。文殊師利。發意問乃爾乎。佛言。聽我說前世作功德。菩薩世世所重愛珍奇好物持施與人。常持好眼善意施與。（812．773a）

（例 36）波闍波提比丘尼以離欲故心意勇悍。舉手摩優婆夷而語之言。汝等不應逐愛戀心。恩愛聚會必有離別。（201．335b）

句例 30.意指「愛，是三界愛欲眾生所無法出離的」；例 31.解釋作「大王就喜愛獼猴兒，對他的飼養照顧甚於鸚鵡」；例 32.意謂「在各檀越（施主）間不起愛慕之情也不瞋恨」；例 33.指「出家人有這因喜愛而起的慾望」；例 34.是指「喜愛看重正法就像珍惜自己的生命」；例 35.意指「菩薩世世以其所重視喜愛的珍奇寶物給予他人」；例 36.意謂「你們不該隨逐愛戀的心念，畢竟恩愛聚首都有分離」。

（二）由上述用例可知，「愛」、「愛念」、「愛好」、「愛慕」、「愛重／重愛」、「愛戀」、「親愛」均有〔＋對外在事物徹悟共鳴的情緒回應〕的概念意義。句例 31～36 裡，「喜愛」情緒的生起，分別是因爲所指涉對象「獼猴兒／諸檀越／正法／珍奇好物／恩愛聚會」等世俗事物使然。

（三）「愛」、「愛念」、「愛慕」、「愛重」、「重愛」、「愛戀」、「親愛」具「＋受事者爲人」的概念意義。關於這點，在語法意義述謂功能後接賓語性質部分已經討論過這幾個詞均帶有生賓語。故此處不再贅述。

（四）在中古佛經裡，「愛」、「愛念」、「愛戀」代表著一般喜愛義，亦可有〔＋眷戀、依依不捨〕之概念意義。

（例 37）慈愍眾生。如母愛子。（200・203a）

（例 38）若出家者。爲天人尊。成薩婆若。王及夫人後宮婇女。聞相師言。於此太子。深生愛念。亦爲天龍夜叉乾闥婆阿修羅迦樓羅緊那羅摩睺羅伽人非人等。供養恭敬。尊重讚歎。（189・621a）

（例 39）時兒父母。聞是語已。愛念子故。不能違逆。尋將佛所。求索出家。200・234c）

（例 40）父母報言。我等唯有汝一子。心甚愛念。乃至不欲令死別。而況當生別。（1428・679b）

（例 41）然後第三駈贏小者。隨逐下流。悉皆次第安隱得度。新生犢子愛戀其母。亦隨其後。得度彼岸。（099・342b）

例 37.意思是「菩薩悲憫慈愛眾生，如同母親愛自己的小孩。」因此，這裡的愛，有愛護、憐憫之義，其施事者亦可是上對下的關係。例 38.大意是「王及夫人後宮婇女聽到相師的話，對太子深深感到愛念。」這裡的「愛念」有喜愛義，另有眷戀、思念之意。例 39.大意是「當時孩兒的父母聽完這番話，愛念自己的小孩」；例 40.指「父母回說：『我們只有你一個小孩，非常的愛念你，以致於不想死別，更何況是生離？』」這兩句裡的「愛念」除了有喜愛、依依不捨之意，亦有愛憐疼惜、且施事動作是上對下。句例 41「新生犢子愛戀其母」有「眷戀、依戀母親」之義。

（五）由上列句例 37～41 可知，「愛念」一詞具有〔＋施事者亦可是上對下的關係〕的概念意義，「愛」的概念意義則除了具一般喜愛義之外，另有〔＋愛護、憐憫〕、「施事者是上對下關係」的概念意義。

三、色彩意義

以「愛」構詞的詞群成員，其色彩意義均爲正面。然而，由於本文寫作是以佛經爲語料，必須兼顧佛經以及一般文獻的語言認知。在中古佛經用例及上下文搭配來看，部分用例會有〔＋貪著〕的負面意義。如：

（例 42）時彼城中有一商主。將五百賈客。共入大海。船破還迴。晝夜懃加跪拜諸神。以求福祐。第二第三。重復入海。船壞如前。時彼商主。福德力故。竟不溺水。還達本土。生大苦惱。作是念言。我每曾聞。有佛世尊。得一切智。諸天世人無有及者。哀愍眾生。自利利他。我今當稱彼佛名號。入于大海。若安隱還。當以所得珍寶之半。奉施彼佛。作是念已。即集商人。共入大海。稱佛名號。大獲珍寶。安隱迴還。達到家中。觀其寶物。愛戀貪惜。不肯施佛。作是念言。（200．204c）

句例 42.敘述城中某一商主原在大海裡祈求諸佛庇護，並發願安全回家後，將所得珍寶部分供養諸佛，而回到家中，卻看到寶物而升起「愛戀貪惜」之心，不肯供養諸佛。

（例 43）問言誰取。答言沙門尼跋陀羅。其人即嫌言。出家人有此愛好之欲。諸比丘尼聞已語大愛道。大愛道即以是事往白世尊。（1425．526b）

（例 44）波闍波提比丘尼以離欲故心意勇悍。舉手摩優婆夷而語之言。汝等不應逐愛戀心。恩愛聚會必有離別。（201．335b）

（例 45）世有災異。水旱不調。五穀不豐。人民飢饉。不安本土。志欲叛亡。王及臣民。富有倉穀。當惟無常。身命難保。勿愛寶穀。知愛人命。當起悲心。出穀廩假。賙諸窮乏。以濟其命。安居本土。（493・757a）

（例 46）時母思惟。阿那律母甚愛其子。彼終不聽令出家。若彼聽出家者我亦當放子出家。念已即語跋提言。（1428・591a）

句例 43.以「愛好」修飾名詞性賓語「欲」，意指「出家人有如此喜愛而起的慾望」；句例 44.解釋作「你們不應隨逐著愛戀的心意，因爲恩愛聚會都會有離別」，以「愛戀」修飾名詞性賓語「心」；句例 45.指「在世上災異現象繁多之際，……應當思惟一切無常，身命難保，不該貪愛寶穀。」；句例 46.「阿那律的母親非常愛他的兒子，始終不肯讓他出家。」這些句例裡的「愛」都帶有「不捨」、「執著」、「貪戀」之情。「愛」乃佛教名相，丁福保《佛學大辭典》「愛」字條：

（術語）……。悉曇十二韻之一。五十字門之一。文殊問經字母品曰:「稱愛（引）引字時，是威勝聲。」是似由有威儀路義之 Airypatha 轉釋者。貪物之意。染著之意。乃十二因緣之一。俱舍論九曰:「貪資具婬愛。」大乘義章五末曰:「貪染名愛。」唯識論述記十六曰:「耽染爲愛。」楞嚴經四曰:「異見成憎，同想成愛。」圓覺經曰:「輪迴愛爲根本。

而在「貪」字條更進一步指出：

（術語）梵語囉哦 Ra^ga，染著五欲之境而不離也。例如貪愛貪欲等。唯識論六曰:「云何爲貪？於有有具染著爲性，能障無貪生苦爲業。」俱舍論十六曰:「於他財物惡欲爲貪。」瑜伽倫記七上曰:「貪之與愛，名別體同。」大乘義章二曰:「愛染名貪。」同五本曰:「於外五欲染愛名貪。」〔註 13〕

從佛教思想裡來看，「貪之與愛，名別體同」，意指：五蘊所發而爲五毒，即所謂貪愛貪欲，而需要明心見性以轉毒成不染著的五智，此爲「貪」與「愛」對

〔註 13〕原作「梵語囉哦 Ba^ga」，改正爲「Ra^ga」。

舉之義。而就其概念意義來說，以「愛」構詞的詞群成員，「喜愛」義仍屬正面，並須搭配上下文觀察是否轉爲負面之佛教「貪著」義。

3.3.3 以「好」構成的詞群

以「好」構成的詞群成員共有 2 個，分別是「好」、「好樂」。

表 3.3-3 以「好」構成詞群的義素分析

義素 ＼ 義位與義叢		好	好樂
語法意義	〔賓語〕	＋	－
	〔謂語〕	＋	＋
概念意義	〔喜愛〕	＋	＋
	〔受事對象爲「人」〕	－	－

以下進行義素分析之際，分別就語法意義、概念意義、色彩意義三方面進行解說：

一、語法意義

「好」與「好樂」是在中古佛經表「喜愛義」語義場裡，歸屬於以「好」構詞的詞群成員，二者語法特徵單純，主要在句子裡擔任謂語功能。其中，「好」擔任賓語功能，如：

（例 1）如是佛弟子各各有所好。凡夫人亦各各有所喜。（1509・239b）

句例 1.大意是「如此，佛弟子各有自己的愛好，凡夫俗子也各有自己喜好。」以表示存在的存現動詞「有／無」爲謂語，後頭分別接上所字短語「所好」。

在擔任謂語功能方面，其句法格式分別如下：

好

1. Subject＋（不／常）＋好＋VP

（例 2）二者樂於靜默。不好多言。（001・011c）

（例 3）我是波斯匿。王后宮婇女。年在朽邁。名曰善愛。不好惠施。命終生此。唯願大王慈哀憐愍。爲我設供。請佛及僧。使我脫此弊惡之身。（200・214c）

「好」爲主要動詞，意指對於「多話」、「施加恩惠」這兩件事情「不感興趣、不喜好」。

好樂

1. Subject＋（心）＋（常）好樂＋（Object / VP）

（例 4）若入外道聞說法。心便好樂。受外道法。下至拔一髮。患痛悔還。應滅擯。不得更出家。度外道竟。不得度龍者。何以故。龍不得禪定道果故。（1462・792b）

（例 5）佛說是正定覺時。千六百天與人弟子行者。好樂小乘已入其法。改發無上正眞道意（310・667b）

（例 6）佛在舍衛國祇樹給孤獨園。時彼城中。有一愚人。名曰惡奴。心常好樂處處藏竄劫奪人物。用自存活。（200・216b）

作爲述謂功能時，其後多不接賓語，如句例 4.，若接賓語，其賓語爲無生名詞賓語，如例 5.的「小乘」屬佛教名相，例 6.指「心裡常喜愛四處藏竄，以強奪他人財物」。其句法格式可簡化爲「Subject＋V＋（Object / VP）」最常擔任的述謂功能，後接賓語。而其賓語可爲 VP 表示某種行爲，或者是名詞性引起喜好的事物 / 品質，其性質爲無生命名詞。除「好」與否定副詞「不」表示沒有興趣、不喜愛的意義之外，又因其與「興趣、喜好」有關，故與高頻率的副詞「常」搭配，表示程度高的頻率。

二、概念意義

（一）「好」、「好樂」具〔＋喜愛〕的概念意義。

（例 7）爾時國王好食鸚鵡。獵士競索覩鸚鵡群。以網收之。盡獲其衆。貢于太官。宰夫收焉。肥即烹之爲肴。（152・017c）

（例 8）我是波斯匿。王后宮婇女。年在朽邁。名曰善愛。不好惠施。命終生此。唯願大王慈哀憐愍。爲我設供。請佛及僧。使我脫此弊惡之身。（200・214c）

例 7.大意是指「當時國王喜歡吃鸚鵡」，「好」用以表示內在的情緒，指「愛好、興趣」，所感興趣的事情是「吃鸚鵡」。例 8.指「我（波斯匿）不喜歡布施」，就「好」與「好樂」而言，均具有「認爲某種事物好，思想情感對於那件事物產生興趣」的意義。

（二）二者具〔－受事對象爲「人」〕的概念意義。如：

（例 9）佛說是正定覺時。千六百天與人弟子行者。好樂小乘已入其法。改發無上正眞道意（310・667b）

（例 10）云何摩訶男釋子有信心。好樂布施常供給衆僧藥。而汝等罵詈言。有愛妄語。使斷衆僧藥耶。（1428・668c）

（例 11）我是波斯匿。王后宮婇女。年在朽邁。名曰善愛。不好惠施。命終生此。唯願大王慈哀憐愍。爲我設供。請佛及僧。使我脫此弊惡之身。（200・214c）

（例 12）具善信解者。行者若能好樂泥洹。憎惡生死名善信解。如是信解速得解脫。又樂泥洹者心無所著。有樂泥洹則無怖畏。所以者何。（1646・354c）

句例 9.「好樂」爲主要動詞，後接「小乘」爲賓語；句例 10.「好」爲主要動詞，指「喜好布施」，句例 11.意指對於「不喜愛施加恩惠」這件事情，例 12.「泥洹」屬佛教名相。王鳳陽（1997：847）：「好（去聲）嚴格說是好（上聲）的意動用法，是認爲某種事物好，思想感性上對某種事物感興趣的意思。賓語多表示某種行爲或品質。」從中古佛經裡，以「好」構成的詞群成員後接受事對象都是指「事物」。

3.3.4 以「嗜」構成的詞群

以「嗜」構成的詞群成員共有 3 個，分別是「嗜」、「嗜好」、「*貪嗜」。

表 3.3-4 以「嗜」構成詞群的義素分析

義素 ＼ 義位與義叢		嗜	嗜好	貪嗜
語法意義	〔賓語〕	－	＋	－
	〔謂語〕	＋	＋	＋
	〔及物性〕	＋	＋	＋
概念意義	〔喜愛〕	＋	＋	＋
	〔受事對象爲「事物」〕	＋	＋	＋

色彩意義	〔正面〕	+,−	−	−
	〔貪著〕	+,−	+	+

以下進行義素分析之際，分別就語法意義、概念意義、色彩意義三方面進行解說：

一、語法意義

就語法功能來說，以「嗜」構成的詞在中古佛經裡，主要擔任謂語語法功能。

「嗜」僅擔任謂語功能，在其所扮演主要述謂功能裡，其句法格式如下：「（Subject）＋（不）嗜＋Object」。

（例 1）鼻聞芬芳。皆在前。口所嗜鹹酢甘甜。（0023・0291c）

（例 2）不嗜酒。不貪味。不慕聲。不愚冥。消無明根知法住眞諦。（186・500b）

與中古時期中土文獻相較，中古佛經並未見有後接謂語性賓語格式，如：《宋書・劉穆之王弘列傳》「邕所至嗜食瘡痂，以爲味似鰒魚。」中古佛經裡「嗜」的句式反而比較保守，與上古漢語用法相近。

「嗜好」有擔任賓語的用例。如：

（例 3）問曰。眾生何因緣故有利鈍。答曰。以有種種欲力故。惡欲眾生常入惡故鈍。欲名嗜好。（1509・683b）

意指「眾生之所以有利鈍之別，是受到欲力影響，不好的慾望讓眾生常進入惡境，因此鈍跟，而慾望就稱爲『嗜好』」。

（例 4）又知多瞋佷戾嗜好酒肉之人。而行布施墮地夜叉鬼中。常得種種歡樂音樂飲食。又知有人剛愎強梁。而能布施車馬代步。墮虛空夜叉中。而有大力所至如風。（1509・152c）

（例 5）問曰。眾生何因緣故有利鈍。答曰。以有種種欲力故。惡欲眾生常入惡故鈍。欲名嗜好。嗜好罪事生惡業故鈍。善欲者樂道修助道法故利。（1509・683b）

在中古佛經，僅有 2 例，同出於舊譯前期《摩訶般若波羅蜜經釋論》裡，從句例裡「嗜好」後接賓語看來，「嗜好」後接無生名詞賓語，例 4.「嗜好」後接「酒肉」爲述賓結構以修飾後頭的「人」；例 5.「嗜好」後接「罪事」作爲主體對象，指「喜歡罪惡的事情」。

「貪嗜」由想望語義場的「貪」與喜愛語義場的「嗜」類義複合。在中古佛經裡，僅擔任述謂功能。其句法格式如下：「（Subject）＋（不）貪嗜＋Object」。

（例 6）此必是我胎中之子。業行所致。是以使爾。足滿十月。生一男兒。連骸骨立。羸瘦燋悴。不可示現。又復糞屎塗身而生。年漸長大。不欲在家。貪嗜糞穢。不肯捨離。（200・227a）

（例 7）爾時。世尊見彼比丘住一樹下。以生不善覺。依惡貪嗜。而告之曰。比丘。比丘。莫種苦種。而發熏生臭。汁漏流出。若比丘種苦種子。自發生臭。汁漏流出者。欲令蛆蠅不競集者。無有是處。（099・283a）

擔任述謂功能時，如句例 6.可接賓語，亦可如句例 7.不接賓語。從句例 6.裡「貪嗜」後接賓語看來，「貪嗜」與「嗜好」相同，其後均接無生名詞賓語。

二、概念意義

1. 「嗜」、「嗜好」、「貪嗜」均具〔＋喜愛、興趣〕之概念意義。

嗜　《說文・口部》：「嗜，嗜欲也，喜之也。从口，耆聲。」《詩經・楚茨》：「苾芬孝祀，神嗜飲食。」《國語・楚語下》：「吾聞國家將敗，必用姦人，而嗜其疾味。」王鳳陽（1993：847）：是對某種事物有著特殊的愛好，而且表示愛到成癖、上癮、欲罷不能的程度，是滿足耳目口鼻心等器官的慾望，賓語多少和酒肉聲色有關。」可知，嗜字从口，本指喜好，後接飲食感官慾望性質的賓語。在《經籍纂詁》「嗜」字條解釋有：「嗜，貪也。」「嗜，欲情欲也」應從喜愛詞義引申而出。又「嗜好」是由同爲喜愛語義場的「嗜」、「好」同義複合而成，且在現代漢語裡屬常用詞彙，在《漢語大詞典》：「喜好，特殊的愛好。《尹文子・大道下》：『夫佞辯者……探人之心、度人之欲、順人之嗜好而不敢逆，納人於邪惡而求其利。」可知「嗜好」一詞早在戰國時期《尹文子》即出現。「貪嗜」的「貪」在《說文・貝部》：「貪，欲物。从頁、今聲。」也因此，「貪」有「愛財」之意。《經籍纂詁》「貪」字條：「貪、欲，皆是意之所思。」可知「貪嗜」由想望語義場的「貪」與喜愛語義場的「嗜」類義複合。從構詞詞素的角度切入，這幾個構詞詞素均有「興趣、愛好」之義。而在中古佛經裡，亦具〔＋喜愛〕之概念意義。如：

（例 8）不嗜酒。不貪味。不慕聲。不愚冥。消無明根知法住眞諦。（186・500b）

（例 9）若得財利・衣被・飲食・床臥・湯藥。不染・不著・不貪・不嗜・不迷・不逐。見其過患。見其出離。然復食之。食已。身心悅澤。得色得力。（099・284b）

在句例 8.，「嗜」與「貪」、「慕」並列，故都有「喜愛」之義；例 9.裡的「嗜」與前後文的「染」、「著」、「貪」、「迷」、「逐」並列，都有「染著、貪著、隨逐」之義，即同於「喜愛、興趣」概念意義。

2. 就其賓語來說，「嗜好」、「貪嗜」具〔＋受事對象爲「事物」〕的概念意義。在中古佛經，僅有 2 例，同出於舊譯前期《摩訶般若波羅蜜經釋論》裡：

（例 10）又知多瞋佷戾嗜好酒肉之人。而行布施墮地夜叉鬼中。常得種種歡樂音樂飲食。又知有人剛愎強梁。而能布施車馬代步。墮虛空夜叉中。而有大力所至如風。（1509・152c）

（例 11）問曰。眾生何因緣故有利鈍。答曰。以有種種欲力故。惡欲眾生常入惡故鈍。欲名嗜好。嗜好罪事生惡業故鈍。善欲者樂道修助道法故（1509・683b）

（例 12）若貪嗜美味。沒於味海。爲魔所攝。去涅槃遠。（721・383b）

從句例裡「嗜好」、「貪嗜」後接賓語看來，其後均接無生名詞賓語，「酒肉」、「罪事」、「美味」就佛家而言，均爲「某種不好的事物／習慣」。「嗜好」的「喜愛」義爲負面的。

二、色彩意義

從句例裡「嗜好」、「貪嗜」後接賓語看來，均爲「某種不好的事物／習慣」，故二者的「喜愛」義爲負面的，即具有「貪著」義的負面色彩。

3.3.5 以「樂 2」構成的詞群

以「樂 2」構成的詞群成員共有 2 個，分別是「樂 2」、「愛樂」。以下進行義素分析之際，分別就語法意義、概念意義、色彩意義三方面進行解說：

表 3.3-5 以「樂 2」構成詞群的義素分析

義素 ＼ 義位與義叢		樂 2	愛樂
語法意義	〔定語〕	+	−
	〔狀語〕	−	−
	〔謂語〕	+	+
概念意義	〔喜愛〕	+	+
	〔對受事對象徹悟共鳴的情緒回應〕	+	+
	〔受事對象是「人」〕	−	+,−
色彩意義	〔正面〕	+	+,−
	〔貪著〕	−	+,−

首先，進行義素分析的說明：

一、語法意義

就語法功能來看，「樂」、「愛樂」均不單獨作主語、狀語。「樂」可作定語。如：

（例 1）樂者便笑其所作。不樂者便瞋恚罵詈出房。（1428・580b）

（例 2）三者不能遠離色欲愛樂之事捨棄牢獄憂煩之惱。（211・608b）

例 1.意指「喜愛的人便因他所做的事情而笑，不喜歡的人就生氣責罵他，並逐出房間」。例 2.解釋作「不能遠離色欲愛樂的事情、捨棄牢獄煩憂的煩惱」，是以「愛樂」修飾後接名詞「事」。而「愛樂」擔任賓語，如：

（例 3）爾時。世尊告諸比丘。汝等莫畏福報。所以然者。此是受樂之應。甚可愛敬。所以名爲福者。有此大報。汝等當畏無福。所以然者。此名苦之原本。愁憂苦惱不可稱記。無有愛樂。此名無福。（125・565b）

（例 4）以定除身羸。於寂滅樂而增喜樂。以慧分別四諦中道具足。於正覺樂深懷愛樂。如是遠離二邊得中道具足。（1648・400b）

例 3 是以表示存在的存現動詞「有／無」爲謂語，句例 4 以表示行爲動作的行爲動詞「懷」爲謂語，以心理動詞「愛樂」爲賓語。在謂語功能方面，其句法格式如下：

樂

1. Subject＋（不）樂＋Object

（例 5）不喜離別心。不樂離別心。不樂說離別語。（1522・146c）

（例 6）所有耆舊能喜世間一切治生諧偶。雖獲俗利不以喜悅。遊諸四衢普持法律。入于王藏諸講法眾。輒身往視不樂小道。（474・521a）

而「樂 2」後頭僅能接無生賓語，如句例 5.～6.接無生賓語「離別心」、「小道」。

愛樂

1. Subject＋（甚／可／不／互相／極）愛樂＋（Object）

（例 7）善男子。於六時中孟冬枯悴眾不愛樂。春陽和液人所貪愛。爲破眾生世間樂故。演說常樂我淨亦爾。（374・545a）

（例 8）共諸天女。遊於山頂。種種飲食。須陀之味。種種鳥音。於園林中。受無量樂。互相愛樂。一心共遊。一心係念。（721・205a）

其次，觀察其作述謂功能與情狀副詞的搭配。喜愛語義場的「喜 2」、「樂 2」、「好」不受「相」修飾。「愛」、「愛樂」則受「相」修飾，情狀副詞「互相」，是受到雙音節化影響。然而，其受事對象不限，可以是事物，也可以有生命的。

（例 9）佛告諸比丘。天下無常堅固人。愛樂生死。不求度世道者。皆爲癡。父母皆當別離。有憂哭之念。人轉相恩愛貪慕悲哀。（005・165b）

（例 10）時大將征還迎婦歸家。其婦樂著比丘尼身細軟便逃走還至彼尼所。此大將作是念。我欲作好而更得惡。云何我婦今不愛樂我。染著比丘尼逃走還趣彼所（1428・744b）

「愛樂」其後頭可接無生名詞，且在中古佛經裡，多與「生死涅槃」、「佛法」、「經典」相關，如句例 9.亦有接有生名詞者，如句例 10.「我」爲動詞「愛樂」的賓語。由此可知二者爲單音節與雙音節構詞形式之別，並於語法特徵有所差異。「樂 2」可擔任定語，「愛樂」則否；「樂 2」做謂語其後僅接無生賓語，而「愛樂」作謂語功能時，其後可接有生賓語及無生賓語。

二、概念意義

（一）「樂 2」、「愛樂」均具有〔＋喜愛〕之概念意義。

樂 2　《廣韻・效韻》:「樂，好也。」《易・繫辭上》:「是故君子所居而安者，《易》之序也；所樂而玩者，爻之辭也。」孔穎達疏：「言君子愛樂而習玩者，是六爻之辭也。」《論語・雍也》:「知者樂水，仁者樂山」邢昺疏：「知者樂水者，樂謂愛好。」愛樂以同爲喜愛語義場的「愛」、「樂」同義並列複合，如：《史記・李將軍列傳》:「廣寬緩不苛，士以此愛樂爲用。」《志怪錄》:「廟神愛樂君馬，故取之耳。」這是在中土文獻及辭書的說解，然而，在中古佛經裡，二詞均具有〔＋喜愛〕之概念意義。如：

（例 11）不喜離別心。不樂離別心。不樂說離別語。（1522・146c）

（例 12）樂者便笑其所作。不樂者便瞋恚罵詈出房。（1428・580b）

（例 13）三者不能遠離色欲愛樂之事捨棄牢獄憂煩之惱。（211・608b）

例 11.意謂「不喜愛離別心，不喜愛離別心，不喜愛說離別話」；例 12.意指「喜愛的人便因他所做的事情而笑，不喜歡的人就生氣責罵他，並逐出房間」；例 13.解釋作「不能遠離色欲愛樂的事情、捨棄牢獄煩憂的煩惱」。

（二）由句例 11～13 得知，「樂 2」、「愛樂」均具有〔＋對受事對象徹悟共鳴的情緒回應〕之概念意義。

（三）「樂」具〔－受事對象是「人」〕意義，「愛樂」具〔＋受事對象是「人」〕的概念意義，亦可不具此意義；如：

（例 14）若不樂天下。而棄家爲道者。當爲自然佛。度脫萬姓。傷我年已晚暮。當就後世。不覩佛興。不聞其經。故自悲耳。（185・474a）

（例 15）其心清淨無有塵垢愛樂佛法。所以然者。解無異法能出上者。至心在道用慈仁故。（403・590a）

（例 16）時大將征還迎婦歸家。其婦樂著比丘尼身細軟便逃走還至彼尼所。此大將作是念。我欲作好而更得惡。云何我婦今不愛樂我。染著比丘尼逃走還趣彼所（1428・744b）

句例 14，「樂」後接賓語爲「天下」，可知其具有〔－受事對象是「人」〕意義；句例 15～16，其受事對象可以是「人」，亦可以不是，可知其具有〔±受事對象是「人」〕的概念意義。

三、色彩意義

「樂」與「愛樂」其色彩意義本均爲正面，然而，「愛樂」具有「貪著」義的負面色彩。如：

（例 17）三者不能遠離色欲愛樂之事捨棄牢獄憂煩之惱。（211・608b）

（例 18）佛告諸比丘。天下無常堅固人。愛樂生死。不求度世道者。皆爲癡。父母皆當別離。有憂哭之念。人轉相恩愛貪慕悲哀。（005・165b）

句例 17 所指「愛樂」爲世間色欲好樂之事；句例 18 解釋作「愛樂的是生死，不求能度脫世道的人，就是所謂的『癡』」，由此可知「愛樂」帶有「愚癡、貪著」之義。

小　結

上文已將喜愛語義場依照詞群進行分析，在此以詞群詞素爲單位，列表呈現：

表 3.3-6 喜愛語義場各詞群詞素之義素分析

義素 ＼ 義位與義叢		喜 2	愛	好	嗜	樂 2
語法意義	〔賓語〕	－	＋	＋	－	－
	〔定語〕	＋	＋	－	＋	－
	〔謂語〕	＋	＋	＋	＋	＋
概念意義	〔喜愛〕	＋	＋	＋	＋	＋
	〔內在自發的情緒〕			＋		－
色彩意義	〔正面〕	＋	＋,－	＋	－	＋,－
	〔貪著〕	－	＋	＋	＋	－

就語法功能來看，喜愛語義場的主要成員均不單獨作主語。「愛」、「好」、

「樂 2」、可作定語。在賓語方面，據筆者觀察，「樂」作賓語者爲喜悅義「樂 1」；喜愛語義場裡，除了「樂 2」之外，其餘亦作賓語功能，分別與以表示存在的存現動詞「有／無」爲謂語，以及表行爲動作的行爲動詞搭配，然而，在詞群搭配關係裡亦有差異：「喜」、「愛」、「嗜」詞群僅與行爲動詞搭配，「好」與表示存現動詞的「有／無」搭配，在「樂」詞群裡，「樂 2」沒有賓語用例，「愛樂」則可與行動動詞與存現動詞搭配。

喜愛語義場成員的主要語法特點即是動詞大都接賓語，然而，所後接賓語性質不同，亦反映出這些心理動詞間的差異。「喜 2」、「愛」後接賓語，其性質可爲有生名詞，亦可接無生名詞賓語，「好」、「嗜」、「樂 2」則只可接無生名詞賓語，不可接有生名詞賓語。

在與否定副詞搭配方面，喜愛語義場的主要成員僅與「不」搭配，且頻率極高，如：「若比丘瞋他比丘不喜僧房。舍內若自牽出。(1430・1026b)」又「所有耆舊能喜世間一切治生諧偶。雖獲俗利不以喜悅。遊諸四衢普持法律。入于王藏諸講法眾。輒身往視不樂小道。(474・521a)」

其次，觀察其作述謂功能與情狀副詞的搭配。情狀副詞與「喜」、「樂」搭配均作「喜悅」義，故喜愛語義場的「喜 2」、「樂 2」、「好」不受「相」修飾。「愛」、「愛樂」、「愛念」則受「相」修飾，並以「愛念」用例最多，此外，情狀副詞有「共相」、「互相」，這也是受到雙音節化的影響。

「樂 2」、「喜 2」、「好」帶謂詞性賓語及無生名詞賓語，「愛」只帶名詞性賓語，其性質可以是有生名詞賓語，也可以是無生名詞賓語。

綜上而言，中古佛經喜悅語義場的複合結構，有以「近義」、「類義」跨語義場的並列複合方式構成新詞，如「愛慕」、「愛重」、「愛戀」、「愛親」、「悅愛」、「貪嗜」。有同素異序現象，如「喜好／好喜」、「喜愛／愛喜」、「愛悅／悅愛」、「愛重／重愛」、「愛親／親愛」。其主要句式爲「(Subject) ＋V＋(Object)」。

在概念意義方面，「喜 2」、「愛」、「樂 2」、「好」、「嗜」都有喜愛的意思。在上古時，「愛」本指人與人之間的感情，賓語主要是人跟表示人的名詞。「喜 2」、「樂 2」是從喜悅義引申而來，其途徑即從不帶賓語轉爲帶賓語，「喜 2」既是受到「喜 1」引申，在意義上較強調「內在自發的情緒」。「樂 2」既是受到「樂 1」引申，在意義上其喜愛程度較「喜 2」強，且喜愛之義是受到外在環境影響使然。「好」是認為某種事物好，思想情感對於那件事物產生興趣的意思。所表現的是內在的愛好。從句例觀察「嗜」詞群後接賓語，其後均接無生名詞賓語，「酒肉」、「罪事」、「美味」就佛家而言，均為「某種不好的事物／習慣」。

在色彩意義部分，喜愛語義場主要成員多為正面義，與現代漢語相同，然而「嗜」詞群有負面義，而「愛」詞群則受上下文影響，時有佛教染著義。

綜上而言，在上古漢語時，「好、嗜、樂」為一組，後接無生名詞；「愛、悅、喜」是一組，可接有生名詞與無生名詞。在中古佛經裡，其賓語性質可分有生名詞與無生名詞，然而之間的界線已含糊不清。況且，這些詞在詞義上已有含混不清的情況，即使在句例閱讀上，仍有模稜難辨之處。然而，在佛經材料裡，筆者認為語法意義即能彰顯其間義素的差異。

本語義場的 5 個詞群詞素裡，這些義位雖然同時包含〔喜愛〕義素，在其他義素表現上還是有些不同，以義位結構簡要表現如下：

<table>
<tr><th>義　位</th><th>〔動作〕</th><th>〔情緒對象〕</th><th>〔說明〕</th></tr>
<tr><td>喜 2</td><td>表示喜愛</td><td rowspan="2">一切人事物</td><td rowspan="2">具有貪著負面義</td></tr>
<tr><td>愛</td><td>表示喜愛</td></tr>
<tr><td>好</td><td>表示喜愛</td><td rowspan="2">事物</td><td></td></tr>
<tr><td>嗜</td><td>表示喜愛</td><td>具有貪著負面義</td></tr>
<tr><td>樂 2</td><td>表示喜愛</td><td>一切人事物</td><td></td></tr>
</table>

第四章　中古佛經情緒心理動詞之負面語義場

所謂負面心理是指憤怒、怨恨、懼怕、憂苦等造成人們心理負擔的一種隱性意味的活動，陳克炯（2000：205）將這類詞稱爲「負面心理動詞」。

陳氏並將其分成五個小系，即：「憐」系、「怨」系、「厭」系、「憂」系、「懼」系；邵丹（2006）分爲「憤怒」、「怨恨」、「驚駭」、「懼怕」四個語義場。其中，邵氏區分的「驚駭」、「懼怕」兩個語義場，對於二者意義界線並未有清楚說明，在成員劃分裡有許多重疊之處。以其在上古的討論爲例：「驚駭」語義場裡有「奇、驚、怪、愕、駭、異、驚愕、驚駭、驚動、愕然、震驚」；在「懼怕」語義場有「畏、恐、懼、憚……」等屬於該義場的義位與義叢外，還出現「驚駭」、「恐駭」、「驚怖」、「驚恐」等詞。故筆者將二者合一討論。

筆者參考前賢說法及中古佛經的負面情緒心理動詞的分佈概況，依其詞義暫將本章討論的負面語義場可類分爲「憤怒、怨恨、懼怕、憂苦」四個，將於下文分列各節討論。

4.1 表「憤怒」義的語義場

在中古佛經裡，屬憤怒語義場的成員有 19 個，「憤」在漢魏六朝佛經無單音節用例，均與其他構詞語素組合，故筆者將「嗔憒」等歸於其他詞群討論。「慍」僅有單音節用例，未有其他組合結構，故僅於最後與整個義場討論。以下依其形式分為「怒」、「忿」、「嗔」、「恚」四個詞群討論。

4.1.1 以「怒」構成的詞群

表格說明：

表格左方一、二欄為義素，從語法意義、概念意義及色彩意義三方面切入，第二欄為義素。上方橫列第一欄為義位與義叢。分析過程以「＋」、「－」表示可否搭配／有無此義素。

表 4.1-1 以「怒」構成詞群的義素分析

義素＼義位與義叢		怒	忿怒
語法意義	〔主語〕	＋	－
	〔定語〕	＋	－
	〔謂語〕	＋	＋
概念意義	〔生氣、不悅〕	＋	＋
	〔以舉止言語外顯〕	＋	＋
	〔受事對象為「人」〕	＋	－

以「怒」構成的詞群成員有兩個，其中以「怒」用例較多，「忿怒」僅有 7 例。在觀察語料裡，出現「婬怒癡」一詞，且共有 563 次之多。根據《佛學大辭典》提到：「(術語）是舊譯之稱。新譯謂之貪瞋癡，三毒之煩惱也。涅槃經五曰：「無量劫中，被婬怒癡煩惱毒箭，受大苦切。」此為佛教名相，且為固定翻譯形式。「婬」與「貪」同指，「怒」與「嗔」同指，由此可知翻譯語言在不同時代的差異。然不將其列入義場討論範圍。

以下分別進行說明：

一、語法意義

從語法功能來看，「忿怒」在中古均不作主語、定語，「怒」在句子裡擔任主語、定語功能。如：

（例 1）云何為二十一結。瞋心結。恚害心結。睡眠心結。調戲心結。

疑是心結。怒爲心結。忌爲心結。惱爲心結。疾爲心結。憎爲心結。無慚心結。無愧心結。幻爲心結。姦爲心結。僞爲心結。諍爲心結。憍爲心結。慢爲心結。妬爲心結。增上慢爲心結。貪爲心結。諸比丘。若有人有此二十一結染著心者。當觀其人必墮惡趣。不生善處。（125・573c）

（例 2）有近之者。瞋恚猛盛。怒眼視之。能令使死。遂之聞於頻婆娑羅王。（200・228a）

從句例觀察，其擔任主語功能，用以表示清靜根器／蘊識不清明。如句例 1.「怒／忌／惱爲心結」所指的「結」即爲鬱塞不通的思維這樣的用例在佛經裡很常見。「怒」擔任定語功能，如例 2.修飾後接名詞「眼」，表示忿怒的眼神。

「怒」、「忿怒」在句子裡最常擔任的是述謂功能，其句法格式如下：

怒

1. Subject＋（無／不／大／極）＋怒＋（Object）

（例 3）有一男子。還益倍價。獨得珠去。女人不得。心懷瞋恨。又從請求。復不肯與。心盛遂怒。我前諧珠。便來還奪。又從請求。復不肯與。（154・076b）

（例 4）此曹高士。口之所陳。皆是諸佛之遺典也。令人去惡就善。恩倍於親。百有餘分。使人壽終不墮三塗。常當慈心恭肅向之。寧洋銅灌口。利刀截舌。愼莫謗毀此清潔之人。寧自斷手。莫加之痛。寧自剖腹。出心燒之。無怒此人。設使愚者見佛經道。明知去就。由遠頑闇之群。馳就賢者之眾。講受聖典。以成高德。（493・757c）

其後可不接賓語，如句例 3.，亦可接賓語，如句例 4.。

忿怒

1. Subject＋（不／大／甚大）＋忿怒

（例 5）龍大忿怒。身皆火出。佛亦現神。身出火光。（185・481a）

不接賓語，如句例 5.。

與狀語搭配方面，「怒」、「忿怒」同樣不與情狀副詞／範圍副詞搭配，但與否定副詞「怒」、「忿怒」與「不／無」搭配，如上頭所舉的句例 6.與以下句例 8.～9.，「無怒此人」、「不嗔不怒」、「不忿怒」均然。

（例 6）賓耆白佛。瞿曇。我聞古昔婆羅門長老宿重行道大師所說。如來。應等正覺。面前罵辱。瞋恚訶責。不瞋不怒。而今瞿曇有瞋恚耶。（099．307b）。

（例 7）云何無恚善根。若少眾生多眾生。此眾生。不傷害。不繫縛。不縛閉。不作種種苦。不瞋不重瞋。究竟不瞋心。不應瞋。不忿怒。不橫瞋。不憎惡。不惱亂心。不相憎惡。憐愍利益眾生。及餘法不瞋不恚不重恚究竟不恚心不應恚不忿怒不橫瞋不憎惡不惱亂心不瞋恚不相憎惡憐愍利益法。是名不恚善根。（1548．571b）

「怒」、「忿怒」均與程度副詞搭配，其中以「大」的搭配比例最高，分別有 13 例與 4 例，如：

（例 8）時王大怒。勅其有司令兀其手足棄於塚間。時治罪者。即於塚間兀其手足仰臥著地。（1425．235a）

（例 9）我昔曾聞。婆須王時有一侍人名多翅那迦王所親愛。爲讒謗故繫於獄中。又更讃毀。王大忿怒遣人殺之。（201．302a）

與「極」搭配僅有「怒」一例：

（例 10）彼地獄主。若以杵枷。若以大斧。若以惡火。極怒急瞋。種種苦逼。既生如是地獄之中。復受種種極重苦惱。（721．030b）

與「甚大」搭配亦僅「忿怒」一例：

（例 11）爾時彼王聞是語已甚大忿怒。語尊者言。汝非離欲人。何緣與此宮人共坐。勅左右執此比丘。剝脱衣服唯留內衣。以棘刺杖用打比丘。（201．323c）

若從程度副詞內部存在的量級差別來看，「怒」、「忿怒」與「極」類表示程度達到極點的搭配頻率低，與「甚」類的「大」搭配頻率最高，亦可見其忿怒的程度僅超過一般，並未達到極點。

二、概念意義

首先引辭書與中土文獻約略瞭解其概念意義：

怒　《說文・心部》:「怒，恚也。从心，奴聲。」朱駿聲《說文通訓定聲》:「與左形右聲字別。」《字匯・心部》:「怒，恚也，憤也。」「《周語》:「怨而不怒。」注：「作氣也。」又如：《詩・邶風・柏舟》:「薄言往愬，逢彼之怒」。

（一）「怒」、「忿怒」都有〔＋生氣、不悅〕之義。如：

（例 12）有近之者。瞋恚猛盛。怒眼視之。能令使死。遂之聞於頻婆娑羅王。（200・228a）

（例 13）若從阿修羅終生人中者。當有是相。智者應知。高心我慢常喜忿怒。好樂鬪諍挾怨不忘起增上慢。其身洪壯眼白如犬。齒長多露。勇健大力常樂戰陣。亦喜兩舌破壞他人。踈齒高心輕蔑他人。所造書論他人雖知語巧微密。亦有智力及煩惱力樂自養身。（310・411c）

句例 12.意指「有接近此輩高士的人，高士則嗔怒凶猛，以『忿怒的』眼神看他，能讓對方致死。」句例 13.意指「如果從阿修羅轉生爲人的，就有阿修羅的相貌……，內心高慢常喜歡『生氣』」。

（二）「怒」、「忿怒」同樣具有〔＋以舉止言語外顯〕的義素，如：

（例 14）爾時彼王聞是語已甚大忿怒。語尊者言。汝非離欲人。何緣與此宮人共坐。勅左右執此比丘。剝脱衣服唯留內衣。以棘刺杖用打比丘。（201・323c）

（例 15）此諸鬼神龍者。皆是世人所爲。射獵屠殺魚網。中毒死者。其魂神或墮海中爲龍。或爲有力太神化生之類。皆知宿命。忿怒宿怨。因作霧露吐惡毒氣。雨其國中。（493・757b）

（例 16）龍大忿怒。身皆火出。佛亦現神。身出火光。（185・481a）

句例 14.意指「當時大王聽到這段話之後非常生氣，對尊者說……。」是生氣藉由語言外顯；句例 15.這些鬼神龍者……都知道他們的宿命，對於先前的怨恨非常生氣，因此而興作雲霧雨露，吐出惡毒之氣，讓國家下雨。」句例 16.「龍非常生氣，從身體冒出火來」這是指生氣的情緒藉由行動外顯，同時也可看出情緒之高張。

（三）「怒」具有〔＋受事對象爲「人」〕的義素，如句例 17.：

（例 17）此曹高士。口之所陳。皆是諸佛之遺典也。令人去惡就善。恩倍於親。百有餘分。使人壽終不墮三塗。常當慈心恭肅向之。寧洋銅灌口。利刀截舌。愼莫謗毀此清潔之人。寧自斷手。莫加之痛。寧自剖腹。出心燒之。無怒此人。設使愚者見佛經道。明知去就。由遠頑闇之群。馳就賢者之眾。講受聖典。以成高德。（493・757c）

三、色彩意義

最後說明色彩意義。

「怒」、「忿怒」二者的概念意義相同，均指「藉由言行外顯的忿怒不悅之情」。唯一區別的是，「怒」具有〔＋受事對象爲「人」〕的義素，且語法意義上可看出其間的約略差異。其色彩意義均爲負面。

4.1.2 以「忿」構成的詞群

以「忿」構成的詞群成員共 5 個。其中「忿怒」已於「怒」詞群討論，因此本小節討論其餘 4 個；又「忿恨」一詞由憤怒語義場「忿」與怨恨語義場「恨」共同組成，故分列兩個語義場。

表 4.1-2 以「忿」構成詞群的義素分析

義素 ＼ 義位與義叢		忿	忿恚	忿諍	忿恨
語法意義	〔主語〕	＋	－	－	－
	〔定語〕	－	＋	－	＋
	〔謂語〕	＋	＋	＋	＋
概念意義	〔生氣、不悅〕	＋	＋	＋	＋
	〔外顯於言行舉止〕	＋	＋	＋	＋
	〔爭奪〕	－	－	＋	－
	〔怨恨〕	－	－	－	＋

一、語法意義

在漢魏六朝佛經裡，以「忿」構成的詞群成員均不作狀語，僅有「忿」擔任主語功能。如：

（例 1）瞋相續生名爲忿。於可欲不可欲應作不作非作反作。忿相續生名爲恨。爲欺彼故現承事相名爲誑。（1552・881c）

在中古佛經裡，情緒心理動詞作主語，多爲解釋佛教名相所用。「忿」詞群成員均作賓語功能，如：

（例 2）於是摩男。爲國人民遭大厄故。辭行入池。解髮繫樹。自沈于水。良久不還。王大怪焉。遂遣左右。往求料索。於樹根下。得其尸喪。出殯池側。王甚憐之。有慈哀心。用門族故。自沈而死。其義若茲。吾爲國主。不忍小忿。豈當急戰。使所害彌熾乎。（513・785a）

（例 3）爾時最勝菩薩復白佛言。云何修成菩薩於五住中當淨其地。佛告最勝。修成大士常當遠離居家財業。亦莫親近頻頭彌淫材。修善功德念除憎嫉。遠離俗會世間因緣。當念和合遠離忿諍。言當護口無亂彼此。常當自卑不懷貢高。雖多伎術不輕篾人。斷除無明消滅五陰。息老病死諸所作爲。（309・973a）

分別作爲「忍」、「遠離」等行動動詞的賓語。「忿恚」與「忿諍」擔任定語功能，如：

（例 4）爾時破戒比丘徒眾。即共斷是阿羅漢命。善男子。是時魔王因是二眾忿恚之心。悉共害是六百比丘。（374・474a）

（例 5）我有智慧。此忍辱是智慧處。我有忿恨毒。此忍辱是我却毒藥。如是觀忿恨過患及忍辱功德。令心受持。我當向忍辱。人有惡罵我當忍辱。我當軟無憍慢。（1648・435b）

例 4～5 是以心理動詞作定語功能修飾後接名詞，解釋作「忿恚的心」、「忿恨之毒」。

以「忿」構成的詞群成員，在句子裡主要擔任述謂功能。其句法格式，描寫如下：

忿

1. Subject＋（不）忿＋（Object）

（例 6）爾時。國王忿諸大臣。即持利劍。殺五百大臣。（099・163b）

（例 7）一切時忍。自體實忍。非因緣故。如是不瞋。如是不忿。王若如是。心懷忍辱。功德因緣。於現在世。常得安樂。（721・317b）

本詞群成員裡，只有「忿」可作及物動詞，後接賓語，且以名詞性爲主。如句例 6.，然多數爲不及物用法，如句例 7.，並可以副詞作狀語修飾。

忿恚

1. Subject＋（不）忿恚

（例 8）彼諸菩薩摩訶薩等。威德力故。令此世界若干地獄。若干畜生。若干餓鬼。所受苦惱皆得休息。無一眾生貪欲所惱。亦復不爲恚癡所惱。無有嫉妬。無幻僞者。無諂曲者。無憍慢者。亦不自是。亦不忿恚。亦不熱惱。一切眾生慈心相向。甚有愛念皆悉和順。（341・117b）

2. 令＋Object＋忿恚

（例 9）若我夫瞋苦治我罪。驅出門者汝當取我。答言。可爾。時彼婦人便故惱其夫。令其忿恚。苦治驅出。（1425・272b）

忿諍

1. Subject＋（不／常／恆／共）忿諍

（例 10）若人忿諍。詣塔要誓。則得其便。能示惡夢。以怖眾人。若有異人。遭諸惡事。求其恩力。言此鬼神。有大威德神通夜叉。以花鬘上之。（721・095b）

（例 11）佛在舍衛國祇樹給孤獨園。爾時有二國王。常共忿諍。多害民眾。晝夜陰謀。無有休息。（200・207a）

（例 12）佛在舍衛國祇樹給孤獨園。時波斯匿王及阿闍世。恒共忿諍。各集四兵。象兵馬兵車兵步兵。而共交戰。（200・207b）

以「忿」構成的詞群成員，均與狀語搭配，然而就副詞搭配來看，僅有「忿諍」不與否定副詞「不」搭配，句例 11～12 以非同類的時間副詞「常／恆」與範圍副詞「共」連用作爲狀語，用來修飾後接謂語。

忿恨

1. Subject＋（不／恆）忿恨

（例 13）復次若人恒忿恨。或殺父母。或殺阿羅漢。或破僧。或惡心出佛身血。如是作可畏事。如是當觀。（1648・435a）

（例 14）菩薩摩訶薩行慈。於一切眾生。依饒益彼眾生。惡語罵詈。成忍辱不忿恨。（1648・436c）

以「忿」構成的詞群成員在語法意義上有所異同，從主語功能與述謂功能的及物性來看，「忿」獨自爲一類，其餘爲一類；然而，「忿諍」常作賓語與謂語，不作定語用，與「忿恨」、「忿恚」不同。

二、概念意義

忿，《說文・心部》：「忿，悁也。从心，分聲。」《玉篇・心部》：「忿，恨也，怒也。」《易・損》：「君子以懲忿窒欲」。丁福保《佛學大辭典》：「(術語) 小煩惱地法之一。二十隨煩惱之一。心所名。向有情非情之心，令自心憤怒之精神作用也。」爲佛教專有術語，又爲「恨」之起源。在中古佛經裡的概念意義如下：

（一）本詞群之詞群成員，都具有〔＋生氣、不悅〕之義。如：

（例 15）於是摩男。爲國人民遭大厄故。辭行入池。解髮繫樹。自沈于水。良久不還。王大怪焉。遂遣左右。往求料索。於樹根下。得其尸喪。出殯池側。王甚憐之。有慈哀心。用門族故。自沈而死。其義若茲。吾爲國主。不忍小忿。豈當急戰。使所害彌熾乎。（513・785a）

（例 16）時。摩納聞世尊稱卿。又聞未被調伏。即生忿恚。毀謗佛言。此釋種子。好懷嫉惡。無有義法。佛告摩納。諸釋種子。何過於卿。（001・082b）

（例 17）又若聞人發麁獷辭。以護眾生不興忿恨。設有刀杖加身瓦石

打擲。護於後世而不懷害。節節解身不以憂感。將順道故。見人求乞不起瞋恚。濟四恩故發于慈心。（310・659c）

（例 18）爾時最勝菩薩復白佛言。云何修成菩薩於五住中當淨其地。佛告最勝。修成大士常當遠離居家財業。亦莫親近頻頭彌淫材。修善功德念除憎嫉。遠離俗會世間因緣。當念和合遠離忿諍。言當護口無亂彼此。常當自卑不懷貢高。雖多伎術不輕篾人。斷除無明消滅五陰。息老病死諸所作爲。（309・973a）

句例 15.大意是「我身爲國王，不忍住一點小小的忿怒，哪裡該急忙應戰，使得損傷慘重？」句例 16.大意是「當時。摩納聽說世尊稱卿。又聽說未被調伏。心裡就產生忿怒的情緒，毀謗佛說……。」句例 17.大意是「又像聽人說粗獷的言詞，捍護眾生不使（眾生）產生忿怒之心」。句例 18.意指「心念和合而遠離忿怒的情緒，說話應該護口不擾亂彼此」。由這幾個例子解釋來看，都是由於「產生忿怒」的情緒，因而引發言行動作出現；或因爲遠離忿怒的情緒，因而保守收斂言行。

（二）本詞群之詞群成員，均具有〔＋外顯於言行舉止〕之概念意義。如：

（例 19）復次若人恒忿恨。或殺父母。或殺阿羅漢。或破僧。或惡心出佛身血。如是作可畏事。如是當觀。（1648・435a）

（例 20）時。摩納聞世尊稱卿。又聞未被調伏。即生忿恚。毀謗佛言。此釋種子。好懷嫉惡。無有義法。佛告摩納。諸釋種子。何過於卿。（001・082b）

（例 21）佛在舍衛國祇樹給孤獨園。爾時波斯匿王。及梵摩達王。常共忿諍。各將兵眾。象兵馬兵車兵步兵。住河兩岸。各立欄相。夫人月滿。各生男女。端政殊妙。王大歡喜。擊鼓唱令。集諸兵眾。賞賜財物。等同歡慶。求相和解。共爲姻婚。（200・241c）

（例 22）佛在舍衛國祇樹給孤獨園。爾時有二國王。常共忿諍。多害民眾。晝夜陰謀。無有休息。（200・207a）

（例 23）時。摩納聞世尊稱卿。又聞未被調伏。即生忿恚。毀謗佛言。此釋種子。好懷嫉惡。無有義法。佛告摩納。諸釋種子。何過於卿。（001・082b）

（例 24）又若聞人發麁獷辭。以護眾生不興忿恨。設有刀杖加身瓦石打擲。護於後世而不懷害。節節解身不以憂感。將順道故。見人求乞不起瞋恚。濟四恩故發于慈心。（310・659c）

其中「忿諍」一詞還有「互相爭執」之義，如句例 21.～22.是指「兩個國王，經常互相忿怒相爭。」而「忿恨」一詞具有「怨恨」義，且其忿怒程度較另外三組詞強大，如：

（例 25）復次若人恒忿恨。或殺父母。或殺阿羅漢。或破僧。或惡心出佛身血。如是作可畏事。如是當觀。（1648・435a）

由此可知，以「忿」構成的詞群成員裡，「忿」與「忿恚」概念意義相同，「忿恨」與「忿諍」的情緒程度較強，且分別有「怨恨」與「相爭奪」的義素。

三、色彩意義

最後說明色彩意義。

以「忿」構成的詞群成員均有「生氣、不悅」義，進而藉以言行舉止外顯，且「忿恨」有恨義，「忿諍」有「爭奪」之義，其色彩意義均爲負面。

4.1.3 以「嗔」構成的詞群

「嗔」與「瞋」在佛教典籍及中土文獻裡，皆用以表憤怒義，然而在筆者考察中古佛經裡多作「瞋」字。《說文・口部》：「嗔，盛气也。从口，眞聲。《詩》曰：『振旅嗔嗔。』」「謓」，《說文》：「恚也，或从口。」段玉裁注：「嗔，今俗以爲謓恚字。」後來「嗔」代「謓」表示「生氣、忿怒」，又同「瞋」，指「不滿地用眼睛瞪大著」之意。《佛光大辭典》未收「嗔」字，對「瞋」字解釋爲：「又作瞋恚、瞋怒、恚、怒。……係指對有情（生存之物）怨恨之精神作用。」〔註 1〕在中古佛經裡又作「瞋」，佛經當作『嗔』。後誤作張目之『瞋』。

〔註 1〕關於《佛光大辭典》頁 6114 裡提到「瞋」字解釋爲：「又作瞋恚、瞋怒、恚、怒。音譯作醍鞞沙。心所（心的作用）之名。爲三毒之一。係指對有情（生存之物）怨恨之精神作用。於俱舍宗屬不定地法之一，於唯識宗屬煩惱法之一。據俱舍論

『嗔』，盛身中之氣使之闐滿。可知此字本義較符合「對違背己情之有情生起憎恚，使身心熱惱，不得平安之精神作用」之佛經用法。『嗔』的另一個寫法是『瞋』。『瞋』只有『張目』之義。不像『嗔』可指心神的作用。《佛光大辭典》只收『瞋』，漏收『嗔』不妥。

故筆者均列入同一詞群討論，並以「嗔」字表示「嗔／謓／瞋」，於各義位與義叢裡仍以佛經原有標字爲主。

由「嗔」構成的詞群成員，在漢魏六朝佛經裡有 7 個，其中「嗔恨」主要表怨恨義，於怨恨語義場討論，本詞群僅討論 6 個；「嗔恚怒」僅有 4 個句例。

表 4.1-3 以「嗔」構成詞群的義素分析

義素 ＼ 義位與義叢		嗔	嗔怒	嗔忿	嗔憤	嗔恚	*嗔恚怒
語法意義	〔主語〕	＋	－	－	－	－	－
	〔賓語〕	＋	＋	＋	－	＋	－
	〔謂語〕	＋	＋	＋	＋	＋	＋
概念意義	〔生氣、不悅〕	＋	＋	＋	＋	＋	＋
	〔受事對象爲「人」〕	＋,－	－	－	－	＋,－	－

以下進行義素分析之際，分別就其語法意義、概念意義、色彩意義三方面解說。

卷十六、成唯識論卷六所載，對違背己情之有情生起憎恚，使身心熱惱，不得平安之精神作用，名爲瞋。又忿、恨、惱、嫉、害等隨煩惱，皆以瞋之部分爲體，是爲六根本煩惱（或十隨眠）之一。以其不屬推察尋求之性質（見），作用遲鈍，故爲五鈍使之一。與貪、癡兩者，共稱爲三毒（三不善根）。亦屬五蓋、十惡之一。瞋唯屬欲界所繫之煩惱，於色界、無色界則無。貪乃從喜愛之對境所起，反之，瞋則從違逆（不順心）之對境所起。瞋，爲修學佛道上最大之障害，經論中常誡之，如大智度論卷十四（大二五‧一六七中）：「瞋恚其咎最深，三毒之中，無重此者；九十八使中，此爲最堅；諸心病中，第一難治。」「無瞋」即對境不起害心，爲對治瞋之精神作用，屬俱舍宗十大善地法之一、唯識宗善心所之一，與無貪、無癡共稱三善根，又爲四無量心中之慈無量心之體。〔雜阿含經卷二十七、卷二十八、悲華經卷六、大毘婆沙論卷二十七、卷三十四、卷四十四、卷四十八、顯揚聖教論卷一、順正理論卷四十、阿毘達磨藏顯宗論卷二十五、俱舍論光記卷十六、成唯識論述記卷六末〕」。

一、語法意義

從語法功能來看，均不擔任狀語功能，僅有單音節「嗔」作主語，如：

（例 1）若聞說苦則生憎恚。又此貪能緣滅諦。瞋亦能憎恚泥洹。亦以泥洹生自高心。道亦如是。（1646・324a）

此爲解釋佛教名相的經文，指「瞋怒也能憎恚涅槃」，以「嗔」作主語，「憎恚」爲主要動詞，「泥洹」爲受事賓語。

就擔任賓語功能來說，「嗔憤」、「嗔恚怒」不作賓語。「憤」常出現在古代中土文獻裡，《說文・心部》：「憤，懣也。从心賁聲。」《論語・述而》：「不憤不啓，不悱不發。」朱熹注：「憤者，心求通而未得之意。」邵丹（2006：76）提到：「《宋書》中使用『憤』的出現頻率極高，但大部分是用在很文言的地方，例如上疏、詔書等。」筆者認爲在佛經裡，因爲較爲口語，無「憤忿」而有「忿怒」。「嗔憤」與「嗔恚怒」因用例少，故無賓語用法。其餘義位與義叢均擔任賓語功能，如：

（例 2）於彼法中有一比丘。常行勸化。一萬歲中。將諸比丘。處處供養。於後時間。僧有少緣。竟不隨從。便出惡罵。汝等佷戾。狀似毒龍。作是語已。尋即出去。以是業緣。五百世中。受毒龍。身心常含毒觸嬈眾生。今雖得人。宿習不除。故復生瞋。（200・250b）

（例 3）如是曹人。矇冥抵突。不信經語。各欲快意。心不計慮。愚癡於愛欲。不解於道德。迷惑於瞋怒。貪狼於財色。坐之不得道。當更勤苦。（362・312b）

（例 4）佛在舍衛國祇樹給孤獨園。時彼城中有一長者。字婆持加。甚大惡性。喜生瞋恚。無有一類與共親善。（200・205b）

此詞群成員亦均擔任定語功能，用以修飾後接名詞，如：

（例 5）當於如來解脫中求。不懷瞋法而求之矣。（589・114c）

（例 6）世尊仁慈意向象。醉勢解無瞋怒心。兩膝跪地。以舌舐如來足（1464・872b）

（例 7）善男子。欲令出家之過悉在諸天。故有眷屬諸親。或見菩薩

出家。便生瞋憤之心。（310・602a）

在謂語功能方面，本詞群成員多不接賓語，如：

（例 8）時國王瞋。此比丘尼。棄家遠業。爲佛弟子。既不能暢歎譽如來無極功德。反還懷妬。誹謗大聖乎。（154・076b）

（例 9）其心瞋怒有所眾貪。汲汲于欲貢高自大。諸所不可皆悉盡索。將爲菩薩常護是心。業力故。閻魔羅人聞其吼聲。倍更瞋怒。（403・587c）

其中，僅有「嗔」、「嗔恚」可接賓語。如：

（例 10）波逸提若比丘瞋他比丘不喜僧房。舍內若自牽出。（1430・1026b）

（例 11）佛言。我但惜若身念若子孫。後世皆當復法效若曹所爲。諸尼揵皆瞋恚佛所言。王萍沙用是沙門瞿曇。爲內國中。（054・849a）

句例 10.裡，「嗔」後以「他比丘」作賓語；句例 11.「嗔恚」後接主謂結構作賓語「佛所說的話」。故本詞群句法格式可寫作，其句法格式寫作「Subject＋V＋（Object）。

就「嗔」構成的詞群成員用例看來，其語法意義大致相同。「嗔」字被用以作爲解釋佛教名相所用而擔任主語功能。「嗔憤」、「嗔恚怒」因用例少，找不到其作爲賓語的用例，故表 4.1-3 語法意義欄標示爲不作賓語。

二、概念意義

首先引辭書及中土文獻約略瞭解其概念意義：「嗔」在《說文・口部》提到：「嗔，盛气也。从口，真聲。《詩》曰：『振旅嗔嗔。』」「謓」，《說文》：「恚也，或从口。」段玉裁注：「嗔，今俗以爲謓恚字。」後來「嗔」代「謓」表示「生氣、忿怒」，又同「瞋」，指「不滿地用眼睛瞪大著」之意。「嗔忿」一詞在《漢語大詞典》作「忿怒怨恨」解，以《百喻經・獼猴喻》解釋：「凡夫愚人亦復如是。先所嗔人，代謝不停，滅在過去，乃於相續後生之法，謂是前者，妄生瞋忿，毒恚彌深。」「嗔憤」《漢語大詞典》未收，然而《說文・心部》解釋「憤」字提到：「憤，懣也。从心賁聲。」《論語・述而》：「不憤不啓，不悱不發。」朱熹注：「憤者，心求通而未得之意。」「嗔怒」於《漢語大詞典》作「忿怒怨恨」解。《後漢書・方術傳・華陀》：「太守果大怒，令人追殺陀，不及，因瞋怒，吐黑血數升而愈。」「*嗔恚怒」《漢語大詞典》失收，東漢・安世高譯《佛說八正道經》：「第二諦念爲何等。所意棄欲棄家不嗔恚怒不相侵。是爲諦念。」（112・505a），其義應解釋爲「生氣、不悅」。

然而，在中古佛經裡，以「嗔」構詞的詞群成員具有何種概念意義？

（一）本詞群裡，六個詞群成員均具有「生氣、不悅」的概念意義。如：

（例 12）假使行者坐於寂定。人來撾捶。刀杖瓦石以加其身。當作是觀。名色皆空。所捶可捶。悉無所有。本從何生。誰爲瞋者。向何人怒。我宿不善得致此患。設無名色無緣遭厄。我若欲瞋報其人者。眾怨甚多不可悉報。（606・200a）

（例 13）若瞋恚者令修忍辱。其懈怠者使住精進。散亂心者教修禪定。其愚癡者令修智慧。不定乘者勸學聲聞。著我眾生教緣覺乘。（405・651a）

（例 14）第二諦念所意起者爲失意。欲棄家者爲念道。不瞋恚怒者爲忍辱。不相侵者當正意。（112・505b）

（例 15）若有非聖凡下之人。獷戾自高性常瞋怒。於多人所現大瞋恚。當知是人身壞命終墮於地獄。（397・357c）

（例 16）此欲界多結非是法法想。如瞋憤不語。依誑諂高害。此非是法法想。（1547・434b）

（例 17）菩薩若瞋不應加惡。若以手打或杖或石惡聲罵辱。或時無力不能打罵心懷瞋忿。若爲他人之所打罵。前人求悔不受其懺。故懷瞋恨增長不息心不淨者。是名菩薩第七重法。（1583・1015a）

從句例來看，例 12.～17.均指「生氣、不悅」的情緒，丁福保《佛學大辭典》：「（術語）又云嗔恚。三毒之一。梵曰訖羅馱 Krodha，於苦與苦具憎恚，謂之瞋。使身心熱惱，起諸惡業者。唯識論六曰：「云何爲瞋？於苦苦具憎恚爲性，（中略）瞋必令身心熱惱起諸惡業。」大乘義章五本曰：「忿怒爲瞋。」遺教經曰：「瞋心甚於猛火，常當防護，無令得入。劫功德賊，無過瞋恚。」

決定毘尼經曰：「寧起百千貪心，不起一瞋恚，以違害大慈莫過此故。」往生要集中曰：「或處經云：能損大利無過瞋，一念因緣悉焚滅俱胝廣劫所修善。」（同指髦鈔曰未知何說）。」

（二）「嗔」、「嗔恚」具有〔＋受事對象爲「人」〕的概念意義，如：

（例 18）波逸提若比丘嗔他比丘不喜僧房。舍內若自牽出。（1430・1026b）

（例 19）佛言。我但惜若身念若子孫。後世皆當復法效若曹所爲。諸尼揵皆嗔恚佛所言。王萍沙用是沙門瞿曇。爲內國中。（054・849a）

「嗔怒」、「嗔憤」、「嗔恚怒」、「嗔忿」僅用以表達主體的情緒。

三、色彩意義

最後說明色彩意義。

總而言之，以「嗔」構成的詞群成員，均有「生氣、不悅」之義，然而，根據筆者觀察，其概念意義並無差異。「嗔恚」是中古佛經裡，最活躍的忿怒語義場成員，與「嗔忿」意義相同，僅在語法功能上略有差異——「嗔恚」可及物可不及物，「嗔忿」僅作不及物用，其色彩意義均爲負面。

4.1.4 以「恚」構成的詞群

由「恚」構成的詞群成員，在中古佛經裡有 4 個。其中，「恚恨」一詞跨類怨恨語義場，故分別羅列；又「恚悔」僅古譯時代《六度集經》一例，在句例討論上不免重複。

表 4.1-4 以「恚」構成詞群的義素分析

義素 ＼ 義位與義叢		恚	恚恨	恚怒	恚悔
語法意義	〔賓語〕	－	＋	－	－
	〔定語〕	＋	＋	＋	－
	〔謂語〕	＋	＋	＋	＋
概念意義	〔生氣、不悅〕	＋	＋	＋	＋
	〔後悔〕	－	－	－	＋

以下進行義素分析之際，分別就語法意義、概念意義、色彩意義三方面解說。

一、語法意義

就語法功能來看，以「恚」構成的詞群成員均不作主語與狀語，僅有「恚恨」擔任賓語功能。如：

（例 1）又其名號，亦無所住亦不不住，猶如呼聲、響、影、野馬、芭蕉水月、幻、化，察其本末都不可得，不起不滅，猶如水影，無所染污亦無恚恨。眼耳鼻口身意，色聲香味細滑法，十八種，十二因緣，法界、本際法法所趣，及寂然法，善惡禍福諸法之名，有爲法無爲法，有所爲無所有，有漏無漏，察其本末，法所從興都不可得，亦無所住亦不不住。（222・168a）

（例 2）如佛之教以法爲業。不貪衣食無有愛欲。廣度一切釋除恚恨。愍哀群生消却愚癡。不一切法諸魔埃垢。行權方便無邊之慧部分普勸。（381・973b）

除「恚悔」之外，均可作定語，修飾後接名詞。如：

（例 3）闓士行明度，不以恚意向人，不求人短，心無慳貪，不毀戒、懷恨、懈怠、迷亂，心無癡冥。學明度，爲照明諸度，悉入其門，道德備足。（225・501a）

（例 4）大王是瞋種。恚恨心所爲。無害無瞋怒。則正本所行。（154・101c）

（例 5）無戒者教令持戒。恚怒者教令忍辱。懈怠者教令精進。放恣者令護一心。邪智者令住正智。病瘦者給與醫藥。無護者爲作護。無所歸者爲受其歸。無救者爲作救樂。解導人一切如事爲作法護。（323・024c）

例 3～5 以「恚／恚恨／恚怒」修飾後接名詞「心意／心／的人」，其中，「恚恨」以擔任句子裡的定語爲主要語法功能。

以「恚」構成的詞群成員均能擔任句子裡的述謂功能身份，且其後均不接賓語，其句法格式可寫作「Subject＋V」。如：

（例 6）太子車馬衣裘身寶雜物。都盡無餘。令妻嬰女。己自抱男。處國之時施彼名象眾寶車馬。至見毀逐。未曾恚悔。和心相隨。歡喜入山。（152・009a）

（例 7）復次，須菩提！菩薩見眾生亂、意志不定、鬪諍怨恚，便教令忍辱、教令習羼。（221・131a）

在語法功能方面，可以類分爲三類：

1. 「恚悔」一類。

2. 「恚恨」一類。

3. 「恚」與「恚怒」語法功能相同，置於同類。

二、概念意義

首先引辭書與中土文獻以粗略釐清概念意義的輪廓：

「恚」在《說文・心部》解釋作：「恚，恨也。从心，圭聲。」《廣雅・釋詁》二：「恚，怒也。」《戰國策・齊策六》：「故去忿恚之心，而成終身之名。」《史記・淮南衡山列傳》：「衡山王以此恚，與奚慈、張廣昌謀，求能爲兵法候星者，日夜从容王密謀反事。」「恚恨」，於《漢語大詞典》作「憤恨怨恨」解。《史記・外戚世家》：「景帝怒曰：『是而所宜言邪！』遂案誅大行，而廢太子爲臨江王，栗姬愈恚恨，不得見，以憂死。」由此句例可見「恚恨」是種無法按耐壓抑的怒氣，是會壓抑致死的。「恚悔」於《漢語大詞典》作「悔恨」解。以較晚期的佛經《百喻經・欲食半餅喻》釋：「譬如有人，因其饑故，食七枚煎餅，食六枚半已，便得飽滿。其人恚悔，以手自打，而作是言：『我今飽足，由此半餅……設使半餅能充足者，應先食之。』」又其在中古佛經概念意義爲何？

（一）「恚」、「恚恨」、「恚怒」、「「恚悔」、這四組詞都有「忿怒」義，如：

（例 8）闓士行明度，不以恚意向人，不求人短，心無慳貪，不毀戒、懷恨、懈怠、迷亂，心無癡冥。學明度，爲照明諸度，悉入其門，道德備足。（225・501a）

（例 9）無戒者教令持戒。恚怒者教令忍辱。懈怠者教令精進。放恣者令護一心。邪智者令住正智。病瘦者給與醫藥。無護者爲作護。無所歸者爲受其歸。無救者爲作救樂。解導人一切如

事爲作法護。（323・024c）

（例 10）大王是瞋種。恚恨心所爲。無害無瞋怒。則正本所行。（154・101c）

（例 11）太子車馬衣裘身寶雜物。都盡無餘。令妻嬰女。己自抱男。處國之時施彼名象眾寶車馬。至見毀逐。未曾恚悔。和心相隨。歡喜入山。（152・009a）

句例 8.大意是「闓士行波羅密法，不用忿怒的心意對待他人」；例 9.大意是「沒有持戒的教他持戒，喜愛生氣的教他忍辱，懈怠的教他精進」；其中，例 10.指「大王的忿怒的源頭，是嗔怒心所爲，沒有損害沒有忿怒，就會依照正本而行」；例 11.「太子叫太太抱著女孩，自己抱著男孩，直到看見所有珍寶馬車都毀逐了，也不曾生氣難過，還心相隨入山去。

（二）由句例 11.可知：「恚悔」有「後悔」義。

此外，筆者認爲「恚恨」一詞，雖由「恚」與「恨」組合而成，然而，從中古佛經用例來看，所表達的是情緒，而並非一種「怨恨」的情感。如：

（例 12）亦若梵天所說微妙不懷綺飾。去淫怒癡無復憂感。終不惡顏恚恨向人。所造功德未曾忘失。隨其根本使至永安。（309・982a）

（例 13）迦葉復言。云何如來作二種說。佛言善男子。譬如有人執持刀劍以瞋恚心欲害如來。如來和悅無恚恨色。是人當得壞如來身成逆罪不。（374・396b）

句例 12.「終不惡顏恚恨向人」所指的「恚恨」應是「一種反映在外的情緒」；句例 13.「如來和悅無恚恨色」指「如來臉色和悅，沒有任何形於外的憤怒情緒」。

三、色彩意義

以「恚」構成的詞群成員均有「生氣、不悅」義，其色彩意義均爲負面。

小　結

筆者於本節將憤怒語義場依其形式分成四個詞群，並逐次依語法意義、概念意義、色彩意義進行義素分析。以宏觀的角度來看，同一語義場裡的不同詞群間異同如何呢？亦是值得討論的議題。

（一）「怒」詞群

《說文・心部》：「怒，恚也。从心，奴聲。」朱駿聲《說文通訓定聲》：「與左形右聲字別。」《字匯・心部》：「怒，恚也，憤也。」「《周語》：「怨而不怒。」注：「作氣也。」將「怒」解釋為「作氣也」，可看出古人將人類抽象情緒比喻作氣體充滿人體內。

「怒」具有「忿怒」之義，其產生乃由內在而外發，強調其進而外顯於言行舉止的情緒。就其情緒程度觀之，「怒」雖超過一般，卻還沒有達到極限。

（二）「忿」詞群

和「怒」一樣，從內而發，進而外顯的情緒。「忿」、「怒」有其共性，其殊異性為何呢？王鳳陽（1993：844）：「忿往往表現為火氣很大，感情衝動，以致於失去理智的控制。《禮記・大學》：『身有忿懥則不得其至。』怒則側重於雷霆大發的氣勢。」因此，「忿」與「怒」相較之下其程度高，表無可抑制、接近／到達極限。

（三）「嗔」詞群

「嗔」詞群亦表「生氣、忿怒」的情緒，《說文・口部》：「嗔，盛气也。从口，眞聲。《詩》曰：『振旅嗔嗔。』」「謓」，《說文》：「恚也，或从口。」段玉裁注：「嗔，今俗以為謓恚字。」後來「嗔」代「謓」表示「生氣、忿怒」。「謓」的本義就是上述「怒」字提到「憤怒」的「氣」，只是後來被「嗔」取代了。

（四）「恚」詞群

《說文》：「怒也。」《史記・外戚世家》：「景帝怒曰：『是而所宜言邪！』遂案誅大行，而廢太子為臨江王，栗姬愈恚恨，不得見，以憂死。」由此句例可見「恚恨」是種無法按耐壓抑的怒氣，是會壓抑致死的。

綜上而論，憤怒語義場裡的詞群依其結構論之，除語法意義的不同之外，在概念意義上雖然同時包含〔憤怒〕義素，也能清楚區別意義。

以下用義位結構簡要表現：

義位	〔動作〕	〔情緒對象〕	〔說明〕
怒	表示憤怒	一切人事物	中等程度的憤怒
忿	表示憤怒	一切人事物	程度較高且失去理智
嗔	表示憤怒	一切人事物	中等程度的憤怒
恚	表示憤怒	一切人事物	無可抑制、甚至抑鬱會致死的極限程度

4.2 表「怨恨」義的語義場

在漢魏六朝佛經裡，屬怨恨語義場的成員有 15 個。其中，「仇憾」、「仇憎」均僅有一例，且「仇」字在漢魏六朝佛經未見獨用之例，暫不列入詞群討論。〔註 2〕依其形式分爲「怨」、「恨」兩個詞群討論。

4.2.1 以「怨」構成的詞群

由「怨」構成的詞群成員，在中古佛經裡有 6 個，分別是「怨」、「怨仇」、「仇怨」、「怨恨」、「怨恚」、「*慊怨」。又「怨恚」由本語義場「怨」與憤怒語義場「恚」複合構成，故分別羅列。

表格說明：

表格左方一、二欄爲義素，從語法意義、概念意義及色彩意義三方面切入，第二欄爲義素。上方橫列第一欄爲義位與義叢。

表 4.2-1 以「怨」構成詞群的義素分析

義素 ＼ 義位與義叢		怨	怨仇 / 仇怨	怨恨	怨恚	慊怨
語法意義	〔賓語〕	＋	＋	＋	－	－
	〔定語〕	－	－ / ＋	＋	－	－
	〔謂語〕	＋	＋	＋	＋	＋

〔註 2〕「仇憎」於漢魏六朝佛經裡，僅見一例：「於彼甚慚愧，發求無極利，毀辱于親屬，悉當見仇憎。」（199・198b），作賓語用。於《漢語大詞典》失收。另「仇憾」僅見於 152 號《六度集經》:「於是天帝祐護其國。鬼妖奔迸。毒氣消歇。穀菓豐熟。隣國化正。仇憾更親。襁負雲集。婦嬰其跛堦。入國乞匄。」作賓語用，於《漢語大詞典》失收。

概念意義	〔怨恨〕	+,−	+	+	−	+
	〔受事對象指「人」〕	+	−／+	+	−	−
	〔抱怨〕	+,−	−	+,−	+	−
	〔憤怒〕	−	−	−	+	−

以下進行義素分析之際，分別就語法意義、概念意義、色彩意義三方面解說。

一、語法意義

在中古佛經裡，以「怨」構成的詞群成員均擔任謂語功能，可不後接賓語，如：

（例 1）其時人民。或中毒死者。或但得病者。有相塗污者。皆由世人所作。不仁殘殺物命。展轉相怨。手自殺者。中毒即死。助其喜者。皆更困病。或相塗污不相塗污者。皆由食肉。（493・757b）

（例 2）乃往過去世。有伽奢國王梵施拘薩羅王長生。父祖怨仇。梵施王兵眾威力勇健財寶復多。長生王兵眾威力不如財寶復少（1428・880b）

（例 3）時此比丘即往至諸婦女家。具傳此事。其中婦女或有從意者。或不從者。其不從者展轉語諸親里。諸長者聞是語。各各怨恨（1464・865a）

（例 4）行此四事其心正等。眼所受見麤好諸色。其耳所聞歎音罵聲。香熏臭穢美味苦辛。細滑麤惡。可意之願。違心之惱。好不欣豫。惡不怨恚。守斯六行。以致無上正眞之道。（152・050a）

（例 5）夫殺者害眾生之命。害眾生之命者。逆惡之元首。其禍無際。魂靈轉化。更相慊怨。刃毒相殘世世無休。死入太山。燒煮脯割。諸毒備畢。出或作畜生。死輒更刃。（152・045b）

（例 6）其兒放縱無所顧錄。糶賣家物快心恣意。亂頭徒跣衣服不淨。慳貪搪揬不避恥辱。愚癡自用人所惡賤國人咸憎謂之凶惡。出入行步無與語者。不自知惡反咎眾人。上怨父母次

責師友。先祖神靈不肯祐助。使我賴帶轗軻如此。（211．596c）

（例 7）父母如子如身等無有異。以身敬德等一切人。以愛子事愍一切人。仇怨親友心無殊特。解知身空眾生無處。吾我自然諸法自然。道法自然佛法自然。一切本無無形無貌。是爲無限。（638．534c）

（例 8）不知由生有苦。若遭苦時但怨恨人。自不將適初不怨生。以是故增長結使。重增生法不知眞實苦因。有人無鞭杖刀兵諸愁惱苦而有死苦。（1509．696a）

依其句式可分爲兩類：

1. Subject＋V＋（Object）:「怨」、「仇怨」、「怨恨」可爲及物用法，其後接以表示人的名詞性賓語。

2. Subject＋V :「怨仇」、「怨恚」、「慊怨」爲此類。

謂語與賓語間不需要「於／于」引介，且未出現使役結構。

本詞群之成員均不擔任主語及狀語。除「怨恚」、「慊怨」外，其餘均擔任賓語功能。在句例 9～12 裡，其分別作行動動詞「報」、「遠離」及有無動詞「有」的賓語：

（例 9）於此人民若我死者。願作羅刹。還入故身中。當報此怨。於是絞殺棄屍而去。三日之後。王神即作羅刹還入故身中。自名阿羅婆。即起入宮絞殺新王并及後宮婇女左右姦臣。即皆殺之。（211．607c）

（例 10）一切世間淨光明王。無礙慧日照除癡冥。常以法施一切眾生。無量無邊如來智藏。光明清淨普照十方。令一切眾生遠離怨仇。隨其所願皆悉充滿。最勝福田靡不歸依。（278．483b）

（例 11）知節賢聖有足之德。而少言辭則爲行法。無有諍訟鬪亂怨恚。忍辱仁和則爲行法。信知報應罪福之業。則爲行法（399．470a）

（例 12）爾時舍衛王。以遣人語諸釋。舅氏與我有何仇怨。而不開門。小欲有所借入即出城不久留。（198．188c）

其次，僅有「仇怨」、「怨恨」二詞可作定語，修飾後接名詞。如：

（例 13）攝取怨恨惱亂之心。於諸欲惡起無厭心。於他財物起嫉妬心。於受恩中起不報心。於諸眾生起賊盜心。於他婦女起侵惱心。（157・206c）

（例 14）爲法師者亦不歌歎亦不毀呰。。未曾舉名説其瑕穢。亦不誹謗。亦不仇怨意相待之。未曾毀呰居家行者。無所志願。不建彼行亦無所想。行來安住而立誼要。往來周旋。（263・108b）

句例 13.「怨恨」與「惱亂」並列修飾後接名詞「心」，句例 14.指「異心比丘爲聲聞者，也不（以）仇怨意相待」。

二、概念意義

首先引辭書及中土文獻約略瞭解其概念意義：

怨　《說文・心部》：「怨，恚也。从心，夗聲。」《玉篇・心部》：「怨，恨望也。」「望」在古代與「怨」意義接近並常連用，如：《史記・商君列傳》：「商君相秦十年，宗室貴戚多怨望者。」。

《荀子・堯問》：「處官久者士妒之，祿厚者民怨之，位尊者君恨之。」《左傳・襄公 23 年》：「中行氏以伐秦之役怨欒氏，而固與范氏和親。」《史記・秦本紀》：「繆公之怨此三人入於骨髓，願令此三人歸，令我君得自快烹之。」《史記・魏其武安侯列傳》：「武安由此大怨灌夫、魏其。」

怨恨　仇恨；強烈不滿。《國語・周語下》：「今財亡民罷，莫不怨恨，臣不知其和也。」《墨子・兼愛中》：「凡天下禍篡怨恨，其所以起者，以不相愛生也。」《漢書・王尊傳》：「內懷怨恨，外依公事。」

怨仇／仇怨　怨恨仇視。《史記・大宛列傳》：「皆言匈奴破月氏王，以其頭爲飲器，月氏遁逃而常怨仇匈奴。」仇恨。《史記・秦始皇本紀》：「秦王之邯鄲，諸嘗與王生趙時母家有仇怨，皆阬之。」皆有「結仇」之意，「怨恨」義的程度較高。

怨恚　怨恨。《後漢書・度尚傳》：「豫章、艾縣人六百餘人，應募而不得賞直，怨恚，遂反。」由怨恨語義場的「怨」與憤怒語義場的「恚」複合構成。

***慊怨**　《玉篇・心部》:「慊，切齒恨也。」由此可知其「恨」的程度強烈,《禮記・坊記》:「貧不至於約，貴不慊於上，故亂益亡。」《漢語大詞典》失收。

（一）這六組詞都有〔＋怨恨〕義。如：

（例 15）有四種言説妄想相。謂相言説。夢言説。過妄想計著言説。無始妄想言説。相言説者。從自妄想色相計著生。夢言説者。先所經境界隨憶念生。從覺已境界無性生。過妄想計著言説者。先怨所作業隨憶念生。無始妄想言説者。無始虛僞計著過自種習氣生。是名四種言説妄想相。（670・490b）

（例 16）眼所受見麤好諸色。其耳所聞歎音罵聲。香熏臭穢美味苦辛。細滑麤惡。可意之願。違心之惱。好不欣豫。惡不怨恚。守斯六行。以致無上正眞之道。（152・050a）

（例 17）時波羅柰城有婬女姊妹二人。一名加尸。二名半加尸。夜出城外。於園林中共諸年少行。愛欲法。晨朝還入因行過看。半加尸見比丘身生起語姊言。我欲共比丘行此欲事。姊小待我。答言。此是阿羅漢。已除貪欲瞋恚愚癡。不樂此事。汝不聞釋家孫陀羅難陀有好端正婦棄捨出家耶。答言。不爾。但待我。即往就上作世俗法比丘即覺。以腳蹴墮破傷五處。兩肘兩膝及額上半加尸即起抖擻衣土。往至姊所語姊言。比丘見辱如是。姊言。我先不語汝耶。今復怨誰。比丘心生疑。以是因緣語諸比丘。（1425・465a）

（例 18）眾生不知由生有苦。若遭苦時但怨恨人。自不將適初不怨生。以是故增長結使。重增生法不知眞實苦因。（1509・696a）

（例 19）乃往古久遠世時。有一國王。名曰迦隣。與他國王，結爲怨仇，欲往壞之。即遣四女，端正殊妙。姿顏無雙。而往試之。取其長短。爲內匿賊。詣阿脂王許。（154・090b）

（例 20）尊者廣有知識。國王大臣長者梵志爲我故。往至某甲家。語某甲婦女。卿又無夫。我既無婦。我是大長者。能與我作婦不。諸長者囑及比丘。如是非一。時此比丘即往至諸婦女家。

具傳此事。其中婦女或有從意者。或不從者。其不從者展轉語諸親里。諸長者聞是語。各各怨恨。（1464・865a）

（例 21）夫殺者害眾生之命。害眾生之命者。逆惡之元首。其禍無際。魂靈轉化。更相慊怨。刃毒相殘世世無休。死入太山。燒煑脯割。諸毒備畢。出或作畜生。死輙更刃。（152・045b）

句例 15.大意是「過妄想計著言說這種言說妄想相，由心想並埋怨所造的業而生起。」其「怨」指情緒的「埋怨」義及表程度輕微的「怨恨」態度義，所指對象爲「所造之業」；句例 16.指「對於合意的事情、違背心願的煩惱，好的不因此喜悅，不好的也不因此怨恨憤怒。」「怨恚」與「欣豫」在語句裡相對，〔註 3〕所指較近因爲不滿而產生的憤恨情緒，和其他義位與義叢不同的是，「怨恚」具有憤怒情緒；句例 17.意謂「姊姊（加尸）對妹妹說：『是我沒有先跟你說（此事），現在又能怨誰？』」句例 18.所指爲「碰到苦難時則怨恨他人」，此二句所指亦爲情緒，且情緒的產生是外向的，表示對於不好的事物感到不滿、責怪。其所指句例 19.指「迦隣國王與其他國王結爲怨仇。」這與《孟子・梁惠王下》:「興甲兵，危士臣，構怨於諸侯。」的「結仇」義相近；句例 20.意指「長者們聽到這些話，心裡各自怨恨。」句例 21.大意是「殺害眾生之命的人，是罪惡之首，禍害無窮盡，其靈魂轉化，更相互怨恨，生世相殘不斷。」

（二）由上述句例 17～18，以及句例 20.，可知，「怨」、「仇怨」、「怨恨」具〔＋受事對象指「人」〕的概念意義。

（三）由上述句例 15～16，以及句例 18.，可知：「怨」、「怨恨」、「怨恚」具〔＋抱怨〕概念意義。

（四）由上述句例 16.可知：「怨恚」具有「憤怒」的概念意義。

三、色彩意義

在中古佛經裡，以「怨」構成的詞群均代表負面意義。

總的來說，以「怨」構成詞群成員的異同如下：在語法意義方面，這組詞均可作爲謂語，然「怨」、「仇怨」、「怨恨」爲及物，並可擔任賓語及定語功能。在概念意義方面，這組詞均表示怨恨義，其對象均外指，然而確有態度與情緒

〔註 3〕關於「欣豫」一詞，詳參 3.1 表「喜悅」義的語義場。

的輕重程度之別：「怨」、「怨恨。」可表不滿的埋怨義，也可表示怨恨義；「怨恚」表示怨恨帶有憤怒的情緒，「怨仇／仇怨」、「慊怨」則表示程度高的怨恨情緒。在色彩意義上，均表示負面意義。

4.2.2 以「恨」構成的詞群

由「恨」構成的詞群成員，在中古佛經裡有七個。其中「恚恨」跨類憤怒語義場，故分別羅列。

表 4.2-2 以「恨」構成詞群的義素分析

義素 ＼ 義位與義叢		恨	惱恨	懟恨	嗔恨	恨恨	嫌恨	恚恨
語法意義	〔定語〕	＋	－	＋	＋	－	＋	＋
	〔謂語〕	＋	－	＋	＋	－	＋	＋
概念意義	〔怨恨〕	＋	＋	＋	＋	＋	＋	＋
	〔不平、不滿〕	＋	＋	＋	＋	＋	＋	＋
	〔受事對象爲「人」〕	＋,－	－	－	＋	－	＋	－

以下進行義素分析之際，分別就語法意義、概念意義、色彩意義三方面解說。

一、語法意義

在漢魏六朝佛經裡，以「恨」構成的詞群成員除「惱恨」、「恨恨」之外，「恨」、「懟恨」、「嗔恨」、「嫌恨」、「恚恨」均擔任謂語功能。如：

（例 1）比丘僧。當有慈心於天下。有慈心於佛。人罵不得應。不得恨。持慈心向天下。如獄中有繫囚。常慈心相向。人處世間。亦當慈心轉相愍念。比丘執心人罵無怒。將踧無喜生有是心。可以無憂。所以不與世人諍者。（005・161c）

（例 2）當何以觀瞋恚之相。解於深義不卒懟恨。若怒難解無有哀心。所言至誠惡口䫸。普懷狐疑不尋信之。喜求他短多寤少寐。多有怨憎結友究竟。仇讎難和所受不忘。無有怨驚人怖不懼。多力反復不能下屈多憂難訓。身體長大肥項大頭廣肩方額。好髮勇猛性強難伏。所可聽受遲鈍難得。既受得之亦

復難忘。（606・193a）

（例 3）此人還至王舍城。與婬女俱飲食。此博掩子。非是長者。非仁賢人。尊者心念。以走遠近。不可復得。甚自瞋恨。（154・072b）

（例 4）是時調達。轉進入宮殿坐菩薩床。宮人見之悉共嫌恨。即前競捉擲于床下。即傷左髖不堪行來。家人輦輿還歸本舍。諸釋皆嫌皆來告語。汝今調達宜可改更向佛懺悔。調達聞之私設巧詐。密作鐵爪害毒塗之。外形柔和內懷瞋恚。（212・744b）

（例 5）譬如族姓子有大藥樹。掘取其根莖節枝葉花實。樹不念誰取我根莖枝葉花實。亦不念言莫取我根莖枝葉花實。其藥樹者。一切無念亦無所想。亦於眾人無所恚恨。其疾病者服藥則愈。（381・976c）

邵丹（2006：110）討論怨恨語義場成員的使役結構，提到「怨恨語義場的成員都是及物動詞，不能構成詞彙使役結構，能借助『使、令、讓、叫』等詞構成句法使役結構，所以很早就出線了句法使役結構。」並在文中列舉《詩經》、《韓非子》、《史記》等中土文獻爲例，在佛經材料裡，僅舉一例吳・支謙《佛說孛經鈔》:「今孛既去，莫便斷絕，願時一來，使我不恨！」然而，在筆者所觀察「恨」詞群的謂語功能，其後多不接賓語。且筆者觀察其作述謂功能時，未有與情狀副詞「相」搭配，與「怨」詞群能與「相」搭配相較，「恨」詞群多爲不及物性。

其中，有「恨」、「瞋恨」、「嫌恨」作及物用法，其後接以名詞性賓語。如：

（例 6）時彼作是念。是沙門讚歎我衣必當欲得。是比丘是王及諸大臣所識有大力勢。若不與者或嫌恨我。阿跋吒言。阿闍梨欲得此衣耶。答言欲得。阿跋吒言。阿闍梨隨我歸去。當更與餘衣。（1425・301c）

（例 7）若我不受。如是利養。眾人嫌恨。亦令多人瞋恨施主。何故以物乃施一人。不施多人。知此過已。少欲比丘。不應共於不淨比丘同處而住。是名沙門第九法也。（721・196a）

（例 8）是我妻子身皆不犯不令他犯。是故忍辱亦不可盡。不念眾惡不恨一切。不恚眾生不惟人惡。不與人諍不忘助人。有所毀擊亦不掩戲。自護身行將護眾人。慎己心不隨。常思善德無愛欲意。得莊嚴身。信作善惡當得報應。口不妄語其心清淨。（403・591a）

其擔任謂語功能時，其句式是「Subject＋V＋（Object）」，動詞與名詞性賓語間不需要「於／于」引介，已出現部分使役結構用句。如：

（例 9）亦復深觀不應施者。應當諫喻。如此物者實非我有。乃是諸佛菩薩所有。以柔軟語曉喻求者不令瞋恨。是故菩薩成就具足財法二施。具二施已知性知因知果知分別。菩薩若施於怨憎者。慈因緣故。（1582・981a）

以「恨～」結構的詞群成員均不擔任主語及狀語，均作賓語用。如：

（例 10）有前中者。有後中者。射不休息。必復中埻。行佛經道如此。莫懈莫念。前以得道。今我不得道。不得有是恨。如人射不休息會中埻。爲比丘不止會得道。法可久。（005・162a）

（例 11）吾前治生積聚財業。今者霍空。無所依仰。是爲情欲之憂患也。緣欲致愛。放心恣意。致此惱恨。（737・539c）

（例 12）此奴一時共諸童子。小有嫌恨。便走他國。詐自稱言我是弗盧醯婆羅門子。字耶若達多。語此國王師婆羅門言。（1425・285c）

（例 13）世尊我於諸眾生所。不起壞心亦無瞋罵。誹謗毀呰及輕凌心。初無恚恨忿戾懟恨。無忘失意亦不嫉妬。不懷楚毒行於慈悲。我如是相修學大乘。爲利益故請問如來。（414・813c）

（例 14）得五神通以自娛樂。未曾有退無所罣礙。并除瞋恨而無害心。具暢聖慧攝于道明。所作已辦現得叡達。誠信神足拔諸所有。以智慧聖捨離一切邪見塵垢。得四解明佛所建立無著不住。具足力處逮于無盡福海印三昧。能悅眾生攝御一切諸佛之教以成總持。（598・140c）

（例 15）時彼遠醫見王目前初無所遣。空手還歸。甚懷恨恨。既將至家。道逢牛羊象馬都所不識。問是誰許。並皆稱是彼醫名。（201．347a）

此外，同樣不作謂語功能的「惱恨」與「恨恨」，亦皆不擔任定語功能。其他義位與義叢均作定語，修飾後接名詞。如：

（例 16）云何無慚。以欲業欲作欲因緣。於父母所生懟恨語。於尊重處而無畏難。亦不羞愧自現有德。以是欲故命終之時墮於惡趣。是名上欲。（658．215c）

（例 17）一切諸法皆瞋恚法。一切諸法無瞋恨法。設聞是言不當恐怖。（274．377b）

（例 18）慈悲喜護等如虛空。觀前眾生知其志性。爲雨甘露無極法味。其服食者無瞋恨結。行三三昧空無想願。拔濟生死立無爲岸。降魔塵勞懷害之毒。（309．968b）

（例 19）佛在舍衛國祇樹給孤獨園。爾時提婆達多。愚癡無智。常懷嫉妬。瞋恚罵詈。向佛世尊。如來終不向提婆達多有嫌恨心。（200．221c）

（例 20）佛言善男子。譬如有人執持刀劍以瞋恚心欲害如來。如來和悅無恚恨色。是人當得壞如來身成逆罪不。（374．396b）

綜而言之，在語法意義方面，以「恨」構成的詞群成員均可擔任賓語用，亦多可擔任謂語，其中「惱恨」與「恨恨」語法功能相近，同樣不擔任謂語與定語功能。

二、概念意義

首先引辭書及中土文獻約略瞭解其概念意義：

恨　怨恨，仇視。《說文．心部》：「恨，怨也。从心，艮聲。」《荀子．堯問》：「處官久者士妒之，祿厚者民怨之，位尊者君恨之。」《史記．淮陰侯列傳》：「大王失職入漢中，秦民無不恨者。」

然而，這些詞群成員在中古佛經所呈現的概念意義又是如何呢？

（一）以「恨」構成的詞群成員，都有〔＋怨恨〕義，有時用以表示「不平」、「不滿」的情緒。

（例 21）前以得道。今我不得道。不得有是恨。（005・162a）

（例 22）爾時提婆達多。愚癡無智。常懷嫉妬。瞋恚罵詈。向佛世尊。如來終不向提婆達多有嫌恨心。（200・221c）

（例 23）世尊我於諸眾生所。不起壞心亦無瞋罵。誹謗毀呰及輕凌心。初無恚恨忿戾懟恨。無忘失意亦不嫉妬。不懷楚毒行於慈悲。我如是相修學大乘。爲利益故請問如來。（414・813c）

（例 24）時彼遠醫見王目前初無所遺。空手還歸。甚懷恨恨。既將至家。道逢牛羊象馬都所不識。問是誰許。並皆稱是彼醫名。（201・347a）

（例 25）佛言善男子。譬如有人執持刀劍以瞋恚心欲害如來。如來和悦無恚恨色。是人當得壞如來身成逆罪不。（374・396b）

（例 26）得五神通以自娛樂。未曾有退無所罣礙。并除瞋恨而無害心。具暢聖慧攝于道明。所作已辦現得叡達。（598・140c）

（例 27）吾前治生積聚財業。今者霍空。無所依仰。是爲情欲之憂患也。緣欲致愛放心恣意。致此惱恨。（737・539c）

（二）「瞋恨」、「嫌恨」具〔＋受事對象爲「人」〕的概念意義。如：

（例 28）時彼作是念。是沙門讚歎我衣必當欲得。是比丘是王及諸大臣所識有大力勢。若不與者或嫌恨我。阿跋吒言。阿闍梨欲得此衣耶。答言欲得。阿跋吒言。阿闍梨隨我歸去。當更與餘衣。（1425・301c）

（例 29）若我不受。如是利養。眾人嫌恨。亦令多人瞋恨施主。何故以物乃施一人。不施多人。知此過已。少欲比丘。不應共於不淨比丘同處而住。是名沙門第九法也。（721・196a）

（例 30）是我妻子身皆不犯不令他犯。是故忍辱亦不可盡。不念眾惡不恨一切。不恚眾生不惟人惡。不與人諍不忘助人。有所毀擊亦不掩戲。自護身行將護眾人。慎己心不隨。常思善德無愛欲意。得莊嚴身。信作善惡當得報應。口不妄語其心清淨。（403・591a）

三、色彩意義

以「恨」構成的詞群成員均有「怨恨」義，其色彩意義均爲負面。

小　結

在漢魏六朝佛經的怨恨語義場裡，其基本語法句式是「Subject＋V＋（Object）」，Object 一般指人或者表示人的名詞。「怨」詞群與「恨」詞群在語法意義上均能擔任述謂功能，然而，「怨」與情狀副詞「相」連用，但「恨」卻不與「相」連用。如：「或但得病者，有相塗污者，皆由世人所作，不仁殘殺物命，展轉相怨。手自殺者，中毒即死，助其喜者，皆更困病。（493・757b）」又「父子相怨，母女相憎，夫婦相捐。（737・540a）」。

邵丹（2006：100-102）：「中古中土文獻『怨恨』場主要成員增加了『恨』，四個主要成員的出現頻率相差不大。以《宋書》爲例，上古漢語的強勢成員「怨」在《宋書》中絕大部分作名詞，單用作動詞的很少，且單用的時候不帶賓語；「憎」主要帶對象賓語，「疾」帶對象賓語和小句賓語，「恨」可以帶對象賓語、小句賓語，還可以帶一般名詞作賓語。雖然「恨」出現的頻率並不是最高，但應該是中古中土文獻最主要的成員。」然在漢魏六朝佛經裡，就其出現頻率來看，以雙音節詞居多。原在上古出現頻率高的「怨」，與中古文獻才增加的「恨」成員，以多爲構詞語素組成新詞，具有豐富的構詞能力。

在概念意義方面，丁福保《佛學大辭典》提到「恨」乃是「即結怨煩惱之精神作用也」，「由忿爲先。懷惡不捨，結怨爲性。能障不恨，熱惱爲業。謂結恨者，不能含忍，恒熱惱故。」因此，「恨」乃有「憤怒」情緒而來，積結成「恨」，「如樺皮火，其相猛利，而餘勢弱，名爲忿。如冬室熱，其相輕微，而餘勢強，名爲恨。」其負面情緒的強度甚於憤怒語義場。

至於「怨」詞群與「恨」詞群的概念意義相較來說，「恨」是自我不滿足，「怨」是指對於外在人事物的怨恨不滿，是外指的。

此外，王鳳陽（1993：845）提到「怨」和「恨」的古今義正好對調，「怨」在古代側重於仇恨，相當於現代的「恨」，「恨」古代側重於「遺憾」義，接近現代的「怨」。又邵丹（2006：95，98）以《荀子・堯問》：「處官久者士妒之，祿厚者民怨之，位尊者君恨之。」《左傳・襄公 23 年》：「中行氏以伐秦之役怨欒氏，而固與范氏和親。」《史記・秦本紀》:「繆公之怨此三人入於骨髓，願令此三人歸，令我君得自快烹之。」《史記・魏其武安侯列傳》:「武安由此大怨灌夫、魏其。」

《史記・淮陰侯列傳》:「大王失職入漢中，秦民無不恨者。」等例說明，認爲「怨」的程度較深，表深刻的仇恨。而「恨」在先秦主要表示遺憾，在漢代以後才更多表示「怨恨」之意，且表示「怨恨」義時，「恨」的程度比「怨」高。

關於這個問題，筆者認爲除了觀察句例之外，語法搭配關係是另一個值得觀察的點。又以由於受程度副詞修飾是心理動詞的重要特徵，修飾的搭配關係可藉以觀察其「量級」之別，程度副詞內部也存在量級的不同。筆者嘗試以程度副詞「大／甚」類與「極」進行觀察。然而其搭配情況相同，均不與程度最高的「極」與一般程度的「大」搭配，同與「甚」搭配，如:「癡行犯身。倒羸爲強。坐服甚怨（198・175c）與「爲欲所傷如被箭。心懷思婦甚恨恨。(606・215b)」從這個角度切入，中古佛經裡，「怨」詞群與「恨」詞群的量級無別。

4.3 表「驚駭懼怕」義的語義場

在漢魏六朝佛經裡，屬「驚駭懼怕」語義場的成員有 38 個。依其形式分爲「驚」、「畏」、「恐」、「怖」、「懼（懅）」、「慄」六個詞群討論。

4.3.1 以「驚」構成的詞群

由「驚」構成的詞群成員，在漢魏六朝佛經裡有 14 個。以下進行義素分析之際，分別就其語法意義、概念意義、色彩意義三方面解說。

表格說明：

表格左方一、二欄爲義素，從語法意義、概念意義及色彩意義三方面切入，第二欄爲義素。上方橫列第一欄爲義位與義叢。

表 4.3-1 以「驚」構成詞群的義素分析

義位與義叢 義素		驚	驚怖	驚怪	驚怕	驚畏	驚恐	驚喜	喜驚〔註4〕	驚惶〔註5〕	驚歎	驚駭	驚懼（懅）	驚愕	驚怛〔註6〕
語法意義	〔賓語〕	−	−	+	+	+	+	+	−	−	−	+	+	−	−
	〔定語〕	+	−	−	−	+	−	−	−	−	−	−	−	−	−
	〔狀語〕	−	−	−	−	−	−	−	−	−	−	−	+	−	+
	〔謂語〕	+	+	+	+	+	−	−	+	+	+	+	+	+	−
概念意義	〔內心感受受到震動〕	+	+	+	+	+	+	+	+	+	+	+	+	+	+
	〔受到外在事物影響〕	+	+	+	+	+	+	+	+	+	+	+	+	+	+
	〔害怕〕	+	+	+	+	+	+	−	−	+	−	+	+	+	+
	〔喜悅〕	−	−	−	−	−	−	+	+	−	−	−	−	−	−
色彩意義	〔負面〕	+	+	+	+	+	+	−	−	+	+	+	+	+	+

一、語法意義

從語法功能來看，以「驚」構成的詞群成員均不擔任主語。其中，「驚怪」、「驚怕」、「驚畏」、「驚駭」、「驚懼」擔任賓語。如：

（例 1）甚快妙哉。斯諸眾生善值如來。逮聞如是龍王所問決狐疑品。聞已悅信不恐不怖又無驚怪。加復受持諷誦宣布。（635・502c）

（例 2）是時迦葉來至佛所。忽見樹間有四方石及大石槽。即自思惟。此中云何有此二物。心懷驚怪。而往問佛。（189・648c）

（例 3）居道聞之彌增驚怕。〔註 7〕步步倒地。前人掣繩挽之。後人以棒打之。（663・358b29）」

〔註 4〕由於與「驚喜」同素異序的「喜驚」在中古佛經用例僅見一例，爲「飛鳥禽獸相和悲鳴。眾人集觀莫不喜驚。（433・079b）」，且僅作謂語使用，於此註明。

〔註 5〕「驚惶」僅見西晉・竺法護《生經》:「時諸大眾。天人釋梵四王。諸天鬼神及國人民莫不驚惶。（154・076a）」，在句中擔任謂語功能，後不接賓語。

〔註 6〕在中古佛經僅見 2 例，其一爲竺法護《佛說普曜經》偈言：「百獸聞音懷恐懼。戰慄驚怛奔四方」。

〔註 7〕「居道」，即張居道，指人名。

（例 4）如來無病而爲眾生示現作病。以是業故得如是報。以此業故得如是報。眾生聞已心生驚畏。除諸惡業不作惡緣。（310・604b）

（例 5）是法中諸法相尚空。何況有我而決定取諸法相。聞一切法無相則生驚懼。是説隨喜義體竟後。當更以種種異門釋上事。（1509・489c）

（例 6）令吾等聞普信道品。得聞是已。意而無惓不有懈退。亦無驚恐。聞以加重專心習行。樂聽無厭如是像法也。（635・498c）

（例 7）名苦集諦者。或名行。或名憒毒。或名惡行。或名受枝。或名不起疾。或名雜毒。或名虛稱。或名離勝。或名熾然。或名驚駭。（78・422a）

例 1～7 裡，擔任行動動詞「懷」、「生」、「增」、「名（稱作）」，以及有無動詞「無」的後接賓語。「驚」與「驚畏」擔任定語，如：

（例 8）驚者謂非處生懼是故名驚。（1511・787c）

（例 9）所有光明諸物。皆於身中現。以口噓氣。能令一切十方無量無邊世界震動。而不令眾生。有驚畏想。示十方世界。水劫盡風劫火劫盡。（286・530c）

例 8.用以解釋「驚」的意義是指「非處生懼」，例 9.指「凡是所有光明的事物，都能不讓眾生有驚恐害怕的想法」，修飾後接名詞「想」。

在擔任狀語功能方面，有「驚喜」、「驚懼」、「驚怛」分別修飾後接表行爲的動詞謂語「問」、「念」、「曰」。

（例 10）迦葉驚喜問。大道人乃尚活耶。器中何等。佛答言。然吾自活耳。（185・481a）

（例 11）是諸女等可以與我。如我應受。魔即驚懼念。維摩詰將無惱我。欲隱形去而不能隱。盡其神力亦不得去。即聞空中聲曰。（475・543a）

（例 12）王謂親曰。吾覩兩道士以慈待子。吾心切悼甚痛無量。道士子睒吾射殺之。親驚怛曰。吾子何罪而殺之乎。子操仁惻蹈

地常恐地痛。其有何罪而王殺之。（152・024c）

詞群成員在句子裡多擔任述謂功能，其後不接賓語，句法格式可以「Subject＋V」表示，如下：

（例 13）地獄大怖畏使。臨欲死時。心則大驚。（721・045c）

（例 14）時金剛神。手奮金杵揮大利劍。髭如劍竦眼如電光。以金剛杵擬鬼王額。攘臂大叫聲振天地。鬼王驚怖抱持小兒。長跪上佛白言。（643・679a）

（例 15）於是梵志。從聚邑中來出觀者。悉聞此牛子母所說。皆共驚怪展轉相謂言。（809・755c）

（例 16）佛以智水滅三火緣有國名南方山。佛欲往彼國。於中路至一聚落宿。值彼聚落造作吉會。飲酒醉亂。不覺火起燒此聚落。諸人驚怕靡知所趣。各相謂言。（203・455a）

（例 17）文殊師利言。大德智燈。汝亦驚畏況復初行。智燈答言。都無有能驚畏我者。（462・470b）

（例 18）夫出家法坐禪之業最爲第一。調伏情根。使心不亂。專精寂靜。莫能驚恐。所以者何。憶念往昔隨從我師迦蘭仙人。行於道路。既患疲乏。近於路側。止息樹下。我師即便坐禪思惟。（007・197c）

（例 19）使者見諸大德。已先在城東衣服儼然。心大驚喜。入白王言。（1462・688c）（例 20）王聞其說心喜驚歎。鹿獸有義我更貪殘。又此鹿慧深達言教。（182・457a）（例 21）滿塵諸菩薩等品數如是。悉來集會。充於十方諸法境界。示現無極嚴淨菩薩。奮演大光。感動一切諸佛世界。驚駭天宮。降伏魔眾。滅除一切眾惡諸趣。宣暢如來無量威尊。不可稱計諸法之樂。（291・614a）

（例 22）沙門已死當共葬送。各持束薪就往燒之。火然薪盡佛從坐起。現道神化。光明照曜感動十方。現變畢訖還坐樹下。容體靜安怡悅如故。村人大小莫不驚懼。（211・594c）

（例 23）二弟驚愕。恐兄師徒五百人。為惡人所害。大水所漂。即與五百弟子。逆水而上。見兄師徒。皆作沙門。（185・482c）

詞群成員擔任謂語時都可以帶狀語，筆者嘗試觀察與程度副詞的搭配，羅列於下：

驚：大

驚怖：甚、大、極大、甚大

驚怪：甚、大、甚大

驚怕：甚

驚恐：甚

驚喜：大

驚愕：大

其中，「驚畏」、「喜驚」、「驚惶」、「驚歎」、「驚駭」、「驚懼（懅）」、「驚怛」不見與程度副詞搭配用例。就其與狀語副詞搭配的關係來看，這些搭配「大」、「甚」表程度高的副詞，在現代漢語裡亦表示高程度的驚恐懼怕義。「驚怖」、「驚怪」雙音節詞與同為「極大」、「甚大」等雙音節的程度副詞搭配，為漢語音步習慣使然。

二、概念意義

「驚」，《說文》：「馬駭也。」；「駭」，《說文》：「驚也。」「驚」、「駭」都是馬突然被嚇到而狂奔之意義。在漢語裡，人們經常以「驚」表示外在事物引起內心的感受與震動。如：《史記・淮陰侯列傳》：「至拜大將，乃韓信也，一軍皆驚。」這是指軍隊對於韓信拜將一事毫無心理準備而引起的心裡感受。而與「驚」作為構詞詞素複合構詞的詞群成員，可以因為「驚」引起各種情感。在中古佛經裡，以「驚」構成的詞群成員其概念意義如下：

（一）均具〔＋內心感受受到震動〕及〔＋受到外在事物影響〕的概念意義。

（例 24）時諸大眾。天人釋梵四王。諸天鬼神及國人民莫不驚惶。（154・076a）

（例 25）若在惡獸之中不應驚怖。何以故。菩薩應作是念。我今若為惡獸所噉我當施與。願以具足檀波羅蜜。當近阿耨多羅三藐

三菩提。（227・568a）

（例 26）是時菩薩亦化作七十二億那術菩薩。各坐一一所作樹下。是時魔恐怖而大驚怪。自念言。何所爲審是菩薩者。欲於是座牽出之。（816・812b）

（例 27）時三居士各出十斤分爲六叚。將諸人民及七家亡失財主。往至龍泉以金投泉。水皆涌沸猶如鑊湯。龍王驚懼即遣龍女。出金還歸報謝使還。順法財者以理成辦。終不爲水火盜賊所見侵欺。（212・676b）

（例 28）眾人見佛莫不驚愕。怪是何神。（211・608a）

（例 29）地獄大怖畏使。臨欲死時。心則大驚。（721・045c）

（例 30）時金剛神。手奮金杵揮大利劍。鬚如劍竦眼如電光。以金剛杵擬鬼王額。攘臂大叫聲振天地。鬼王驚怖抱持小兒。長跪上佛白言。（643・679a）

（例 31）彼人更復見第二色大黑闇聚。轉復驚恐。多饒師子虎豹熊羆。及蛇蟒等。極生怖畏。（721・075c）

（例 32）爾時遮魔并其軍眾。經一千年求便不得。復自現身。皆執刀槊種種器仗。在彼比丘面前。怖嚇欲令驚畏。（421・936c）

句例 29.意指「地獄之恐怖，使得臨死之際感到畏懼」；句例 30.意謂「金剛神的形貌及怒吼聲音，使鬼王恐懼抱著小孩跪地向佛說話」；句例 31.解釋作「彼人見第二色大黑闇聚，轉而又害怕驚恐起來」；句例 32.意指「遮魔與他的軍眾拿武器現身比丘前，想讓他們害怕。」由此可知，恐懼的情緒是藉由外在事物的引發而產生的。

（一）由上述句例可知，「驚」、「驚怖」、「驚怪」、「驚畏」、「驚恐」、「驚惶」、驚駭」驚懼（懅）、驚愕、驚怛，均具有〔＋害怕〕的概念意義。「僅有「驚喜」、「喜驚」、「驚歎」表〔－害怕〕的概念意義。

（二）「驚喜」、「喜驚」具有〔＋喜悅〕的概念意義。如：

（例 33）有一男兒阿嗜。聞太子出家。心中驚喜往至王所。即白王言。我今欲隨太子出家。願王聽許。（1462・683）

（例 34）我於人天阿修羅中最尊最上。父母人天見已驚喜生希有心。（374・388c）

（例 35）「飛鳥禽獸相和悲鳴。眾人集觀莫不喜驚。（433・079b）

句例 33.解釋作「阿嗜聽見太子出家，心裡感到驚訝歡喜，前往大王住所」；句例 34.意指在涅槃後的示現說法時提到說「我在人天阿修羅裡最尊上，而其父母看見了便感到驚喜，升起稀有法喜心。」可知其具有「喜悅」義，且「驚」只是情緒受到「驚動」，升起歡喜心。

三、色彩意義

以「驚」構成的詞群成員裡，其構詞方式皆由「驚」引發內心的震動，而後接語素用以表達產生的情緒，如「驚懼」是由驚張而懼怕，「驚喜」是由情緒驚動而喜悅。因此，除了「驚喜」、「喜驚」具有表正面情緒的「喜悅」義之外，大多有「驚駭懼怕」義，其色彩意義均爲負面。

4.3.2 以「畏」構成的詞群

由「畏」構成的詞群成員，在漢魏六朝佛經裡有 10 個，分別爲「畏」、「畏忌」、「忌畏」、「畏怖」、「怖畏」、「畏愼」、「畏敬」、「畏懼」「恐懼畏」、「驚怖畏」。其中，「忌畏」於本文所考察範圍裡，僅有一例，且作謂語功能，與「畏忌」用法互補。「畏愼」一詞主要出現在《四分律》，共計出現 118 次，而在其他經師作品裡，僅有 10 例。

表 4.3-2 以「畏」構成詞群的義素分析

義素 ＼ 義位與義叢		畏	畏忌／忌畏	畏怖／怖畏	畏愼	畏敬	畏懼（愯）	*恐懼畏	*驚怖畏
語法意義	〔賓語〕	＋	＋,－	＋	＋	－	＋	＋	＋
	〔定語〕	＋	－	－	－	＋	－	－	－
	〔謂語〕	＋	＋,－	－	＋	＋	＋	－	＋
概念意義	〔內心害怕〕	＋	＋	＋	＋	＋	＋	＋	＋
	〔受到外在事物影響〕	＋	＋	＋	＋	＋	＋	＋	＋
	〔佩服〕	－	－	－	－	＋	－	－	－
色彩意義	〔負面〕	＋	＋	＋	＋	－	＋	＋	＋

一、語法意義

從語法功能來看，以「畏」構成的詞群成員均不擔任主語及狀語功能。然而，多數成員擔任賓語功能，僅「忌畏」、「畏敬」不作賓語。如：

（例 1）尸利耶婆念言。正當爲我故作羯磨耳。即心生畏怖不得止而來。（1425・324c）

（例 2）悔法者。如犯大罪人常懷畏怖。悔箭入心堅不可拔。（1509・184c）

（例 3）於是比丘戒律具足。成就威儀。見有小罪。生大怖畏。等學諸戒。周滿備悉。是爲比丘顏色增益。（001・042b）

（例 4）如是世尊與比丘結戒。後諸比丘各各有畏愼。不敢令親里比丘尼浣故衣若染若打。（1428・607b）

（例 5）菩薩聞是不恐不怖無所畏懼。（222・204c）

（例 6）諸魔聞之。益懷恐懼畏於文殊。諸魔宮殿尋時震動。諸魔波旬。報化菩薩願見救濟。（342・141a）

其中，「恐懼畏」僅有一例，乃爲整齊句式而生；而「畏怖」等詞擔任賓語時，乃與行動動詞及存現動詞搭配。僅有「畏」、「畏敬」作定語，修飾後接賓語。如：

（例 7）以瞋恚心無畏敬心侵惱善人。（1646・321b）

「畏敬」一詞，在中古佛經裡，僅擔任定語與謂語功能，和同詞群其他成員有截然不同的語法意義。情緒心理動詞最主要的述謂功能，在以「畏」構詞的詞群成員裡展現如下：

（例 8）佛告比丘。正使此間鬼神不放逸婬亂。他方世界有大力鬼神來。此間鬼畏怖避去。（001・144c）

（例 9）若比丘爲婬欲所惱。欲向同學說者。復自忌畏。因在屏處作大聲而言（1462・720a）

（例 10）佛言。不應與外道白衣。彼比丘後畏愼。不敢與父母若病人小兒若妊身婦人若被繫閉者若白衣來至僧伽藍中。（1428・876c）

（例 11）為惡不自羞慚自用頑健。欲令人承事畏敬之。復不畏敬天地神明日月。亦不可教令作善。不可降化。（362・314c）

（例 12）受王教。耆婆童子去至中道。不復畏懼。便住作食。（1428・853b）

（例 13）於此眾中有住十地菩薩摩訶薩。得首楞嚴三昧。一生補處最後有身。見如是相不驚怖畏。解諸法空如實際性。是故不驚不怖不畏。（407・662b）

在謂語功能方面，本詞群成員僅「畏敬」可接賓語，如句例 11.，後接代詞賓語。其餘成員均不接賓語，其句法格式可寫作「Subject＋V」。從「畏」構成的詞群成員用例看來，其語法意義大致相似，唯一較特殊的即為「畏敬」一詞，筆者認為這應該與其概念意義相關，故於下文繼續討論。

二、概念意義

討論以「畏」構成的詞群成員概念意義前，首先以中土文獻及辭書協助說解。《詩經・將仲子》:「仲可懷也，人之多言，亦可畏也。」畏懼的是「人言」；又《戰國策・趙策》:「畏秦，止於蕩陰，不進。」，畏懼的是「秦」。

在中古佛經裡，「畏」亦表示內心的害怕，且其害怕的對象為外在事物。以「畏」構成的詞群成員，其概念意義如下：

（一）均具〔＋內心害怕〕、〔＋受到外在事物影響〕的概念意義。

（例 14）須陀須摩王答言。我不畏死甚畏失信。我從生已來初不妄語。今日晨朝出門時有一婆羅門來從我乞。我時許言還當布施。不慮無常辜負彼心自招欺罪。是故啼耳。（1509・089a）

（例 15）菩薩作是行般若波羅蜜，於諸法無所見。雖不見諸法，亦不恐亦不畏懼，不悔亦不懈怠。何以故？（221・012c）

（例 16）如是世尊與比丘結戒已。諸比丘皆畏慎。不敢從親里比丘尼取衣。（1428・606c）

（例 17）悔法者。如犯大罪人常懷畏怖。悔箭入心堅不可拔。（1509・184c）

句例 14.所害怕的是「失信」；句例 15.指「菩薩既行般若波羅蜜，不聞見佛法，也不會恐懼」，所不恐懼的是「不見諸法」；句例 16.「比丘在結戒後，有所戒懼，不敢向親戚鄉里比丘尼取衣。」；句例 17.指「悔法的人，像罪人般常懷有恐懼。」所恐懼的是像罪人般的罪——指「悔法」。

（二）「畏敬」具〔＋佩服〕之概念意義，其餘成員均無。

（例 18）爲惡不自羞慚自用頑健。欲令人承事畏敬之。復不畏敬天地神明日月。亦不可教令作善不可降化。（362・314c）

（例 19）常懷怒心。不孝二親。輕慢兄弟妻子九族。心邪行穢。無善勸導。常自憍大。欲人畏敬。是爲五。（005・172a）

例 18～19 所指的「畏敬」並不同於「害怕」危難，而是一種心理感受的「折服」。這種折服，有敬重的含意，如例 18.指「敬天地神明日月」，句例指的是「自懷憍大的人，希望他人能敬重折服。」由於「敬畏」的對象都是指自然天地神靈，或者驕傲自大的人，更能表現「敬畏」具有「敬重折服」的意義。筆者認爲，「畏」此一構詞語素同時具備「恐懼」義與「敬重」義，使得「畏敬」一詞與其他詞群成員的語法功能不同。

三、色彩意義

總結上文得知，本詞群的成員除「畏敬」具正面意義之外，其餘之色彩意義均爲負面。

4.3.3 以「恐」構成的詞群

由「恐」構成的詞群成員，在漢魏六朝佛經裡有 3 個。

表 4.3-3 以「恐」構成詞群的義素分析

義素 ＼ 義位與義叢		恐	恐畏	恐懼（愯）
語法意義	〔狀語〕	－	－	＋
	〔賓語〕	－	＋	＋
	〔定語〕	－	－	＋
	〔謂語〕	＋	＋	＋
概念意義	〔恐懼〕	＋	＋	＋
	〔擔心〕	＋	－	－

以下進行義素分析之際，分別就其語法意義、概念意義、色彩意義三方面解說。

一、語法意義

「恐」、「恐畏」在中古佛經裡均不擔任主語、狀語、定語的語法功能，而「恐懼」是詞群裡語法功能最爲活潑的，能擔任狀語與定語功能。

（例 1）時國王子。見大鳥眾。恐懼馳走。還白國王。具說本末。國王問之。鳥所從來。乃至於此。（154・102b）

（例 2）惡不自羞慚自用碩健。欲令人承事畏敬之。復不畏敬天地神明日月。亦不可教令作善。不可降化。自用偃蹇常當爾。亦復無憂哀心。不知恐懼之意。憍慢如是天神記之。（362・314c）

句例 1.國王之子看見一群烏鳥害怕地跑走，以「恐懼」作狀語修飾「馳走」；句例 2.意指「憍慢者沒有憂哀之心、恐懼之意」，以「恐懼」作定語修飾名詞「意」。在賓語功能方面，「恐畏」、「恐懼」均可作賓語。如：

（例 3）於今現在貪求汲汲。後離救護便墮地獄餓鬼畜生。燒炙脯煮饑渴負重。痛不可言。正使生天及在人間。與不可會恩愛別離。憂惱難量一時離苦。歌舞戲笑不知恐畏。無所忌難不自覺了。不肯思惟計其本末。（263・075c）

（例 4）愍哀斯等各離恐畏。皆歸天宮。（310・064b）

（例 5）故佛安隱無有恐懼。則爲眾人而師子吼講說賢聖。不解者解。不達者達。無乘者乘。而以平等普除苦惱。終不能求得佛短也。（222・195b）

在擔任謂語功能方面，以不帶賓語句式爲主，其句法格式可寫作「Subject＋V」。如：

（例 6）閻羅王晝夜各三。過燒熱銅。自然火在前宮中。王即恐畏。衣毛起豎。即出宮舍外。外亦自然有。大王大怖懅還入宮。泥犁旁便各各取閻羅王。（023・287a）

（例 7）天魔含毒而來。心不恐懼光顏更釋。（076・884a）

其中，「恐」的謂語用法有所不同，如：

（例 8）王恐太子棄家學道。使其城門開閉之聲聞四十里。又復擇取五百妓女。形容端正。不肥不瘦。不長不短。不白不黑。才能巧妙。各兼數技。皆以名寶。瓔珞其身。（189・627c）

「恐」除解釋作「恐懼」義，亦有「擔心」之義，筆者考察上古語料之際，觀察到上古漢語的「恐」可後接賓語，而「恐畏」、「恐懼」不然，如：

（例 9）學如不及，猶恐失之。（《論語》）

（例 10）犀手戰勝威王，魏罷弊，恐畏，果獻西河以外。（《戰國策・秦策一》）

（例 11）盆子時年十五，被髮徒跣，敝衣赭汗，見眾，恐畏欲啼。（《後漢書・劉盆子傳》）

（例 12）諸侯恐懼，會盟而弱秦。（《史記・秦始皇本紀》）

邵丹（2006：135）在分析上古漢語懼怕語義場時，對於「恐」的描述是這樣的：「恐和懼一般用作不及物動詞，有時也用作及物動詞。『懼』作及物動詞時，往往用作使動，『恐』用作及物動詞，後面往往帶長賓語（包括小句賓語和一些複雜的名詞賓語）」。

在中古佛經、多音節化語言的環境裡，「恐」的語法功能已不如上古活躍，然而在謂語用法方面卻有不同的表現，筆者將其句法格式寫作「Subject＋恐＋S'」。從歷時的角度去看，表「懼怕」義語義場成員，多由「恐懼」義引申出「擔心」義，且其引申途徑即爲：從不帶賓語句式轉化爲帶賓語句式。由此可知，「恐」的引申義是最早出現的，從中古佛經亦可見端倪。

二、概念意義

「恐」，《說文・心部》、《爾雅・釋詁》均作：「恐，懼也」此外亦有恐怕擔心之義，《廣韻・用韻》：「恐，疑也。」《說文》：「懼，恐也。」。

（一）在中古佛經裡，以「恐」構詞的詞群成員概念意義均有〔＋恐懼〕之義。

（例 13）法界不恐本際不懼。聞佛說法無所畏難。（291・603a）

（例 14）其恐懼者則懷憂慼。無憂慼者則離塵埃。彼則解脫。其以解脫則無所著。以無所著則無復轉。以無復轉則不復脫。其不脫者彼無從來。以無從來亦不從去。其無從去則無所願。其無所願則無志求。其無志求則無退轉。以無退轉。（318・896a）

（例 15）閻羅王晝夜各三。過燒熱銅。自然火在前宮中。王即恐畏。衣毛起竪。即出宮舍外。外亦自然有。大王大怖懅還入宮。泥犁旁便各各取閻羅王。（023・287a）

例 13.意指「法界及佛法本智無所畏懼，聽聞佛陀說法不怕任何困難」；例 14.解釋作「恐懼的人心懷憂慼，沒有憂慼的人便遠離世俗塵埃」；例 15.意謂「大王畏懼，則衣毛豎起（表示恐懼）」。

（二）「恐」具有〔＋擔心〕之義，其餘則無。如：

（例 16）佛恐弟子謂此五根自從業生。故言是色。又外道說五根從我生。我即非色。又言。五根知大知小。故非決定。是人亦以無色爲根。是故佛言諸根是色因色等成。或謂因色等成。應可見故說不可見亦非耳等根之所得。（1646・272b）

（例 17）其中或有童子而作是言。尼健子終不能與沙門論議。但恐沙門瞿曇與尼健子論議耳。（125・715）

在中古佛經裡，「恐」作爲及物動詞之際，後面往往帶長賓語，筆者認爲應解釋爲「擔心」之義。如：句例 16.解釋作「佛陀擔心弟子說『這眼耳鼻舌身』五根是從業而生，因而談論『色』」。句例 17.「恐」亦解釋作「擔心」較「恐懼」妥當。

三、色彩意義

本詞群成員均具有〔＋恐懼〕之概念意義，且其色彩意義皆爲負面。

4.3.4 以「怖」構成的詞群

由「怖」構成的詞群成員，在漢魏六朝佛經裡有 5 個，分別爲「怖」、「惶怖」、「恐怖」、「*慟怖」、「怖懼（懅）」。

表 4.3-4 以「怖」構成詞群的義素分析

義素 ＼ 義位與義叢		怖	惶怖	恐怖	*慟怖	怖懼（懅）
語法意義	〔賓語〕	－	＋	＋	－	＋
	〔定語〕	－	－	－	－	＋
	〔謂語〕	＋	＋	＋	＋	＋
概念意義	〔恐懼〕	＋	＋	＋	＋	＋

以下進行義素分析之際，分別就其語法意義、概念意義、色彩意義三方面解說。

一、語法意義

從語法功能來看，以「怖」構詞的詞群成員語法功能很一致且簡單，均不擔任主語、狀語、定語，主要擔任賓語及謂語功能。首先說明賓語功能，如：

（例 1）時波斯匿王。見女如是。深生惶怖。而語女言。（200．242a）

（例 2）乃至畜生。見此（子）醜陋。尚懷怖懼。何況人類。（200．253b）

（例 3）時會菩薩重自念言。令諸眾生普皆得慧忍智之法。如今無異其聞此聲。無有恐怖不懷猶豫。（309．984a）

在句例 1～2 裡，以行動動詞「生／懷」後接賓語「惶怖」及「怖懼」，例 3.以存現動詞後接賓語「恐怖」。在謂語功能方面，如：

（例 4）其有聞者或喜或怖。穴處者隱縮。水居者深入。山藏者潛伏。（1509．244a）

（例 5）富蘭迦葉自知無道。低頭慚愧不敢舉目。於是金剛力士舉金剛杵。杵頭火出以擬迦葉。何以不現卿變化乎。迦葉惶怖投座而走。五百弟子奔波迸散。（211．599a）

（例 6）諸大威德天。福盡命終。我時恐怖。見有沙門婆羅門在閑靜處。便到其所。彼沙門婆羅門。問我是誰。我言。是帝釋。我不禮彼。彼逆禮我。（203．_477c）

（例 7）爾時耶輸陀羅。眠臥之中。得三大夢。一者夢月墮地。二者

夢牙齒落。三者夢失右臂。得此夢已。眠中驚覺。心大怖懼。白太子言。（189・632c）

其句法格式爲基本格式「Subject（甚／大／不）＋V」，其後多不帶賓語，且與表示高程度的副詞「甚／大」搭配，筆者認爲這與其概念意義的恐懼程度之高有密切關係。

二、概念意義

怖，《說文・心部》：「悑，惶也。从心，甫聲。怖，或从布聲。」《廣雅・釋詁》二：「怖，懼也。」《玉篇》：「怖，惶也。」而「惶」《字匯》解釋作「遽也。」指「急迫、倉促」之義，由此可知，「怖」是種高程度的驚嚇，反映至行動的失常與不安。在中土文獻裡，亦可見其「大懼」的概念意義，如：《六韜・略地》：「城人恐怖，期將必降。」《後漢書・董卓傳》：「帝見卓將兵卒至，恐怖涕泣。」

在中古佛經裡，以「怖」構詞的詞群成員概念意義如下：

（一）皆具有〔＋恐懼〕之概念意義。

（例 8）何人殺吾王者。行索不得。還守王哀號。師以牙還。王覩象牙心即慟怖。夫人以牙著手中。適欲視之。雷電霹靂椎之。吐血死入地獄。（152・017b）

（例 9）其有聞者或喜或怖。穴處者隱縮。水居者深入。山藏者潛伏。（1509・244a）

（例 10）富蘭迦葉自知無道。低頭慚愧不敢舉目。於是金剛力士舉金剛杵。杵頭火出以擬迦葉。何以不現卿變化乎。迦葉惶怖投座而走。五百弟子奔波迸散。（211・599a）

句例 8.指「大王看見象牙，心裡感到悲痛害怕。」；句例 9.意謂「有聽聞的人有的開心有的恐懼，居住在洞穴的人隱藏……。」；句例 10.解釋爲「迦葉看見金剛力士的舉止，便恐懼跑走。」由句例 9～10 亦可得知，「怖」構詞的詞群成員裡，其恐懼程度是較高的，出現「穴處者隱縮。水居者深入。山藏者潛伏。」、「投座而走」等行止不安的作爲出現。

三、色彩意義

從上文得知，本詞群成員在語法功能與概念意義方面，與上古文獻與中古中土文獻用法無異，且其色彩意義皆爲負面。

4.3.5 以「懼」構成的詞群

由「懼」構成的詞群成員，在漢魏六朝佛經裡有 3 個，且出現在中古佛經之句例較少，「惶懼」有 8 例，悚懼僅有 3 例。

表 4.3-5 以「懼」構成詞群的義素分析

義素 ＼ 義位與義叢		懼（㦬）	惶懼	悚懼
語法意義	〔定語〕	＋	－	－
	〔謂語〕	＋	＋	＋
概念意義	〔恐懼〕	＋	＋	＋
	〔受外在事物影響〕	＋	＋	＋

以下進行義素分析之際，分別就其語法意義、概念意義、色彩意義三方面解說。

一、語法意義

以「懼」所構成的詞群成員裡，在中古佛經均未擔任主語、狀語的語法功能，三者主要表謂語及賓語功能，「懼」同時在句子裡擔任定語。如：

（例 1）時婬泆之人恒懷懼心。知犯婬罪重沒命不改。具三口意罵詈惡言（212．641a）

以「懼」修飾後接名詞「心」表示「恐懼的心意」。就擔任賓語功能來說，「懼」、「惶懼」、「悚懼」常出現在中土文獻裡，「懼」在上古文獻可見，《詩經・小雅・谷風》:「將恐將懼，維予與女。」解釋作「懼怕」義。「惶懼」則出現在《三國志》、《魏書》，共 15 例；「悚懼」最早出現在《韓非子》，二者均作不及物動詞用。在中古佛經裡的用法大致相同相同，如：

（例 2）心無所著無所染污。不恐不懼不畏不難。心不懷㦬。則當知是菩薩摩訶薩不離般若波羅蜜。（222．170b）

（例 3）阿難又言。世尊有疾。我心惶懼。（001．015a）

（例 4）於是世尊便起嚴服。化從地出放大光明普照眾會。大小見之怪未曾有。驚怖悚懼不知何神。長者羅摩達及諸大眾。頭面

著地為佛作禮。（211·589c）

其後均不接賓語，為本詞群的主要句法格式。「懼」偶爾後接賓語，其性質為名詞賓語或小句賓語，如：

（例 5）時鉢呵娑阿修羅王。復欲調伏摧壞諸天。如風吹雲自恃大力。不懼天眾。（721·122c）

（例 6）佛當滅度。懼其來入語言煩擾佛。（005·171c）

由此可知，「懼」詞群成員的基本句法格式可寫作「Subject＋V＋（Object）」，且與上古及中古中土文獻用法無異。

二、概念意義

在中古佛經裡，以「懼」構成的詞群成員之概念意義如下：

（一）皆具有〔＋恐懼〕義

（例 7）瞿曇聞此言。今欲來至汝所。汝可速歸。報言。我當歸耳。我當歸耳。作此語已。尋自惶懼。衣毛為豎。不還本處。乃詣道頭波梨梵志林中。坐繩床上。愁悶迷亂（001·068b）

（例 8）如來所歎權宜最尊。皆非殃罪但示現耳。作是得是。聞者悚懼不敢為非。（345·165c）

（例 9）明日猴與舅戰。王乃彎弓擩矢。股肱勢張。舅遙悚懼。播徊迸馳。猴王眾反。遂命眾曰。（152·027a）

（例 10）心無所著無所染污。不恐不懼不畏不難。心不懷懅。則當知是菩薩摩訶薩不離般若波羅蜜。（222·170b）

（例 11）將恐將懼，維予與女。（《詩·小雅·谷風》）

（例 12）公孫衍，張儀豈不誠大丈夫哉！一怒而諸侯懼，安居而天下熄。（《孟子·滕文公下》）

（例 13）持質者惶懼叩頭曰：「但欲乞資用去耳！」（《三國志·魏志·夏侯惇傳》）

（例 14）吏以昭侯為明察，皆悚懼其所而不敢為非。（《韓非子·內儲說上》）

句例 7～10，皆指「恐懼」義，表示對於所面對外物的心理負面感受。這與中土文獻的表現相同，如句例 11.～14.。

（二）由句例可知，其感受來自對於外在事物的恐懼，具有〔＋受外在事物影響〕的概念意義。

三、色彩意義

從上文得知，本詞群成員之色彩意義皆爲負面。

4.3.6 以「慄」構成的詞群

由「慄」構成的詞群成員，在漢魏六朝佛經裡有 2 個。

表 4.3-6 以「慄」構成詞群的義素分析

義素＼義位與義叢		悚慄	戰慄
語法意義	〔狀語〕	＋	－
	〔謂語〕	＋	＋
概念意義	〔藉由具體動作表示的恐懼〕	＋	＋
	〔表敬畏的恐懼〕	＋	＋
	〔表膽戰心驚的恐懼〕	－	＋

以下進行義素分析之際，分別就其語法意義、概念意義、色彩意義三方面解說。

一、語法意義

在中古佛經裡，「悚慄」與「戰慄」的用例不多，「悚慄」有 4 例，「戰慄」有 27 例，且用法單純，主要擔任謂語功能，其後不接賓語。如：

（例 1）王即具白象百頭七寶鞍勒。以供聖嗣。令征隣國。四鄰降伏。咸稱臣妾。又伐所生之國。國人巨細靡不悚慄。（152・014b）

（例 2）於是七比丘見佛身相。又聞此偈慚怖戰慄。（211・599c）

其中，「悚慄」亦有擔任狀語者，如：

（例 3）其人即受悉親信之令在左右。四怨恭肅晚臥早起。悚慄叉手諸可重作。皆先爲之不避劇難。（606・209a）

以「悚慄」修飾「叉手」表示動作的狀態。關於「悚慄」與「戰慄」語法意義的判斷，有必要著墨說明。

「悚」，爲「竦」的分化字，亦作「愯」，《說文》:「愯，懼也。」「竦」最初指人伸長脖子、提起腳跟，如：潘尼《西道賦》:「支（肢）體爲之危竦。」張衡〈西京賦〉:「怵悼栗而慫兢。」注引《方言》:「聳，栗也。」而伸長脖子提起腳跟的動作，可以是急切盼望，也有畏敬的意思。進而引申爲提心吊膽、緊張、恭敬之義。也因此，筆者將其納入情緒心理動詞討論。

二、概念意義

關於「悚慄」與「戰慄」的概念意義，《漢語大詞典》「悚慄」條：「亦作「悚栗」。恐懼戰慄。漢・應瑒《慜驥賦》:『懼樸夫之嚴策兮，載悚慄而奔馳。』」戰慄：「亦作『戰栗』，因恐懼、寒冷或激動而顫抖。《論語・八佾》:『使民戰栗。』」朱熹集注：『戰栗，恐懼貌。』」在中古佛經裡，其概念意義如下：

（一）均具有〔＋藉由具體動作表示的恐懼〕的概念意義。

（例 4）摩訶盧比丘見佛現身光像。悲喜悚慄稽首佛足。思惟偈義即入定意。（211・593b）

（例 5）比丘見佛光相炳著。又聞偈言悚然戰慄。五體投地懺悔謝過。內自改責即便却息數。隨止觀在於佛前逮得應眞。諸天來聽聞皆歡喜。散華供養稱善無量。（211・601b）

（例 6）名曰難陀。爲人放逸婬欲情多。自恃豪族輕忽萬民。彼命終之後當來入此鑊中。經歷劫數乃得免脫。卿欲知者其事如是。難陀聞已衣毛皆竪。形體戰慄顏色變異。往趣世尊前白佛言。唯然天師二界大護。今覩此變倍懷恐懼。尋於佛前而說此偈（212・740a）

例 4.指「摩訶盧比丘看見佛化現形象，悲喜交錯、且恐懼地禮敬佛前」，所指的「恐懼」是表示心悅誠服的敬畏。例 5.意謂「比丘看見佛的光相容貌顯明，又聽到偈言因此感到驚恐。」這裡所指的恐懼，也是因爲一種折服而生的畏懼。例 6.解釋作「難陀平時放逸，仗勢著家裡有錢，而往生後應該受到入鑊之苦。難陀知道了非常害怕，臉色大變。」其所指的恐懼是「膽戰心驚」的悚懼。

（三）由上可知，「戰慄」一詞具有〔＋表膽戰心驚的恐懼〕的概念意義，「悚慄」則無。

（四）由句例 4～5 可知，「戰慄」、「悚慄」均具有〔＋表敬畏的恐懼〕的概念意義。

三、色彩意義

總的來說，從中古佛經句例看來，「悚慄」僅〔＋表敬畏的恐懼〕概念意義，「戰慄」一詞，可表〔＋表膽戰心驚的恐懼〕及〔＋表敬畏的恐懼〕概念意義，然而雖然類型不同，所反映的均爲恐懼之情緒，故筆者亦將其歸屬於負面色彩意義。

4.4 表「憂苦」義的語義場

在漢魏六朝佛經裡，屬憂苦語義場的成員有 25 個。依其形式分爲「憂」、「苦」、「愁」、「戚／慼」、「悒」五個詞群進行討論。

4.4.1 以「憂」構成的詞群

由「憂」構成的詞群成員，在漢魏六朝佛經裡有六個。又「怨恚」由本語義場「怨」與憤怒語義場「恚」複合構成，故分別羅列。以下進行義素分析之際，分別就語法意義、概念意義、色彩意義三方面解說。

表格說明：

表格左方一、二欄爲義素，從語法意義、概念意義及色彩意義三方面切入，第二欄爲義素。上方橫列第一欄爲義位。分析過程以「＋」、「－」表示可否搭配／有無此義素。

表 4.4-1 以「憂」構成詞群的義素分析

義位與義叢 / 義素		憂	憂畏	憂恐	憂悲	憂慼	憂惱	憂懼
語法意義	〔賓語〕	＋	＋	＋	＋	－	＋	－
	〔定語〕	＋	＋	－	－	－	＋	＋
	〔謂語〕	＋	＋	－	＋	＋	－	－
概念意義	〔憂愁〕	＋	＋	＋	＋	＋	＋	＋
	〔表內心情緒〕	＋	＋	＋	＋	＋	＋	＋
	〔驚駭懼怕〕	－	＋	＋	－	－	－	＋

一、語法意義

在中古佛經裡，以「憂」構成的詞群成員，均不擔任狀語；僅有「憂惱」擔任主語，如：

（例 1）爾時世尊於先已爲阿闍世王斷除疑悔。阿闍世王既除疑悔。一切憂惱皆得解脱。（831・876a）

「憂」、「憂畏」、「憂惱」、「憂懼」作定語，如：

（例 2）無憂何有懼者。有憂當有懼。無憂何有懼。憂者欲界非色無色界。何以故。（212・634b）

（例 3）或能使親族起愁憂。怨家歡喜。食不消化。即當成病。身體煩熱。由此緣本。便致命終。爾時。便能除去憂畏之刺。便脱生・老・病・死。無復災患苦惱之法。（125・679c）

（例 4）眾猗悉備。由是發起惱熱燒炙一切憂慼啼哭之苦。（285・476a）

（例 5）是時忉利諸天及釋提桓因聞此事已。生憂惱心。說如是言。（1644・184c）

（例 6）善男子。汝今不應生此憂懼疑慮之心。善男子。若行若住若坐若臥。常應繫念如是經典。（387・1084b）

「憂慼」、「憂懼」之外，均可作賓語。如：

（例 7）恒行精進欲安眾生。不念己身獨獲大安。身力堅強多所誘進。見羸弱人而以慰喻。所造德本皆以放捨施一切人。未曾懷憂。所可化人勸發道者。被大德鎧而自誓願。此諸眾生若得佛道受于正法。當以供養而奉事之。（401・535c）

（例 8）或作市賈或作長吏。或作畜牧或作畫師。行治生忍寒熱飢渴致貪錢財。以得富饒復懷憂恐。畏縣官亡其錢財。（054・848c）

（例 9）是但大苦性具成有。彼若無生。則無老死憂悲苦憹心惱。（708・815c）

（例 10）時佛爲說無常苦空非身之法。恩愛如夢會當別離。尊榮豪貴

亦有憂慼。唯有泥洹永離生死。群殃盡滅乃可大安。（211・585c）

（例 11）彼諸天中所作妓樂。屋中悉聞。即離憂惱一切疲勞。於睡眠中極受快樂。（272・332a）

（例 12）汝父大王及與五兄。悉爲他殺。次來到汝。以是憂懼。莫知所適。夫婦作計。即共將兒。逃奔他國。（203・448a）

「憂」、「憂畏」、「憂悲」、「憂慼」擔任謂語功能，均爲不及物。如：

（例 13）其婦答言。汝但莫憂。我後當與。時長者婦。慳貪心生。（200・223a）

（例 14）是我大師。如是不應憂畏。如依大王無有怖畏。諸阿羅漢所作已辦。是我同伴。已能伏心如奴衷主。心已調伏具種種果六通自在。我亦應自伏其心求得此事。（616・286c）

（例 15）而諸眾生。憂悲苦惱。憎愛所繫。無有停積。無定生處。（278・551b）

（例 16）諸比丘見尋時問之。仁爲耆年。不以貢高。亦不憂慼。寂除凶欲入無所處。何因爲沙門欲受具戒。（496・761a）

（例 17）佛告比丘。非但今日解釋父母使不憂惱。過去世時。亦曾解釋。使不憂惱。（200・229a）

以「憂」爲構詞詞群的成員，其句法功能簡單，就其謂語功能來說，可將其句法格式寫作「Subject＋V」。

二、概念意義

「憂」，《說文》：「憂，愁也」，《詩經・秦風・晨風》：「未見君子，憂心如醉。」《論語・述而》：「其爲人也，發憤忘食，樂以忘憂，不知老之將至云爾。」《論語・子罕》：「知者不惑，仁者不憂，勇者不懼。」《孟子・梁惠王（下）》：「樂民之樂者民亦樂其樂，憂民之憂民亦憂其憂。樂以天下，憂以天下，然而不亡者，未之有也。」憂表示內心的情緒，常與「樂」、「惑」、「懼」、「悲」等表心緒的詞並用或對用，在中古佛經裡，以「憂」構成詞群的成員，其概念意義爲何？

（一）均具有〔＋憂愁〕的概念意義

（例 18）初發心時捨身之安。常憂一切諸樂。所樂不以爲樂。棄俗所慕以法爲樂。（638・536c）

（例 19）何謂爲道殊勝。所說道義。不可稱量。能行大道。最勝無比。降心態度憂畏。爲法御導世間。」（005・167c）

（例 20）是故知信爲第一財寶。如此信財於生死中極受快樂無諸苦惱。金銀珍寶能生災患。晝夜憂懼畏他劫掠。（201・268b）

（例 21）夫身者眾苦之本。患禍之元。勞心極慮憂畏萬端。三界蠕動更相殘賊。」（211・595a）

（例 22）此菩薩不自貢高言我持戒。見犯戒人。不輕賤訶罵令其憂惱。但一其心持清淨戒。（278・475b）

（例 23）又沙門瞿曇。永滅欲愛。無有卒暴。憂畏已除。（001・095a）

句例 18.裡「常擔憂一切快樂，所快樂的不以爲是快樂」；例 19.指「所謂的道殊勝，是指所說道義、所行大道都是無可相比的，而內心要恐懼戒畏，以佛法來領御世間。」；例 20.「憂畏」意謂「金銀財寶能產生災禍，從早到晚擔心懼怕他人劫掠」。《韓非子・奸劫弒臣》：「故劫殺死亡之君，此其心之憂懼，形之苦痛也，必甚於厲矣。」；例 21.解釋爲「身體，是一切苦痛的根本、災禍的根源，花費心思擔憂懼怕一切，三界蠕動相互禍害。」「《漢語大詞典》舉南朝・梁・蕭統《陶淵明・序》：「宜乎與大塊而榮枯，隨中和而任放；能戚戚勞於憂畏，汲汲役於人間。例 22.指「菩薩不輕賤訶罵使人煩憂苦惱，一心持著清淨戒律」；例 23.裡「沙門瞿曇永遠消除自己的欲愛、沒有任何不好的事情，所有的憂愁畏懼都消除。」可知其均具有憂愁之義。

（一）由上可知，均具有〔＋憂愁〕、〔＋表內心情緒〕之概念意義。

（二）「憂懼」、「憂畏」、「憂恐」具有「＋驚駭懼怕」的概念意義。

「憂懼」、「憂畏」、「憂恐」分別由憂苦義語義場「憂」與驚懼害怕語義場裡的構詞語素「畏」、「懼」、「恐」構成。故亦具有「恐懼」義。

三、色彩意義

以「憂」構成的詞群成員均有「憂愁」義，其色彩意義均爲負面。

4.4.2 以「苦」構成的詞群

由「苦」構成的詞群成員，在中古佛經裡有 3 個，分別是「苦惱」、「*惱苦」、「憂苦」。其中，「苦惱」、「惱苦」爲同素異序結構。以下進行義素分析之際，分別就語法意義、概念意義、色彩意義三方面解說。

表 4.4-2 以「苦」構成詞群的義素分析

義素 ＼ 義位與義叢		苦惱 / *惱苦	憂苦
語法意義	〔主語〕	＋ / －	＋
	〔定語〕	＋ / －	＋
	〔謂語〕	＋	＋
概念意義	〔擔憂〕	＋	＋

接著進行義素分析的說明：

一、語法意義

就語法功能來說，以「苦」構成的詞群成員均不擔任狀語，就主語功能而言，「苦惱」、「憂苦」可擔任主語。如：

（例 1）吾念世人不如此龜。不知無常放恣六情。外魔得便形壞神去。生死無端輪轉五道。苦惱百千皆意所造。宜自勉勵求滅度安。（211・584b）

（例 2）生死因行。愛因緣行。是垢染行。如是梵行。於病老死。憂悲啼哭。椎胸拍頭。憂苦懊惱。如是等惡。不得解脫。（721・037c）

「苦惱」與「惱苦」爲同素異序卻有不同表現，「惱苦」不可擔任主語。三者皆可擔任賓語。如：

（例 3）令其永離諸惡色聲香味觸意法。除滅眾生愛別離苦怨憎會苦及餘一切諸惡因緣壞敗大苦。住生死苦生老病死憂悲惱苦。（278・734c）

（例 4）佛言。七謂病瘦。肉盡骨立。百節皆痛。猶被杖楚。四大進退。手足不任。氣力虛竭。坐臥須人。口燥脣燋。筋斷鼻坼。目不見色。耳不聞音。不淨流出。身臥其上。心懷苦惱。言

輒悲哀。（581・966a）

（例 5）由是供養辟支佛故。在所生處。常生富家。尊榮豪貴。無所乏少。又值於我。脱其憂苦。（200・243b）

句例 3～5 均與行動動詞「住」、「懷」、「脫」、「受」相互搭配，擔任句子裡的賓語功能。在擔任定語功能方面，僅「苦惱」、「憂苦」二詞，如：

（例 6）又彼菩薩。這坐斯諸大蓮華上。其下足底。出十不可計阿僧祇光。照於十方至無擇獄大泥犁中。滅於眾生苦惱之患。左右膝。亦如所演。光明這等無異。皆悉照燿餓鬼畜生。（285・490b）

（例 7）愛別離苦者。與可愛眾生共分散離別。此作憂苦義。（1648・452a）

然而，以「苦」構成的詞群成員最常擔任的是述謂功能，其句法格式如下：

苦惱

1. Subject＋（甚）苦惱

（例 8）於彼中間盡修無常。精進力不可沮壞。諸有少壯皆悉無常。諸佛世尊亦復滅度。此患甚苦惱。便說此偈。（194・143c）

「苦惱」可與程度副詞「甚」搭配，然而，筆者觀察若與「大」、「極」搭配之際，「苦惱」則爲賓語功能，爲「V＋大／極＋苦惱」句式。

2. 令＋Object＋（不）＋苦惱／令＋（Object）＋不＋苦惱

（例 9）如大力士少觸身分生大苦痛。如是勝鬘。少攝受正法令魔苦惱。我不見餘一善法令魔憂苦如少攝受正法。（353・219a）

（例 10）於善惡眾生以法水普潤令不苦惱。是名菩薩如水澆溉高下皆滿。（658・220c）

句例 9～10 爲「苦惱」之使役結構，其句式可寫作「令＋Object＋（不）＋苦惱」，此外，在句例 10.裡，搭配否定副詞亦可省略 Object，故寫作「令＋（Object）＋不＋苦惱」。

惱苦

1. Subject＋惱苦

（例 11）後退時苦。人中則有農作等苦。地獄之中。他惱害苦。於餓鬼中。飢渴惱苦。於畜生中。相噉食苦。（721・010c）

在中古佛經裡，「惱苦」一詞，較少搭配狀語。

2. 令＋Object＋惱苦

（例 12）若著諸欲令人惱苦。著欲之人亦如獄囚。如鹿在圍。如鳥入網。如魚吞鉤。（1509・185b）

以「惱」構詞的詞群成員的句法格式，可以簡化爲兩種：「Subject＋V」及「令＋Object＋V」，不接賓語、並不與狀語搭配爲常。其中，「惱苦」不擔任主語及定語，在語法功能上有不同於「苦惱」的運用。

二、概念意義

王鳳陽（1996：865）：「『苦』本指苦菜，人們習慣以苦菜引起的味覺的苦來比喻繁重勞動之後所引起的肌肉的酸痛。」而邵丹（2006：108）上古漢語或中古中土文獻，「憂苦」語義場有「疾」、「病」、「痛」、「苦」，本來指人體的疾病與疼痛，但是由於這些身體的不適會進而帶來精神的不悅與難受，由表示「疾病、病痛」引申爲「憂苦」義。

也因此，「苦」具有「擔憂／憂苦」、「苦味」、「痛苦」意義，其中，僅有「擔憂／憂苦」義屬於情緒心理動詞，「痛苦」義爲形容詞。如：《呂氏春秋・遇合》：「人有大臭者，其親戚兄弟妻妾知識，無能與居者，自苦而居海上。」漢蔡琰《胡笳十八拍》之四：「無夜無日兮不思我鄉土，稟氣含生兮莫若我最苦。」然而，以「苦」構詞的詞群成員在中古佛經概念如何，以下說明：

（一）皆具有「擔憂」義。如：

（例 13）夫老之爲苦。頭白齒落。……耳聽不聰。盛去衰至。皮緩面皺。百節痛疼。行步苦極。坐起呻吟。憂悲惱苦。識神轉滅。便旋即忘。命日促盡。言之流涕。（581・965c）

（例 14）大王。欲何志尚惱苦若茲。人王曰。吾不志天帝釋及飛行皇帝之位。吾覩眾生沒于盲冥。不覩三尊不聞佛教。……爲之惻愴。誓願求佛。拔濟眾生之困厄令得泥洹。」（152・001c）

（例 15）羅漢者眞人也。聲色不能污。榮位不能屈。難動如地。已免憂苦。存亡自在。（185・475a）

（例 16）如大力士少觸身分生大苦痛。如是勝鬘。少攝受正法令魔苦惱。我不見餘一善法令魔憂苦如少攝受正法。（353．219a）

句例 13.意指「年老是種苦，頭髮白了牙齒脫落⋯⋯，聽力不好，一切都轉強盛爲衰微脆弱，皮膚鬆皺，所有關節疼痛，走起路來極苦，坐著呻吟，擔憂煩惱，神識轉而散滅，一下子就忘記。」；例 14.解釋作「大王，您心裡有什麼願望如此煩惱？」；例 15.意謂「羅漢是眞人，任何感官聲色不能污染他，榮華富貴不能使他屈服，難以影響他就像地面般穩健，已經免於憂苦，能自在存亡。」。此外，在例 16.裡可以對比發現「苦惱」與「憂苦」概念意義相同，用以變化句子替換所用。由此可知，「憂苦」、「苦惱」、「惱苦」均指「擔憂」義。

三、色彩意義

以「苦」構成的詞群成員均有「擔憂」義，其色彩意義均爲負面。

4.4.3 以「愁」構成的詞群

以「愁」構成的詞群共有 8 個，分別爲「愁」、「憂愁」、「愁憂」、「愁慼」、「*愁惋」、「愁苦」、「*愁忿」、「*愁忿懟」，其中「愁忿」爲憂苦語義場「愁」與憤怒語義場「忿」共同構成；「*愁忿懟」爲怨恨語義場、忿怒語義場、怨恨語義場共同構成，且只有一例，不列入詞群討論。故本小節僅討論其中六個。

表 4.4.3 以「愁」構成詞群的義素分析

義素＼義位與義叢		愁	憂愁／愁憂	愁慼	愁惋	愁苦
語法意義	〔主語〕	－	＋／－	－	－	－
	〔賓語〕	＋	＋	＋	－	＋
	〔定語〕	＋	＋／－	＋	－	＋
	〔謂語〕	＋	＋	＋	＋	＋
概念意義	〔擔憂〕	＋,－	＋	＋	－	＋

以下進行義素分析的說明：

一、語法意義

就語法功能來看，以「愁」構成的詞群成員裡，一律不擔任狀語，其中，

「憂愁」擔任主語功能。如：

（例 1）修理生業。以何自活。作是念已。憂愁所覆。雖爲解脫住林樹間。不隨順行。是爲無智。（721・352c）

在賓語功能方面，僅「愁惋」不擔任賓語，其餘皆可作賓語。如：

（例 2）觀彼根性即爲說法入無上道。未發心者化令發心。已發心者教使堅固。見持戒人犯少輕罪。不解懺悔懈退憂愁不復修道。即爲說法對治懺除令道勝進。（231・690b）

（例 3）善男子。一切眾生亦復如是。常畏病苦心懷愁憂。（374・436c）

（例 4）危厄眾難患害合會。結在憎愛之業。多有愁慼。咸以無常。婬怒癡火。甚爲熾盛。因爲成立。無所依怙。察此一切猶如幻化。（285・468c）

（例 5）大臣即言。唯願大王。放捨愁苦。王不聞耶。昔者有王。名曰羅摩。害其父已得紹王位。（374・475c）

句例 2～3、句例 5 裡，「愁」詞群的詞群成員與行動動詞「懈退」、「懷」、「放捨」，以及例 4 存現動詞「有」。

「愁」、「憂愁」、「愁苦」、「愁慼」可作定語。如：

（例 6）薇菜樹果以自給耳。日與禽獸百鳥相娛。亦無愁心。王遣使者迎焉。使者就道。山中樹木俯仰屈伸。似有跪起之禮。百鳥悲鳴哀音感情。（152・011a）

（例 7）如是恒生怖畏心住故向寂靜。於世間中生厭離心。住山林中唯見功德。唯見寂靜。唯見畢竟。唯見安樂。無憂愁心。無迷悶心。不近惡友。不障山中寂定功德。受持修行一切善法。（659・268c）

（例 8）假使修行心有輕戲。便當思惟愁慼之法。當歸死未得度脫。無常之法非歡喜時。所有恩愛會當別離。（606・201b）

（例 9）若見父母喪亡兄弟姊妹及諸親友知識死者。見如是等種種愁苦之事。而不驚不怖亦不憂惱。從夢覺已。即時思惟三

界虛妄皆如夢耳。（223・351c）

例 6～7 是指「也沒有憂愁的心」；例 8.意謂「便應該思維愁慼的方法」；例 9.解釋作「看見這些種種憂苦的事情」，均是用以修飾後接名詞。

其擔任述謂功能，其後不接賓語。如：

（例 10）佛言。我即告諸長老。莫愁莫恐。若曹持七法。阿闍世王來者。不能勝汝。（005・160c）

（例 11）佛言。菩薩本清淨所致。是故聞說一切。德義不善不愁。須菩提問佛言。何謂爲本淨。（461・455b）

（例 12）時王憂愁。知當奈何。無餘方計。便告一臣。卿可推求。本是豪族種姓家者。今若貧乏。無錢財者。便可將來。（200・242b）

（例 13）是時王愁憂不樂。拍髀如言。怨哉我今以亡是大國。如得騊駼不堅獲。如期反不見。（198・175b）

（例 14）是時。滿財長者在高樓上。煩冤愁惋。獨坐思惟。我今取此來。便爲破家。無異辱我門户（125・661a）

（例 15）其人愁苦。如是比如小適耳。佛亦不使爾身行所作自然得之。皆心自趣向道。入其城中。（362・310b）

（例 16）彼時仙人。愍哀象子。觀其德行。愛之如子。視之無厭。敬之無極時天帝釋則時發念。今此仙人志在象子。猗念無厭。今我寧可別令愁慼。（154・093b）

從語法功能來看，以「愁」構詞的詞群成員裡，以「愁」、「憂愁」、「愁慼」、「愁苦」之語法功能相同。「愁憂」之語法功能爲與「憂愁」互補，主要擔任謂語位置，「愁惋」在句子裡的也主要擔任謂語功能。

二、概念意義

「愁」，《漢語大詞典》作「（1）憂慮，憂愁。《左傳・襄公二十九年》：「哀而不愁，樂而不荒。」（2）悲傷，哀傷。漢張衡〈思玄賦〉：「坐太陰之屏室兮，慨含唏而增愁。」解。在中古佛經裡，以「愁」構詞的詞群成員，其概念意義分析如下：

（一）均具有〔＋擔憂〕之概念意義。如：

（例 17）是故說斷恚得睡眠也。恚盡不懷憂者。人懷恚怒現在前時。晝夜愁慼如喪親親。如失財寶。（212・713c）

（例 18）問者發遣。無所疑難。最處上座。又年朽耄。面色醜陋。不似類人。兩眼復青。父母愁憂。女亦懷惱。云何當爲此人作婦。何異怨鬼。當奈之何。（154・075a）

（例 19）佛言。我即告諸長老。莫愁莫恐。若曹持七法。阿闍世王來者。不能勝汝。（005・160c）

（例 20）大臣即言。唯願大王。放捨愁苦。王不聞耶。昔者有王。名曰羅摩。害其父已得紹王位。（374・475c）

（例 21）修理生業。以何自活。作是念已。憂愁所覆。雖爲解脫住林樹間。不隨順行。是爲無智。（721・352c）

句例 17.裡，「愁慼」與「憂」都是指煩惱擔憂；例 18.「愁憂」與其後的「懷惱」所指相同，都是「憂愁」；例 19.謂「莫憂莫恐」，故「憂」與「恐」應爲同義／近義，解釋作「擔憂」；例 20.「希望大王能放棄擔憂」；例 21.「憂愁」與「是爲『無智』比對，則「憂愁」解釋作「擔憂」。

三、色彩意義

以「愁」構成的詞群成員均有「擔憂」義，其色彩意義均爲負面。

小　結

「憂」是個表示心裡的動詞，「愀」是形容臉色變化的形容詞。「愀」只表示改變臉色或表鬱結的面容，多作狀語使用，很少獨立作謂語。後來「愀」由表鬱結的面貌延伸到表示鬱悶的心境，這就是表內心憂苦的動詞「愁」了。「愀」、「愁」分化之後，讀音不同，愁最初也多用於形容慘淡的景象，作定語，如：班倢伃〈擣素賦〉：「對愁雲之浮沈」。後來「愁」才逐漸表示憂愁和內心的愁苦，如李白〈秋浦歌〉：「白髮三千丈，緣愁似個長。」

憂與患都有憂慮擔心的意思。憂表示內心的情緒，常與「樂」、「惑」、「懼」、「悲」等表心緒的詞並用或對用，一般不帶賓語。如：《論語・子罕》：「知者不惑，仁者不憂，勇者不懼。」《孟子・梁惠王（下)》：「樂民之樂者民亦樂其樂，憂民之憂民亦憂其憂。樂以天下，憂以天下，然而不亡者，未之有也。」

愁也寫作「愀」，最初表示臉色發生變化的樣子，如《莊子・讓王》:「愀然變容」;《荀子・修身》:「見不善，愀然必自省也。」人的變顏變色常常出於憂悶悲苦，所以後來「愀」就偏重於表示內心像揪在一起似的鬱悶的樣子或內心悲苦淒愴的樣子。如《荀子・富國》:「墨術誠行，則天下……愀然憂戚非樂而日不和。」嵇康〈琴賦〉:「懷戚者聞之，莫不憯懍慘淒，愀愴傷心。」後來，在詞義之間發生調整，「愁」逐漸代替古代的「憂」，「憂」的意義接近「患」，「患」以「禍」、「難」義爲主。